Füchse der Ramblas

CIP-Titelaufnahme der deutschen Bibliothek
Steinke, Oliver:
Füchse der Ramblas - Oliver Steinke
Auflage 1. Tsd., Frankfurt a.M., Verlag Edition AV

ISBN 3-936049-46-7

Umschlagbild: **Mona Scheller (Fuchs)** und **Dieter Reger**

Der Verlag dankt **Mona Scheller** und **Dieter Reger** für ihr Können als Künstler.

1. Auflage 2005
© Copyright Frankfurt a.M. 2005
by Verlag Edition AV, Frankfurt a.M.

Alle Rechte vorbehalten!

Ohne ausdrückliche Genehmigung des Verlags ist es nicht gestattet, das Buch oder Teile daraus auf fotomechanischem Weg (Fotokopie, Mikrokopie usw.) zu vervielfältigen oder in elektronische Systeme einzuspeichern, zu verarbeiten oder zu verbreiten.
Satz: Alles Selber KG / Frankfurt a.M.
Druck: Leibi / Neu-Ulm

Printed in Germany

ISBN 3-936049-46-7

Oliver Steinke

Füchse der Ramblas

Verlag Edition AV

In Spanien konnte sich der Faschismus im letzten Jahrhundert nach dem blutigen Bürgerkrieg von 1936-39 noch lange an der Macht halten. Während Hitler und Mussolini im von ihnen entfachten Inferno des zweiten Weltkrieges gestürzt wurden, errichtete General Franco für noch fast vierzig Jahre eine Diktatur, die jede Freiheit zu ersticken suchte.

Die Handlung spielt vor dem Hintergrund einer Widerstandsbewegung gegen das Regime.

Diese Geschichte ist Erinnerung an die vielen tausend Frauen und Männer in Spanien, die ihr Leben einsetzten, um Freiheit und Würde für alle zu gewinnen. Die beschlossen, die Falange, jene Phalanx aus Unternehmern, Kirche und Großgrundbesitzern zu bekämpfen, die den Arbeitern lediglich Armut und Bevormundung zugedacht hatten. An die, die sich weigerten, nach dem Preis zu fragen. Vor allem an diejenigen unter ihnen, die, bereits entkommen, in die Hölle der Diktatur zurückkehrten, um gemeinsam mit allen anderen auszubrechen.

1955 war ein Jahr, in dem der FC Barcelona nicht Meister wurde. Und doch blieb es in der spanischen Liga spannend bis kurz vor Saisonende: Der Club hielt sich in Augenhöhe mit den großen Rivalen, den Königlichen aus Madrid (obwohl die ihnen Di Stéfano gestohlen hatten), und mit den Basken aus Bilbao. Aber die Fans der Letzteren hegten wie die Katalanen einen eigentümlichen Groll gegen das rotgelbe Banner Spaniens. Und in ihre Gesängen mischte sich ein Missklang, der schrill und bedrohlich in den Ohren des übrigen Publikums hängen blieb und der einen bis nach Hause verfolgte, bis in die flammenden Träume. Aber um zu verstehen, was in den Stadien überspielt wurde, müssen wir auf das achten, was fehlte. Es fehlte nicht weniger als ein ganzes Himmelsgestirn über dem ovalen Rund, die Ärsche der Fans, auf der Mauer sitzend und das Lachen einer jungen Frau. Diese Aufzeichnungen sind die Dokumentation der Suche nach all dem. Einer Suche, die in einer schwarzen Nacht beginnt.

Denn der Mond ist verschwunden. Geschäftig schwebt er auf der anderen Seite der Erde, die sich fürchtet und nicht weiß, es ist ihr eigener Schatten, der ihr das Licht nimmt. Wäre da nicht der Duft der Orangenbäume und das Rascheln von kleinen, unruhigen Nagern zwischen Hibisken, die Welt würde sich nichts mehr zutrauen, als beinahe gänzlich zu schlafen. Bis auf den Ruhelosen und seine tastenden Hände. Weder Mond noch Erde sehen den einsamen Wanderer, der, obwohl blind, in weiten Schritten ausgreift. Aber selbst der Hall seiner schweren Stiefel auf dem Pflaster wird vom Erdschatten verschluckt. In der Stille liegt das Warten. Doch dann stürzt diese Stille, ungeduldig geworden, auf die geschlagenen Fabriken und beginnt verzweifelt zu suchen. Im Spiegel der starrenden, zerschossenen Scheiben hörst du sie vergehen und keuchen und du weißt, sie wird erst damit aufhören, wenn sie erlöst wird. Stille. Über dem schwarz wispernden Hafenwasser Barcelonas, jenseits der warm ächzenden Dunkelheit einer spanischen Nacht, zwischen huschenden Ratten in den verfallenden Gassen der Altstadt erscheint plötzlich ein anderes, schwächliches Licht. Flackert im jäh aufkommenden, Orangenblüten vorbeiwirbelnden Wind, bevor es sich behauptet und furchtlos gegen die drückende Dunkelheit brennt. Und siehe da: In den verfallenden, verwinkelten, sich übereinander türmenden Häusern, dort, wo der Hunger zu Hause ist, wo sich barfüßige Kinder mit abgemagerten Hunden um Knochen balgen, von Glücklicheren weggeworfen; in kahlen Wohnungen, wo in vielen Nächten die Angst einkehrt, die Männer forttreibt, um selbst frech zu bleiben; gerade da erscheinen nach und nach noch mehr der Lichter, erst zwei, drei, dann dutzende, mehr und mehr, bis schließlich sogar orange Flammen zünden, die Folge chemischer Reaktionen in den Köpfen depressiver Großstadtpolizisten.

Diese hellen Flammen sprechen miteinander, antworten der tapsenden Stille, vertreiben die Nacht. So klein sie alleine züngeln: Gemeinsam durchdringen sie die Dunkelheit und plötzlich macht es gar nichts mehr, dass sich der Mond so gleichgültig wegstiehlt. Denn nun wird es offenbart, dass die Nacht ihr Sternenkleid auf diese Stadt ausschüttet, in einem Lichtermeer den Himmel auf die Erde wirft und das, wie wir es nicht vorherzusehen vermochten, in die einstmals vollkommene, aber nun schwankende und sich davonmachende Düsternis hinein.

Aber noch ist es nicht soweit: Noch ziehen, vom Nachtnebel begleitet, graublaue Wolken am entschlossenen, aus großer Ferne herbeieilenden Himmelsgestirn vorbei, das zurückzukehren scheint, um die Sterne aufzuhalten.

Mit gesenktem Kopf läuft der Mann die schmutzigen Gassen der Altstadt entlang ins Barrio Chino. Über ihm die funkelnden Lichter, die sich wieder in den Himmel davongemacht haben. Hilflos versuchen sie von dort oben, in die Straßen der zusammenkauernden Häuser in dunkle Ecken zu gelangen. Vom Schatten erwartet. Und von jenen Frauen, die ihre übermüdeten Augen im Dämmer schwacher Glühbirnen schließen, auf etwas Unbestimmtes hoffend. Etwas anderes als gieriges Sabbern, als Fett über den zu eng geschnallten Gürtel des Schlachters, die verschwimmenden Pupillen in seinem aufgedunsenen Gesicht, die nichts sehen. Aber diesmal war der nächtliche Besucher nicht der rohe Nachbar, sondern ein eleganter Geschäftsmann. Aber warum träumte dann noch dessen Frau in der eben verlassenen Villa auf frisch gewaschenen Laken, sich unruhig hin und her werfend, von den lange vergangenen, ersten Begegnungen, die ihr Glück verhießen? Was war es denn, was da unter den wenigen Laternen im Schatten der erkalteten Häuserwände stattfand, von denen am Tag die Farbe abblätterte und hinter denen die Nacht zehnköpfige Familien in zwei Räumen einschloss? Wer kauerte heute im Schatten jener Wände? Geschöpfe der Nacht. In ihren Blutbahnen floss stickige, drückende Hitze der vergeblichen Tage, die zum schmutzigen Tanz der Masken, zum Geschäft rief.

Dorthin ging der Mann. Nüchtern verfolgten seine tief liegenden Augen eine schwankende Gestalt, die ihm lallend entgegen taumelte und sich im Rinnstein übergab. Was aber, wenn sie wieder nicht wollte? Er musste sie haben, die schönste, die geheimnisvollste Frau hier unten. Und die Traurigste. Mit Abscheu erinnerte er sich an seinen letzten Besuch im Viertel. Als sie ihn abwies, war er eine Straßenecke weiter zu einer anderen gegangen. Wenn deren Haut nur nicht so fleckig und voller Pusteln gewesen wäre. Früh verbrauchter Körper. Zurück in seiner Villa versuchte er angeekelt lange vergeblich, im Bad ihren Geruch wieder abzuwaschen.

Wenn dieser Mann sehen könnte, dann hätte er Enttäuschung aus dem Gesicht jener und all der Frauen gelesen, verweigerte Hoffnungen, Stoffblumen und angeschlagene Tassen im Regal. Vielleicht würden die Frauen dafür aber vom Heiland verstanden werden, der wie sie immer weiter leiden sollte und deswegen gerade von ihnen an die Stubenwände gehangt wurde. Ja, vielleicht verstand ja Jesus den glucksenden Gesang dieser Nachtvögel, die aus längst vertrockneten Nestern gestoßen worden waren. Liebte er denn nicht Maria Magdalena? Aber dieser Mann in den verfallenden Straßen verstand nichts. Und doch umschlich er lauernd die Frauen, wenn diese, nur geleitet vom flackernden Licht der Laternen, zu ihren Beutezügen in die Stadt ausschwärmten. Das flüsternd bestellte Taxi hatte ihn einige Straßenzüge weit entfernt abgesetzt. Jeder wusste, dass die billigen Nutten, die alles machten, in den Gassen dahinter zu finden waren. Und richtig, die mit den langen lockigen Haaren und den brennenden schwarzen Augen war wieder da. Unruhig sah sie sich um, als er in den Hof trat. Leichter Wind wirbelte einige verirrte Blätter durch das Tor hinterher. Die verzagten Sterne über der schwer atmenden Stadt verbargen sich nun gänzlich und machten sich davon. Der Hof gehörte ihm.

Sie stand alleine an der Wand und als er sie ansprach, sah sie ihn kaum an. "Ich komm nicht mit, Schattenmann", sagte sie.

Er stockte, machte unwillkürlich einen Schritt zurück. „Warum nicht? Hab ich die Krätze oder was?"

„Das weißt du genau. Und ich hab heute schon einen Kunden, der bald kommt. Zieh Leine."

Sie musterte ihn kalt. Er wusste nichts zu erwidern, stand einen Augenblick da, unsicher, abgewiesen. „Und du meinst, das kannst du dir leisten?", fragte er schließlich mit erstickter Stimme. Anstatt zu antworten, zündete sie sich eine Zigarette an. Wütend stampfte er auf. Dann wandte er sich ab und ging. Er bog um die nächste Straßenecke, blieb stehen, verbarg sich im Dunkel eines Hauseingangs, lauerte. Und als sie wenig später ebenfalls den Hof verließ, um zu einem anderen Treffpunkt in einen der wenigen Parks dieser Stadt zu gehen, folgte er ihr, tapsendes Ungeheuer, einen scheußlichen Trank in seinem Herzen brauend.

„**Na?**" Die Frau wirbelte herum. Aber da hielt er ihr schon die Hand vor den Mund, drückte sie aufs nasse Gras. Sie keuchte, wollte schreien, aber er hielt ihr den Mund zu. Diesmal sollte der Tod nicht ganz so schnell kommen. Ihre Wohnung war nahe. Ein Unfall: Im Rausch gestolpert, die Treppe hinunter gerutscht, den Kopf aufgeschlagen, im Flur liegen geblieben. Als er sie kurz los ließ, schrie sie, da schlug er ihr ins Gesicht. Dann fasste er nach der Pistole, die er in der weiten Tasche seines Mantels trug, ließ sie aber wieder los. Einmal keine Kugel, um kleine Rättinnen auszulöschen. Nein, der Schuss würde ihn verraten. Sie dachte wohl, sie wäre etwas Besseres, obwohl sie im Dreck lebte, obwohl sie jetzt für jeden die Beine breit machte. Für jeden, außer für ihn. Fiebrig tastete er nach dem Messer. Was dachte sie eigentlich, was er mit sich machen ließ? Was wollte sie denn noch? Wild stach er ihr ins Herz. Dann packte ihn die Stille, drückte ihn wie ein tonnenschwerer Mühlstein auf die kalte Erde. Enttäuscht schüttelte er sie, als sie nicht mehr die Augen öffnete. Halb vergessene Erinnerungen an die Nächte, als sie ihm noch zärtliche Namen gab, machten ihn nur noch wütender. Aber jetzt hatte sie auch nur noch vage Ähnlichkeit mit jener Frau, die er einmal besessen hatte. Nein, sie war nicht besser als all die anderen. Hatte sie nicht einmal gesagt, sie würde ihn lieben? Alles Lügen. Das hier war schal, aber es war seine Art der Rache. Fast war es so wie damals: Seine Mutter erwischte ihn, als er gerade dabei war; später am Abend fing er den jungen Vogel, der noch nicht fliegen konnte, trat auf ihn drauf und brach ihm so den Rücken. Es war dieses Flackern in den Augen des Vogels, ehe er verendete. Sie wollte ihn hereinlegen und abhauen? „Du widerliches Schwein", hatte sie ihn angefaucht, als sie ihn erkannte. Aber das sagte sie nicht zu ihm, nicht zu dem Mann, dem die dunkle Nacht gehörte.

„*Sie* war doch noch so jung", seufzte Roberta.
„Hast du sie so gefunden?", fragte Aragón und musterte die Würgemale am Hals, oberhalb der tödlichen Wunde. Der andere Polizist, der sich gleich, nachdem er in den Raum gekommen war, überraschend ins Bad gestürzt und sich übergeben hatte, sah die junge Frau auf dem Bett nicht an, starrte stattdessen angestrengt auf den dunklen Blutfleck, der die halbe Matratze verfärbte, als könnte der Fleck etwas erklären, was nicht zu erklären war. Er hatte sich das Gesicht gewaschen und einige Tropfen hingen noch in seinen Haaren und an der erbleichten Haut.

Aufgebracht wackelte die Alte mit dem Kopf: „Sag ich doch. Wie ich heut morgen die Tür aufmache, liegt sie so da. Das Gesicht weiß. Erst hab ich noch gehofft, sie lebt noch, aber, … Dann hab ich den Arzt gerufen und die … Polizei. Ach, Rosa."
„Hast du sonst noch etwas gesehen? Ist dir was Ungewöhnliches aufgefallen?" Aragón konnte den Blick nicht vom Gesicht der jungen Frau abwenden, das selbst noch im Tod außergewöhnlich schön war. Ihre Augen waren geschlossen und sie wirkte gefasst, beinahe so, als wäre sie ohne Angst gestorben.
„Ich hab nichts angerührt, wenn Sie das meinen."
„Und wann hast du das Mädchen das letzte Mal lebend gesehen?", fragte der jüngere Polizist, die Stirn runzelnd, mit halb erstickter Stimme, ohne die stark verwahrloste Frau direkt anzusehen. Ihre fettigen grauen Haare hingen wirr über ihr zerfallendes Gesicht, das durch dick aufgetragenen Puder ein maskenhaftes Aussehen erhielt. Als sie antwortete, erschienen verfaulte Zähne über den mit blutrotem Lippenstift bemalten Mund. „Na ja, mein Junge, gestern Abend. Sie hat gearbeitet. Wahrscheinlich ist sie mit 'nem Kerl gegangen."
„Hierher?"
„Denke schon, ja oder würdet ihr es draußen machen?"

Aragón bückte sich und hob eines von den Fotos auf, die überall verstreut auf dem Boden lagen. Es zeigte das Mädchen mit einer Frau, die große Ähnlichkeit mit der Toten aufwies.
„Ihre Schwester?"
„Lass mal sehen." Roberta hielt das Foto, das ihr der Kommissar reichte, fast direkt vor ihre Nase. „Ne, ihre Tante. Lebt draußen in L'Hospitalet."
„Aber wo genau, weißt du nicht?" Die Alte verzog ihre geschminkten Lippen nach unten und zuckte mit den Schultern. Aragón betrachtete noch einmal die Frau auf dem Foto und steckte dann das Bild in die Innentasche seiner Jacke. In diesem Augenblick erschien

keuchend ihr Chef Varela. Massig wie ein wandelnder Sack füllte er den Türrahmen, bevor er den Raum betrat.

„Aha, hier seid ihr also!" Zögernd schritt er zu der Toten und musterte sie kurz mit einer Mischung aus Unverständnis und Widerwillen. Dann wandte er sich zu seinen beiden Mitarbeitern, die von seinem Erscheinen unbeeindruckt die Fotos und Postkarten einsammelten und im Nachttisch nach weiteren Hinweisen suchten. Varela lachte verächtlich: „Ein unzufriedener Freier. Mord im Milieu. Wahrscheinlich so ein kaputter Anarchist. Hat ihm wohl nicht genügt, sie zu erwürgen, wollte anscheinend ganz sicher gehen und hat diese Schweinerei hier veranstaltet. Haltet euch nicht weiter auf!"

Mühsam beherrscht schluckte Aragón die aufkommende Bitternis herunter. Als junger Mann einmal hatte er sich vorgestellt, er könne als Polizist etwas gegen die vielen Verbrechen tun, die das Land im Würgegriff hielten. Aber für viele Polizisten kam es nicht auf die Art der Verbrechen an, sondern allein darauf, wer die Opfer waren. Dieses Mädchen war Varela völlig gleichgültig und wenn es keine Vorschriften gäbe, würde er sie einfach sang- und klanglos auf dem nächsten Friedhof verscharren lassen. Nachdem Aragón noch eine Weile missmutig auf den Knien über den Boden gerutscht war, richtete er sich auf und wandte sich an seinen Chef, der inmitten des Raumes stehend auf sie wartete, ungeduldig mit den Fingern auf seiner mitgebrachten schwarzen Aktentasche trommelte und dabei reichlich deplaziert wirkte.

Aragón kratzte sich am Hals und meinte: „Einverstanden, sieht aus wie eine Beziehungstat, aber was ist denn dann mit dem Freier? Wir haben kein Geld gefunden, keine Wertgegenstände in ihrem Zimmer. Er hat sie ausgeraubt."

„Hat er das?" Varela überlegte: Bis auf die kreideweiße Haut, die Wunde in der Brust und das rot gefärbte Laken drum herum, sah die Nutte aus, als ob sie schlafen würde. Was für einen Unterschied machte es, wer sie getötet hatte? Er legte seine Tasche auf den Nachttisch, verschränkte seine Hände hinter dem Rücken und begann unruhig im Zimmer auf und ab zu gehen, bis er verärgert feststellte, dass er in eine Blutlache gestiegen war und sich seine Fußabdrücke überall im Raum befanden.

„Verdammt hübsch gewesen, das arme Ding", meinte Aragón. „Und wenn schon", fauchte Varela, „jetzt macht sie uns nichts als zusätzliche Arbeit." Verächtlich schüttelte er den Kopf. „Ihr schreibt einen Bericht und heftet ihn ab. Das reicht. Was jetzt wirklich wichtig ist,

ist die Sicherheit in der Stadt. Die Besprechung findet um zwei Uhr statt. Vergesst das hier."

Als ihr Chef wieder gegangen war, standen die beiden Polizisten einen langen Moment unschlüssig vor der Toten, sahen sich schließlich zweifelnd an. Aragón fasste sich als erster, machte einige schnelle Schritte durch den Raum und zeigte auf etwas hinter der Tür: „Sieh mal, Juliano, die Kommode hier ist verrückt und die Sachen wurden von dort aus auf den Fußboden geworfen. Blutspuren überall auf dem Boden von hier zum Bett. Also wenn du mich fragst, dann hat sie jemand hier hereingeschleift, als sie schon tot war und danach muss er irgendwas im Zimmer gesucht haben. Was meinst du?"

Juliano wirkte verstört, antwortete nicht.

Die Alte stand in der geöffneten Tür, als gehöre sie dahin und hätte hier schon seit Ewigkeiten gestanden, starrte unter ihren wirren Haarsträhnen stumm ins Leere.

„Obwohl er sie ausgeraubt hat, wird das nicht der Grund gewesen sein", sagte Aragón, jetzt mehr zu sich selbst, als zu seinem Kollegen. „Hier gibt es nichts zu holen. Anderseits gab es anscheinend auch keinen Verkehr zwischen der Toten und ihrem Mörder, bevor er sie tötete."

„Señora, die Tür war offen?"

„Ja, genau so wie jetzt."

„Hm." Aragón durchsuchte noch einmal die Schubladen. Aus den Augenwinkeln beobachtete er, wie sich Juliano plötzlich zusammenzureißen schien, zu der Alten ging, sie in den Flur zog und leise auf sie einzureden begann. Aragón sah, wie er Roberta einen Zettel zusteckte.

Als Aragón nichts weiter fand, schloss er enttäuscht die Schublade und gesellte sich zu dem ungleichen Paar auf dem dunklen Flur vor dem Zimmer. Hier warteten sie auf den Krankenwagen.

Die Träger warfen das Mädchen teilnahmslos auf die Bahre und trugen sie weg, als handele es sich um ein Möbelstück. Nur mit einigem Hin und Her kamen sie unten aus der Eingangstür des verfallenden Gebäudes, da der Fahrer unmittelbar vor dem Eingang geparkt hatte und es ihm zu umständlich schien, noch einmal ein Stück weiterzufahren. Bleich verfolgte Juliano den Abtransport der Toten vom oberen Treppengeländer aus. Aragón stellte sich neben ihn und bot ihm eine Zigarette an. Während der Jüngere in seiner Tasche nach Streichhölzern kramte, mit denen er sie ihnen beide schließlich anzündete, murmelte er: „Noch fast drei Stunden bis zu dem Treffen mit der Policia Social und den anderen Einheiten. Der Chef misst dem hier ja keine Bedeutung bei, aber ich würde gerne mit dir darüber reden." Er machte eine vage Bewegung zu der Tür, die inzwischen mit einer alten Pappe beklebt worden war, auf die einer der Nachtwächter mit ungelenker Schrift: *„Polizeiermittelungen! Betreten-Verboten!"* geschrieben hatte. Über der Glut seiner Zigarette sah Aragón Juliano gleichmütig an, seine Überraschung verbergend, und nickte einwilligend.

Sie wählten ein Café an der Ecke der Plaza Real, wo sie sich ins kühle Innere verzogen, obwohl draußen ein aus orange-weiß gestreiftem Stoff gefertigtes Dach Schutz vor der Mittagssonne bot.

„Das erste Mal, dass wir uns außerhalb der Arbeit treffen", dachte Aragón. Aber obwohl es seine Idee gewesen war, wollte Juliano nichts essen, schlürfte nur gedankenverloren an einem extra starken Espresso, wirkte unruhig, seine Hände zitterten leicht.

„Schlägt dir das tote Mädchen auf den Magen?", fragte Aragón, als der Kellner mit der Bestellung von nur einem Mittagessen gegangen war.

Juliano, dessen ebenmäßiges, männlich markantes Gesicht aussah, als habe er nächtelang nicht geschlafen, flüsterte fast: „Wie sie da lag!"

„Kanntest du sie denn?"

„Nein. Aber sie ist wie alle Frauen, die nach dem Krieg jung waren. Zerstört von scheinbar ehrbaren Männern. Es ist bitter."

Während Aragón mit Begeisterung dem Essen zusprach und sie beide dem sich schnell drehenden, leise surrenden Ventilator zusahen, riss das kaum erst aufgenommene Gespräch wieder ab. Schon alleine, um das zunehmend drückender werdende Schweigen zu unterbrechen, fragte Aragón: „Warum wolltest du mich sprechen, du gehst doch sonst immer deine eigenen Wege?" Eindringlich musterte Juliano seinen Kollegen, seine klaren Augen unter den dunklen Brauen flackerten in ihrem eigentümlichen, brennenden Grün. „Ich will wissen: Hast du wie Varela vor, den Fall zu den Akten zu legen? Oder willst du herausfinden, wer sie getötet hat?"

Aragón hörte auf zu kauen, setzte Messer und Gabel für einen Moment ab und betrachtete den anderen verwundert. Dann kaute er den Bissen zu Ende, schluckte und meinte: „Wir sind die Polizei oder etwa nicht? Was soll die Frage?"

Nervös leckte sich Juliano über die Lippen, suchte offenbar nach den richtigen Worten. In diesem Augenblick begrüßte der ältere Kellner hinter der Theke lautstark einen weiteren Gast, der in das

Café eintrat. Sie sahen sich um. Am anderen Ende des Raumes glänzte eine Glatze in der Sonne. Als sie der massige Mann entdeckte, wedelte er ungeduldig mit der Hand, bevor er sich, die Stühle der leeren Tische wegschiebend, auf sie zu wälzte, um sich schließlich drohend vor ihnen aufzubauen. Mit einem hörbaren Seufzer hob Juliano die Augenbrauen, als wollte er sagen: „Schon wieder Varela."

Ihr Chef schnaubte: „Verdammt, was sitzt ihr hier rum?" „Habt ihr nicht gehört, was die Zivilen verlautbaren lassen? Das Treffen in der Via Layetana ist vorverlegt. Er soll auf dem Weg hierher sein. Sabaté, endlich. Das ist unsere Chance. Also?" Missbilligend sah er auf Aragóns Teller mit dem gerade erst begonnenen Essen. „In zehn Minuten", sagte er widerwillig. „Ich warte draußen im Auto."

Während der kurzen Fahrt ins Revier starrte Aragón schweigend durch die Scheiben des Fiats, den Varela leise vor sich hin fluchend in Richtung Hafen steuerte. Vor dem vorbeirauschenden, geschäftigen Treiben in den Straßen spiegelte sich Aragóns Gesicht im Fensterglas. Er war ein Mann mit ersten grauen Haaren, tief liegenden, dunklen Augen, die ihr Gegenüber meistens schwermütig betrachteten, ein Gesicht mit mächtiger Nase, schmalen Lippen und energischem Kinn. Es war kein besonders schönes, aber ein offenes, ehrliches Gesicht. Jeden Morgen rasierte er sich sorgfältig und rieb sich danach langsam, wie in Trance, mit dem Duftwasser ein, das ihm seine Frau geschenkt hatte. Wie man so sagte, stand er in der Mitte seines Lebens. Er verdiente gutes Geld, war mit einer schönen Frau verheiratet und doch - oder vielleicht auch gerade deswegen - stellte er mit wachsendem Grauen fest, dass dieses Leben eher einem nicht enden wollenden Alptraum glich, als den Hoffnungen und Zukunftsbildern, die er sich als junger Soldat ausgemalt hatte und die er irgendwo in den Schützengräben des Bürgerkriegs verloren haben musste. Traurig sah Aragón, wie an einer Straßenecke ein alter Mann einem freilaufenden Hund ein Stück Brot hinwarf. Der Hund schlang die Kruste herunter und bellte dann mit dem Schwanz wedelnd den Mann an. Einer der wieder zahlreicher werdenden Zeitungsstände tauchte an einer Straßenkreuzung auf und verschwand im Rückspiegel. Trotz der gleichgeschalteten und zensierten Presse traf man hier ab und zu noch Menschen, die, in scheinbar harmlose Bemerkungen verpackt, ihrem Ärger über die Zustände Luft machten. Kleine Kinder liefen spielend an einer Frau vorbei, die sich mit schweren Körben abmühte. Hinter dem Scheibenglas kam es Aragón so vor, als bewegten sich die Menschen auf der Straße wie unter Wasser. Als hätte General Franco ihnen mit ihrer Sprache, dem Katalán, das er per Erlass verboten und seinen Gebrauch unter Strafe gestellt hatte, auch ihr halbes Leben genommen. Aber nicht nur das: Jede Freiheit, Jahrhunderte lang entfaltet und zum vibrierenden Pulsschlag dieser Stadt geworden, war in Massengräbern verscharrt worden. Angst hatte sich nicht nur in Barcelona in dicken Waben eingenistet und machte selbst vor den Familien jener Männer nicht Halt, auf die die Diktatur baute. „Sie macht auch vor uns nicht halt", dachte Aragón. Als junger Mann war er von Jesus Christus fasziniert gewesen, der durch sein Mitleid die Menschen von ihren Sünden erlöste. Fast war er damals bereit gewesen, sein ganzes Leben Kirche und Papst zu weihen und das Priestergelübde abzulegen. Er kannte Teile des neuen Testamentes auswendig, lebte in seinen Gedanken mit Heiligen, über die farbenprächtige Legenden umgingen. Aber dann wurde er als Soldat eingezogen. Und wenn das Vaterland einen rief, musste man folgen. Und heute, nach dem Krieg und dem, was danach kam, da waren von den Idealen seiner Jugend, von Mitgefühl und einem gottgefälligen Leben, wie es der Pfarrer predigte, nicht mehr geblieben, als der gelegentliche Besuch der Messe und die nach außen gewendete Ehrbarkeit der einmal geschlossenen, unauflöslichen Ehe. Dabei hatte er sich Senona selber ausgesucht, die Ehe war nicht einmal wie so oft von den Eltern arrangiert worden, um durch den Bund vor Gott eine Burg gegen die Sünde zu errichten. Er hatte daran geglaubt, als der Priester sie gesegnet hatte. Aber konnte es wirklich glücklich machen, wenn einem die eigene Frau nicht offen ins Gesicht sehen durfte, sondern dem Mann gehorchen musste, während beide ehrfurchtsvoll ihre Knie vor dem Kreuz beugten, an dem Jesus getötet worden war?

Juliano, der hinter Aragón und ihrem Chef Platz genommen hatte, räusperte sich und schreckte ihn so aus seinen dunklen Gedanken auf.
„Varela, du weißt, ich muss jetzt unbedingt den Kontakt zu den Händlern halten, Sabaté hin, Sabaté her. Mehrere neue Schiffe aus Übersee. Wenn uns auch nur ein Sack durch die Lappen geht, haben wir das Zeug wieder massenweise in der Stadt. Setz mich bitte am Hafen ab." Varela schnaufte böse: „Du bist wirklich zu nichts zu gebrauchen. Hängst ganze Nächte mit diesen Leuten herum, ohne auch nur einen Hinweis über die Auftraggeber. Sieh zu, dass du mir endlich Ergebnisse bringst." Kurz darauf hielt er am Hafengeländer, in einiger Entfernung von dem Gebiet, wo Juliano normalerweise arbeitete. Der sprang, plötzlich munter geworden, aus dem Wagen, und

verschwand ohne Abschied hinter der nächsten Ecke. Etwas wunderte sich Aragón schon, über Varela, der Juliano selbst jetzt freie Hand ließ, wo sie alle spürbar unter Druck standen, aber eigentlich widersprach ihr Chef Juliano sowieso fast nie. Als Varela den Wagen wieder startete und sich in den spärlichen Stadtverkehr einordnete, sah er kurz zu Aragón herüber und meinte leichthin: „Passt schon. Der Junge muss auch nicht öfter als nötig im Polizeihauptquartier gesehen werden. Schließlich soll er dem Pack, unter dem er sich herumtreibt, nicht auf die Nase binden, dass er zu uns gehört."

„Warum hast du uns denn dann erst so gedrängt, mit dir zu kommen?", fragte Aragón.

„Ganz einfach", Varela unterbrach sich selbst, drehte sich hektisch um, riss den kleinen Wagen von der Bahn und nahm in halsbrecherischer Fahrt eine scharfe Kurve in eine Seitenstraße, „weil wir diesmal auf Zack sein müssen", beendete er den Satz. „Wenn wir den Mann diesmal nicht kriegen dann, hoho. Es werden Köpfe rollen und nicht nur einer, das kannst du mir glauben."

Aragón glaubte ihm. Wie man hörte, hatte inzwischen sogar der Caudillo selbst von der Angelegenheit erfahren und einige längere Telefonate mit den höchsten Verantwortlichen der Stadt geführt, die anscheinend für sie sehr unangenehm gewesen waren. Es war ja auch wirklich kaum zu fassen: Allen Polizeieinheiten gelang es selbst mit vereinten Kräften nicht, mit einer Handvoll Anarchisten fertig zu werden.

Aragón erinnerte sich: 45/46, nach dem großen Krieg, hatte die Polizei hier in Barcelona in jedem Arbeiter einen Anarchisten gesehen. Sie hatte Angst. Die Zerstörung, die Francos damalige Verbündete, deutsche Nazis und italienische Schwarzhemden, über Europa brachten, war auf die Herrschaft Hitlers und Mussolinis zurückgeschlagen und hatte sie vernichtet. Würde sich da ausgerechnet die erschöpfte nationale Bewegung in Spanien halten können? Die geflohenen spanischen Republikaner und Anarchisten, die in der Resistance zusammen mit den Alliierten die Nazis aus Frankreich geworden hatten, hofften auf schnelle Maßnahmen der Siegermächte. Viele standen an der Grenze bereit, sich wieder in den Kampf zu werfen. Auch im Land selbst gab es noch immer illegale antifaschistische Organisationen. Obwohl in den Jahren zuvor Hunderttausende Männer und Frauen erschossen worden waren: Ein Wort hatte genügt, um jemanden zu denunzieren, ein Mensch starb schneller, als man sich umdrehen konnte. Aber die westlichen Staatschefs zögerten, ernsthaft Francos Sturz zu betreiben, waren sich nicht sicher, ob sie den Kommunistenfresser nicht noch brauchen würden, - schließlich geriet inzwischen halb Europa unter das Diktat Stalins. Obwohl die meisten Regierungen die diplomatischen Beziehungen zu Spanien abbrachen, ließen sie es schließlich bei Protestnoten und moralischen Verurteilungen bewenden. Einige wie Churchill lächelten Franco sogar verschmitzt zu und betrachteten bewundernd die goldenen Abzeichen an seiner Uniform.

In diese angespannte Situation hinein verübte eine Widerstandsgruppe, die der massiven Verfolgung entkommen war, ein Attentat auf Barcelonas Polizeichef Quintela. Angeblich waren schon damals die Brüder Sabaté dabei. Aragón träumte mittlerweile sogar von den Namen dieser Anarchisten, so oft las er ihn in den Berichten der Zeitungen und auf Fahndungsplakaten. Zwei der drei Brüder, José und Manuel Sabaté hatten sie inzwischen getötet, aber der dritte, Francisco, gab nicht auf. Aus zuverlässiger Quelle wussten sie, der kräftige, untersetzte und vor allem unglaublich ausdauernde Mann war nach langen Jahren der Abwesenheit wieder in der Stadt. Allerdings würde er sich diesmal verrechnen: Die Zeiten änderten sich. Vor fünf Jahren noch, da hatte Sabaté nur drohen müssen, das Kommissariat in die Luft zu sprengen, zu dem sie jetzt gerade fuhren, um alle Polizisten in Barcelona in Panik zu versetzen. Sie fürchteten damals, mit einem Anschlag auf das Hauptquartier würde die CNT-FAI vielleicht einen neuen verzweifelten Aufstandsversuch unternehmen. Es wäre nicht das erste Mal gewesen. In jenen Tagen rechneten sie jeden Augenblick damit, dass das große mehrstöckige Haus in der Via Layetana in die Luft flog, vor dessen Toren sich die Polizisten abends zum Abschied überschwänglich umarmten. Jede Nacht schien für sie die letzte zu sein, so sehr war ihnen die Angst in die Glieder gefahren. Nur ihr früherer Chef Quintela behielt einen kühlen Kopf, verdoppelte den Schutz auf der Straße, ließ alle Eingänge des Präsidiums rund um die Uhr bewachen, schickte sogar Patrouillen in die Kanalisation unter das Gebäude. Damit nicht genug, wurden inhaftierte Antifaschisten aus allen möglichen Gefängnissen herangeschafft und in die Zellen des Hauptquartiers gesperrt. Mit jeder Elendsgestalt, die sie in die engen, schmutzigen Käfige stopften, wurde ein Angriff unwahrscheinlicher und blieb am Ende tatsächlich aus. Das war 1949. Immerhin schon zehn Jahre nach Ende des Bürgerkriegs, zehn Jahre nachdem Francos siegreiche Truppen über die Ramblas marschiert waren. Damals beschloss ihr unmittelbarer Vorgesetzter Portillo einige Abteilungen der Brigada Criminal auszugliedern, damit diese von der Hektik im Präsidium ungestört weiterarbeiten konnten. Schließlich landeten Aragón und Varela in einem mächtigen Patrizierhaus mit malerischem Innenhof, den man unter den hohen Bögen gotischer Eingänge betreten konnte. In diesem Büro arbeiteten sie meist zu zweit, ab und zu kam Juliano dazu. Im Laufe der Jahre war es ihnen gelungen, eine Reihe von Morden aufzuklären, jedenfalls die Morde, die nicht vom Regime begangen wurden, berichtigte sich Aragón in Gedanken. Aber das Regime war die einzige Alternative. Die Menschen, die es jetzt fürchteten, hatten es mit dem Wahnsinn ihrer anarchistischen und sozialistischen Ideen selber heraufbeschworen. Sie wollten ja unbedingt die Revolution, schafften überall Privatbesitz ab, warfen Banknoten in den Wind, bildeten Kollektive. Sie gebärdeten sich so wild, dass sie schließlich sogar selbst von ihren eigenen Waffengefährten, den Kommunisten, bekämpft wurden. Im Bürgerkrieg zerstörten die Arbeiterinnen und Arbeiter die alte Ordnung und ersetzten sie durch Chaos. Das und nichts anderes hatte alle in den Abgrund gestürzt und die Last der Diktatur war die notwendige Folge, um das Vaterland zu retten. Aragón war sich sicher: Spanien wäre heute bestimmt wieder auf dem Weg zurück zur alten Größe, wenn alle an einem Strang ziehen würden, wenn die Arbeiter ihren utopischen Traum von grenzenloser Freiheit und Kommunismus endlich aufgeben würden. Aber nein, auch jetzt schlichen sich noch immer kleine Gruppen von Anarchisten aus ihrem Exil in Frankreich über die Berge hierher zurück. Sie waren der Grund, warum Barcelona nach den beiden Kriegen, dem Bürgerkrieg und dem Weltkrieg, eine belagerte Stadt blieb. Die Hoffnungen der Guerilla auf einen neuen Aufstand erwiesen sich als ebenso zäh wie ihre Militanten. Es waren Besessene. Gläubig, aber ganz anders als die Mönche und Pfarrer aus Aragóns Kindheit. Die Polizei badete in ihrem Blut und ihren Tränen. Von 1949 bis 51 töteten ihre Spezialeinheiten mehrere Dutzend Mitglieder der illegalen CNT, die Kontakt zur Guerilla hatten. Vergeblich, es gelang ihnen nicht, die Widerstandsgruppen zu zerschlagen. Im März 51 kam es beinahe täglich zu Wutausbrüchen von Portillo und Varela, als die Menschen nach den Jahren des Hungers wieder auf die Straße gingen und für höhere Löhne streikten. Vordergründig ging es um die um 20 Céntimos gestiegenen Fahrkartenpreise der Straßenbahn. Diese Erhöhung entfachte den lang aufgestauten Zorn der einfachen Leute in Barcelona, zumal in Madrid und anderen großen Städten die Preise unverändert blieben. Wie man hörte, soll die Tram in den Tagen der Revolution auch kollektiviert gewesen sein, kein Wunder also, wenn nun niemand mehr die teurer werdenden Tickets bezahlen wollte.

Der Boykott dauerte mehrere Wochen und bald darauf gingen Zehntausende Arbeiterinnen und Arbeiter auf die Straße, kümmerten sich nicht um die bewaffnete Polizei. Aragón erinnerte sich noch genau an hunderte von Zetteln, die um die Haltestellen der Tram herum flatterten. Es waren eher Schnipsel als Flugblätter, die ihnen damals Varela, der sie pedantisch bis auf das letzte Papier eigenhändig aufsammelte, wütend auf den Schreibtisch pfefferte: Auf allen stand das Gleiche: *„Die Sache mit der Straßenbahn trägt Facerias aus. Gegen den Erlass. Es lebe Sabaté."* Nur drei Sätze, aber die beiden genannten Anarchisten waren noch immer frei; ihre Namen - hinter vorgehaltener Hand - in aller Munde. Deswegen hatte Varela ohne Zweifel Recht: Diesmal mussten sie Sabaté und seine Bande ein für alle mal ausschalten. Die würden nie aufgeben. Dabei hätte es so einfach sein können. Warum blieb Sabaté nicht einfach jenseits der Berge in Frankreich? Konnte dieser Bankräuber es nicht bei dem belassen, was er bereits angerichtet hatte? Schließlich waren er und seine Familie entkommen. Aragón seufzte. Zeit sich geschlagen zu geben, warum wollten die das nur nicht einsehen?

Die Besprechung mit den zusammengetrommelten verschiedenen Einheiten in der Via Layetana war kurz und brachte keine nennenswerten Ergebnisse. Die Informanten, die sich in der Stadt unter den Überbleibseln der anarchistischen Gewerkschaft CNT bewegten, hatten nicht viel mehr zu bieten, als bloße Vermutungen. Tückisch glotzte Varela mit seinen funkelnden Schweinsaugen in die Runde am lang gestreckten Tisch, als ärgere er sich darüber, sich mit den meisten der hier Anwesenden abgeben zu müssen. Immerhin berichtete ihr Vorgesetzter Portillo, er habe gleich nach den ersten Hinweisen seine Männer in der Exil-Organisation der CNT in Toulouse angerufen und die hätten bestätigt, zumindest sei Sabaté nicht mehr in Frankreich. Es hieß, er habe bereits vor zwei Wochen die Grenze überquert.
„Also er ist hier, können wir davon ausgehen?", fragte Varela.
„Ja", meinte Portillo kurz angebunden. „Ich schlage vor, jeder von uns zapft alle seine Quellen an, wir brauchen jeden Hinweis, den wir bekommen können. Je eher wir etwas finden, desto besser." Er starrte in die Runde. „Wenn ihr bisher hart gearbeitet habt, so müsst ihr jetzt noch einmal so hart arbeiten." Langsam umrundete Portillo die Tafel, schritt die Reihe seiner Mitarbeiter entlang, die unter seinem kalten Blick zusammenzuschrumpfen schienen. Wissend musterte er jeden einzelnen. „Diesmal darf es kein Versagen geben - wir verste-

hen uns", sagte er und lächelte Aragón böse an, den er nicht sonderlich mochte. Portillo hatte raus, wie der Hase lief. Seine Männer sollten sich schon alleine deshalb anstrengen, um nicht seinen Zorn auf sich zu ziehen. Schließlich kam es jetzt auf jeden Tag an. Dieser Anarchist durfte sich erst gar nicht wieder Zuhause fühlen. Nachdenklich blieb der drahtige Mann vor seinem eigenen Platz an der Tafel stehen, seufzte und ließ sich von seinem Adjutanten eine vorbereitete Liste reichen. Furcht alleine genügte allerdings auch nicht. Seine Männer brauchten genaue Anweisungen, um wirkungsvoll handeln zu können. Es half ja nichts. Also ging er Einheit für Einheit mit ihrem jeweiligen Einsatzgebiet durch, wobei er Varela und Aragón zunächst keine bestimmten Aufgaben zuwies. Immer besser, noch jemanden in der Hinterhand zu haben. Als keine Fragen mehr kamen und sich die anwesenden Polizisten trotz ihres übermäßigen Respekts ihm gegenüber mit jenen unruhigen Blicken zu verständigen begannen, die ausdrückten, dass längst alles gesagt worden war, löste der Polizeichef mit knappen Worten die Versammlung auf.

Nachdem sich auch der letzte Untergebene mit einem zackigen *Arriba España* verabschiedet hatte, schloss Portillo langsam die Tür, blieb alleine im Versammlungsraum zurück. Zögernd strich seine Hand über das glatt polierte Tafelholz, langsam ging er zum Fenster und drehte dort den Stuhl so, dass er nach draußen in den blauen Himmel über der grauen Stadt sehen konnte. Angestrengt dachte er nach. Es würde nicht leicht werden, Sabaté zu erledigen, obwohl seine Jungs alles geben würden. Die meisten gehorchten ihm blind. Sie ahnten ja kaum, wer er eigentlich war. Der schlanke, elegante Mann mit den graumelierten Schläfen und der Adlernase wusste, dass sich um ihn im Laufe der Jahre beinahe so viele Gerüchte rankten, wie um den Anarchisten Sabaté. Und wie Gerüchte das so an sich haben, so waren sie auch hier eine trübe Brühe, in der einige Brocken Wahrheit schwammen, dazu Lügen, gewürzt mit der ausufernden Fantasie, die die Angst verleiht.

Es hieß, Portillo habe zunächst im Krieg zur Bereitschaftspolizei gehört und auf Seiten der Republik gekämpft, aber er sei dann nach Francos Sieg wie so viele andere mit fliegenden Fahnen zu den Faschisten übergelaufen. Damals wie heute trug er meistens einen sorgsam geschneiderten grauen Anzug. Grau (und das war kein Gerücht), wie die Farbe der Fabrikhallen, in die er Varela und andere Bluthunde schickte, um Unruhestifter aufzustöbern. Manchmal begleitete er sie dabei. Dann, wenn die eleganten Beamten durch die Halle schritten, sahen die abgearbeiteten Frauen und Männer nur flüchtig von ihren Werkbänken auf, schwiegen und nur bei harschen Fragen kam ihnen ein unversöhnliches „Weiß nicht", „Kenne ich nicht" über die Lippen. Aber wenn Portillo einzelne anlächelte, auf sie zeigte und „Mitkommen" sagte, dann huschte doch ein flüchtiger Schatten der Furcht über die Gesichter. Doch schon im nächsten Augenblick legten sie gleichmütig ihr Werkzeug nieder, zogen den Arbeitskittel aus und folgten ihm. Portillo beließ es bei Fragen, das war bekannt. Allerdings fragte und fragte er immer weiter, stundenlang, bohrte Löcher in die Vorsicht der Verhörten, bis es in ihren Köpfen aussah wie in einem Schweizer Käse. Er fragte solange, bis jeder Widerstand in sich zusammenbrach und er beginnen konnte, die gemachten Aussagen auseinanderzupflücken. Seine Männer nahmen sich nie soviel Zeit. Varela, der gerne alleine in die Keller des Polizeipräsidiums ging, vertraute eher auf seine Fäuste. Es war gar nicht so schwer, jemanden wie ein Stück Fleisch, wie einen Boxsack, zu behandeln, wenn dessen Augen geschwollen, wenn seine Antworten nur noch Röcheln waren. Varela löcherte auch nicht mit Fragen, sondern mit brennenden Zigaretten auf Handflächen und Armen.

Das Grau Portillos hingegen tat nicht weh. Er war ein Mann, der mit seinem Verstand arbeitete, dem ein kurzer Augenblick zwischen dem tiefen, nachdenklichen Inhalieren seiner Zigarre reichte, um die notwendigen Antworten zu finden. Im Grunde genommen fand er die unappetitlichen Verhörmethoden seiner Untergebenen überflüssig. Trotzdem ließ er sie gewähren, denn es war die Angst, die sie gemeinsam aufrechterhalten und wenn möglich noch schüren mussten. Denn obwohl sie Tausende und Abertausende ihrer Gegner an die Wand gestellt hatten, wagten es tatsächlich noch immer einige Unverbesserliche, den Krieg in Barcelona weiterzuführen. Und es durfte ihnen einfach nicht ein weiteres Mal ermöglicht werden, die Zukunft aufzuhalten.

Portillo selbst hatte mehrmals erlebt, wie schnell sich durch eine einzige versteckte Widerstandsgruppe ein Skandal unerahnten Ausmaßes entwickeln konnte. Vor fünf, sechs Jahren bereits hatte es so ausgesehen, als normalisiere sich alles, als verlöre Spanien allmählich den Geruch des geächteten, ausgestoßenen Landes. Mehrere Staaten entschlossen sich, ihre diplomatischen Kontakte wiederherzustellen. Und was geschah? Sabaté und seine Leute schafften es doch irgendwie, Bomben in die Konsulate der mit Franco verbündeten Regierungen von Brasilien, Bolivien und Peru zu schmuggeln. Die Botschafter kamen zwar mit einem gehörigen Schrecken davon, aber immerhin zündeten zwei Bomben und beschädigten die Gebäude schwer. Die Explosionen, deutlich sichtbares Zeichen des Widerstandes, schreckten eine Weltöffentlichkeit auf, die sich mit dem Caudillo arrangieren wollte. Das war das Werk dieses Teufels Sabatés.

Portillo hatte sich entschieden, entscheiden müssen, dem nationalen und christlichen Spanien zu dienen und er würde sich sein Leben kein zweites Mal kaputtmachen lassen. Ganz zu Beginn der neuen Ära, unmittelbar vor Francos Einmarsch in Barcelona, hatte er einige fiebrige Nächte lang geschwankt. Vielleicht wäre es sicherer gewesen Spanien zu verlassen, irgendwo neu anzufangen. Als Ende Januar Neununddreißig auf den Dächern die Fahnen der Falange aufgezogen wurden, war das für ihn alles andere als eine Überraschung: Seit langem hatte er den Krieg verloren gegeben. Jetzt war er nicht mehr bereit, wie so viele andere zur Grenze zu flüchten, einfach alles hinzuschmeißen und davonzurennen. Also übergab er ordnungsgemäß sein Kommissariat an die faschistischen Offiziere, bevor er ihnen in ihr neues Hauptquartier folgte.

Dort bot ihm irgendjemand eine Zigarre an und bat ihn, sich zu setzen. Als sie ihm erklärten, die Russen hätten ausgespielt, lehnte er sich zurück, schlug scheinbar entspannt die Beine übereinander und lächelte verständnisvoll. War er nicht im Grunde seines Herzens immer Nationalist gewesen? Möglicherweise würden ihn zwar seine alten republikanischen Freunde, wenn sie ihn in diesem Moment sehen könnten, verachten und vor ihm ausspucken, aber diese Freunde waren tot oder auf der Flucht. Und ein Wolf sollte mit den Wölfen heulen oder etwa nicht? Schließlich musste man immer bereit sein, dazuzulernen, hatte das nicht sogar Lenin gesagt? Als er damals, nach dem langen vertraulichen Gespräch mit dem neuen Militärbefehlshaber der Stadt, die unscheinbare Tür hinter sich schloss, die auf den langen Flur im ersten Stock der Generalität führte und die aussah, wie alle anderen Türen auf dem Flur, da taumelte er einen kurzen Moment, er wusste nicht, ob vor Glück, Erleichterung oder Verzweiflung. Grübelnd war er an diesem Abend durch die wie ausgestorben daliegenden Straßen, in denen weggeworfene Papiere flatterten, nach Hause gegangen. Zu seinem Haus, das es geschafft hatte, sich wegzuducken, als die Kämpfe ringsherum tobten und die Rufe der Arbeiterinnen und Arbeiter durch die Fenster in sein Inneres drangen.

Und wenn er einige Monate später im Salon seines neu ausgestatteten Hauses eine der Nutten kommen ließ, die junge Felicitas zum Beispiel, und er vom barocken Sessel aus die Stiefel ausstreckte, die sie mit ihren zarten Fingern vom Staub der Generalität befreite, ihr Haar in seinen Schoss fallen ließ, dann wusste er, dass seine Berufung und sein Glück darin bestand: In Gedanken zählte er die neuen silbernen Teelöffel und Kuchengabeln, bis es kam und sein kühl berechnender Verstand für einen Moment aussetzte.

Stets wartete der Mann, bis der Mond kurz vor dem Erlöschen nur noch als dünne Sichel am Firmament stand. Dies hier war sein zweiter Unterschlupf. In diesen Nächten öffnete er leise die schwere Tür zur schmalen Gasse, sah hinaus, ob sich auch nichts regte und schloss sie dann wieder. Fühlte in seinen Taschen, ob er alles dabei hatte, die Handschuhe, die er vielleicht brauchen würde und das Messer. Er nahm den dunklen Mantel, der den ganzen Abend über dem Korbstuhl hing und auf ihn wartete, warf ihn über und knöpfte ihn zu, setzte sich die schwarze Mütze so auf, dass seine Haare darunter verschwanden. Dann durchschritt er den kleinen Raum und schloss leise die Hintertür auf, schritt bedächtig, die Worte, die es zu sagen galt, stumm auf seinen Lippen bewegend an den Rosen vorbei, die er so sehr liebte und an dem hohen Reisighaufen, der an der Mauer lag. Er wusste, der kleine Garten war nicht einsehbar, lag im Schatten der Nachbarhäuser, gehörte dazu wie ein Liebhaber zu einer verheirateten Frau, einige ahnten, andere wussten, dass er da war und doch hatte ihn kaum jemand je aus der Nähe gesehen, musste man doch dazu durch das alte Haus gehen, eine Ruine, in der nur wenige Zimmer bewohnt waren. Ein schmaler Gang zwischen den verfallenden Häusern führte zu einem Hang. Hier war, von einer Schutthalde verdeckt, sein Schlupfloch. Von hier aus schlich er durch die Nacht wie einer der grauen Kater, die seinen Weg kreuzten, verspielt an den Ecken nach Katzen witternd, mal in weiten, langen Sätzen springend, mal vorsichtig trippelnd, lautlos. Und doch immer auf der Hut, immer gespannt, bereit loszuschnellen, sich an Gartenmauern hochzuziehen und in die Hecken fallen zu lassen, wenn zu später Stunde langsam ein Auto die Straße entlangfuhr. Es war meist ein Wagen der Guardia, die sich einbildete, sie könnte etwas gegen die Guerilla oder gegen die Kartelle ausrichten, wenn sie den einen oder anderen Laufburschen schnappten. Nur die Schatten waren seine Freunde, die ihm halfen, diese lästigen Zeitgenossen abzuschütteln. *Er* wusste, er hatte wohl die Wahl, er konnte es aufgeben, aber dann auch wieder nicht. Nicht, wo jetzt der Drache erschienen war.

Der Fuchs würde wiederkommen. Kein Zweifel, er würde erst aufhören, die Ratten zu reißen, wenn die ausschwärmenden Jäger ihn erwischten. Dass aber würde der ferne Gott dieser Menschen, die sich einmal bis fast zu ihm in den Himmel erhoben hatten, so schnell bestimmt nicht zulassen. Selbst dann nicht, wenn Gott wirklich in die französischen Felder und arabischen Wüsten ausgewandert war und sie hier in den zerrissenen Städten allein unter Bestien und Heuchlern zurückließ. Waren sie auf ihrem Weg abgestürzt, oder hatte er sie fallenlassen? Immerhin würde Gott doch bestimmt hin und wieder über das blaue Meer zu dieser wunderbaren Stadt hinüber schauen, die Sonnenstrahlen aus seinen Augenbrauen bürsten und blinzeln. Vielleicht würde er dann Regen und Nebel schicken für den Fuchs, der sich aus seinem Exil hierher schlich. Der das Leben aus Frankreich zurückbrachte.

Aus dem Exil, das er wie alle Menschen dieses Landes wählen musste, deren Namen auf nicht enden wollenden Listen standen und zum Ärger des politischen Kommissariats noch nicht durchgestrichen waren. Andere Namen, die bereits fein säuberlich aus der Liste gelöscht waren, gehörten zu denen, die in ihren ihnen zugedachten Gräbern lagen. Gruben, Hügel, auf denen in den letzten Jahren Brombeeren wucherten. Was die Bestien nur in ihren Alpträumen ahnten: Nachdem er über die Berge geschlichen kam, waren es gerade diese dornigen Büsche mit ihren schwarzblutigen Beeren, in denen sich der Fuchs versteckt hielt, bevor er in die Stadt huschte. Ein Tier, das seinen alten Bau nicht aufgeben wollte, aus dem es vertrieben worden war. Sein Zuhause, das es einstmals mit begeisterten Menschen teilte, die lachend, einander vorwärts schiebend ihren Sieg gegen die Soldaten mit den zugeknöpften Hemden gefeiert hatten. Zuhause in Straßen, in denen heute niemand mehr lachte. Diejenigen, die hier lebten, waren nur noch übrig geblieben, besiegt. Hasteten mit gesenkten Häuptern und zusammengebissenen Zähnen im stürmischen Frühjahrsregen. Verloren. - Vielleicht doch von Gott, auf jeden Fall aber von der Welt, vergessen. Bis auf den einen, den zähen, klugen Fuchs. Ein seltsames, scheues Wesen, das wie einst sogar der Gottessohn auf Eseln die steilen Pässe der Felsen überquerte, um in seine eigene Stadt einzuziehen, die vom Feind besetzt, von der Gewalt belagert wurde. Schon bei seinen letzten Aufenthalten hatte die Guardia ein Netz aufgespannt, das jedes Schlupfloch, jede Straße von den Ramblas bis zu den schmalen Gassen des alten Viertels umfassen sollte. Er war ihnen trotzdem entwischt. Diesmal würden sie ihre Anstrengungen verzehnfachen. Überall Häscher, unauffällig gekleidet. Grau, wie die Wände starrten, nachdem die Jäger alle Parolen abgewaschen hatten und mit in der Hüfte angelegten Maschinengewehren darauf lauerten, ob es jemand wagen würde, gegen das verwaschene Grau vorzugehen.

Ein nachtwandelnder Besitzer verborgener Gärten, der Juan regnerischer, kalter Nächte, der Führer verbotener Wege hatte es dennoch gewagt. Und so hatte der Fuchs überall in der Stadt Abdrücke seiner Tatze hinterlassen und den Häschern lief der Speichel aus den Mündern - vor Nervosität und nur mühsam beherrschter Wut. Der Fuchs lebte und war zurück.

„Der Fuchs ist zurück", so raunten es sich auch die Leute auf den Straßen zu, nicht nur die alten Milizionäre, die heute nur noch bei der Arbeit ihre blauen Overalls trugen, Pullover, die im Herbst 36 überall die grauen Anzüge verdrängt hatten. So flüsterten nicht nur die Männer und Frauen, die den Fuchs kannten, die Seite an Seite mit ihm gekämpft hatten, in den heißen Julitagen in den Straßen von Hospitalet oder später in den Schützengräben der Front. Ein Raunen lief auch durch die Reihen derer, die nach dem Krieg aus den Gefängnissen entlassen worden waren, geschlagen, gezeichnet von Hunger und Wunden, deren Schmerz sich in ihre Gesichter eingegraben hatte. Ihre Augen leuchteten auf, als sie von ihm hörten, sie waren es, die dem Fuchs helfen würden: Vierschrötige Männer mit schwieligen Händen, verhärmte Arbeiterinnen in der Nähmaschinenfabrik, die die CNT am Leben hielten. Ehemalige Genossinnen, die sich unauffällig in den kurzen Pausen Zettel zuschoben, in jenen wertvollen Minuten, die gerade reichten, um einmal Atem zu schöpfen. Frauen und Männer, die sich spätabends, zerschlagen vom Tag, mit fiebrigen Seelen an den unmöglichsten Orten versammelten.

Überall ging die Nachricht von Mund zu Mund: „Der Fuchs ist wieder da!"

„Weißt du noch, das letzte Mal, als er und seine Gruppe hier auftauchten, vor vier Jahren oder so, da gingen wir wenig später zu Tausenden auf die Straße."

„Wie könnte ich das vergessen, die Polizei schiss sich in die Hosen, wurde nicht mehr mit uns fertig. - Brauchte Verstärkung. Aus Saragossa, Madrid, Valencia 3000 Mann der Policia Armada."

„Haben sie dich nicht da auch in den Knast gesteckt?"

„Schon, aber da hatten sie schon verloren. Franco musste eingestehen, er war nur Besatzer, Besatzer im eigenen Land."

„Man sagt, der Fuchs hatte seit Monaten Flugblätter verteilt. Trug sie als alte Frau verkleidet zusammen mit seiner Walter im Korb durch die Gegend."
„Typisch Francisco, nur er kommt auf solche Gedanken."
„Ihren Urlaub hat er den Polizisten tüchtig verdorben. Franco selbst soll Gift und Galle gespuckt haben."
„Wo er unsere Stadt doch sowieso hasst wie die Pest."
„Nie hätten wir sie ihm damals so einfach überlassen sollen. Aber diejenigen, die uns verteidigt haben, sind oberhalb Barcelonas in den Bergen geblieben, keiner hat überlebt." „Die Stadt war am Ende, monatelang die Bomben, ganze Straßenzüge in Asche gelegt. Kein Strom mehr aus Leirida, keine Kohle. Dazu klebten uns Negrín und seine Hunde am Hals. Und wir hatten nur noch Sacharin."
„Meinst du, mit Zucker hätten wir uns besser verteidigen können?"
„Sehr witzig. Ich sag dir, Bajatierra hatte Recht, als er in Madrid vom Fenster auf die einmarschierenden Faschisten schoss, bis es ihn selber erwischte. Vielleicht, wenn wir damals alle gekämpft hätten, dann würde uns noch heute die Stadt gehören."
„Red keinen Quatsch, es war schon lange nicht mehr unsere Stadt. Die eigenen Polizisten haben uns kaltgemacht im Mai 37, da war Franco noch auf der Verliererstraße. Warum haben wir in diesem einen Jahr nur zugesehen, wie uns die Regierung alles wieder wegnahm, was wir erreicht hatten? Die deutschen Jagdflugzeuge konnten mit ihren Bomben unsere Häuser und Fabriken treffen, unsere Revolution haben wir alleine verloren."
„Aber immerhin haben wir ja noch den Fuchs. Vor dem haben sie alle eine Heidenangst."
„Ja, die schwitzen Blut vor Angst."
„Seid ihr so blind? Ja seht ihr denn nicht, dass gerade wegen Quico noch viele von uns dran glauben werden?"
„He, warum sagst du denn so was? Nicht einmal unsere Toten haben den Kampf aufgegeben."
„Solange er kämpft ist Hoffnung."
„Selbst wenn wir sterben wie el Cubano und Paco: Wir bleiben, wer wir sind."
„Das sagst du so einfach. Bartovilo und Villiela haben sie auf der Polizeiwache tot geprügelt. Wenn die euch hören würden. Glaubt ihr denn nicht, sie würden lieber noch leben?"
„Sie würden sagen, solange jemand kämpft, ist Hoffnung. Du mit deiner Angst. Meinst du denn, Francisco würde nicht vielleicht auch mal gern ein friedliches Leben führen? Hat er denn keine Familie?

Könnte er es denn nicht, dort hinter den Bergen - und uns vergessen?"
„Hinter den Bergen, da leben nur die Zwerge zufrieden."
„Die Zwerge, die mal unsere stolze CNT waren oder was?"
„Ich sag euch was: Nur wenige sind wie er. Der ist aus dem gleichen Holz geschnitzt wie unser Durruti. Wie viele Banken hat er überfallen? Und macht aus dem ganzen Geld Pistolen, Dynamit, falsche Pässe und Flugblätter. Und warum? Alles nur, damit dieser Alptraum zu Ende geht."
„Das ist ein Mann, ein echter Mann, nicht wie dieses Ungeheuer Portillo oder seine rechte Hand, der schielende, sabbernde Varela, oder der Aragón, der so aussieht, als ob er beim ersten Windhauch weggeweht werden würde."
„Die erkennt man doch nur als Männer, wenn sie ihre Uniformen tragen, ohne die sind sie Clowns, sehen aus wie aus ausgewrungene Lappen, geradewegs aus einem Gruselkabinett entsprungen."
„Ich sag euch, die bekommen den Fuchs nie."
„Eher stiehlt er ihnen ihre klitzekleinen, lauwarmen Eier direkt unter den Ärschen aus der Polizeiwache weg, ohne dass sie es merken."
„Und selbst ihre Frauen werden nichts merken."
Sie lachten. Aber die Polizisten, die die lachende Gruppe von einer Straßenecke aus beobachteten, gingen misstrauisch auf sie zu, die Knüppel schlagbereit und die Frauen und Männer zerstreuten sich.

„*Ich* habe es erst nicht geglaubt, als sie mir sagten, du willst mich hier treffen."
„Hier liegen unsere Besten."
„Du weißt, das Grab wird bewacht?"
„Aber die Wachen stehen am anderen Ende des Hügels. Wir haben genügend Zeit", sagte der untersetzte Mann und hakte die alte Frau ein. Während sie Arm in Arm zum Friedhof schlenderten, folgte ihnen die Dämmerung durch den Park mit den hohen, breitstämmigen Bäumen, die sich mit ihrer stacheligen Rinde gegen die Zähne der Tiere zur Wehr setzten und deren Äste und Blätter wie hundert Klauen tragende Tatzen im aufsteigenden Dunst zitterten. Wie eine lebendige Haut wucherte Mauerpfeffer an den Wegsteinen, eingehüllt vom schweren Duft einiger Ginsterbüsche, deren Blüten in dichten Gruppen gelber, doppelter Herzen die Nacht erwarteten. Am Rand des Weges neigten sich Fuchsschwanz und Erdrauch, die sich unter die schlafenden Mohnblüten gemischt hatten.

Als sie die Gräber im Schatten einiger halbhoher Büsche ausmachen konnten, verdunkelten sich die Augen des Mannes unter den dichten schwarzen Brauen. Ein Schleier von tiefer Traurigkeit legte sich auf das runde Gesicht, in dem Pausbacken und wohlgeformte Nase im Kontrast zu dem eckigen, vorspringenden Kinn standen und ihm so eine eigenartige Mischung aus Weichheit und Härte verliehen.

Schließlich gelangten sie zu den Steinen, die Erinnerungen sind und Hinweise auf das Ende, das uns alle erwartet. Drei Platten. Die Inschriften waren von den Faschisten abgeschabt worden und es war der unmissverständliche Befehl ergangen, alle Besucher zu melden und die immer wieder auftauchenden Blumen von den Gräbern zu fegen. Blumen, die zeigten, die Menschen vergaßen nicht, wer hier lag.

Aber die beiden jungen Soldaten, die im Schneidersitz vor der Mauer am Friedhofstor saßen, spielten Karten, zufrieden, hier für einige Wochen ihre Ruhe zu haben. Gruppen von mehr als drei Besuchern würden sie kontrollieren. Aber warum sollten sie die alten zerknitterten Mütterchen schikanieren, die hier jeden Tag ihre Runden drehten? Oder ein Liebespaar? Die Blumen taten sie beiseite, ohne es ihren Vorgesetzten zu melden. Wer zuviel erzählte, brachte sich selbst in Schwierigkeiten. Keine besonderen Vorkommnisse waren immer noch die besten. Und dass die Militanten der FAI wirklich hierher kommen würden, war kaum anzunehmen. Die hatten bestimmt bessere Treffpunkte. Selbst Portillo würde nie auf den Gedanken kommen, Sabaté hier anzutreffen. Wenn es jemanden gab, der völlig unsentimental war, dann war es der Fuchs.

Aber Francisco hatte als junger Aktivist der FAI zwei der drei hier begrabenen Männer kennen gelernt. Sie hatten der Revolution den Weg gebahnt: Die beiden Freunde Buenaventura Durruti und Francisco Ascaso. Während sich die untergehende Sonne daran machte ihr letztes Licht von der Erde wegzureißen, begann ein Vogel in den Büschen beinahe ängstlich zu zirpen. Unmerklich schlossen sich einige Blüten der Pflanzen. Einen langen Augenblick stand das ungleiche Paar schweigend vor den Gräbern, dann zog Sabaté die alte Genossin sanft weiter, beide in Gedanken vertieft: Alle drei Männer, die hier lagen, hatten nicht an Gott geglaubt. Unwahrscheinlich, dass sie nun im Paradies waren. Aber wer wusste schon, was *danach* geschah. Nun, wenn ihre Geister anstatt im Himmel hier auf dieser Erde umhergehen sollten, dann würden sie wohl kaum untätig auf diesem Hügel herumstehen und auf Besucher warten. Eher würden sie zum Beispiel bei neuen Banküberfällen unsichtbar im Wagen sitzen, um auf der halsbrecherischen Flucht in aller Ruhe mit ihren Genossen zu diskutieren, was sie am besten mit den erbeuteten Peseten anfangen würden. Sie waren Männer der Tat gewesen und nie gab es jemanden, der es eiliger gehabt hätte als Francisco Ascaso. Anderseits: Vielleicht würden sie sich trotzdem über die nicht abbrechende Folge von niedergelegten Blumen freuen. Jede Blume ein Schlag ins Gesicht der Faschisten.

Das Büro lag im 3. Stock des alten Patrizierhauses im Gotischen Viertel. Als Monument längst vergangener Tage erinnerte das Gebäude an die Könige von Aragón, einst Herrscher über das westliche Mittelmeer. Das mittlerweile etwas angegriffene Haus war der Sitz eines mächtigen Handelsherrn gewesen, dessen Schiffe damals Tag für Tag mit ihrer Fracht aus Sizilien, Sardinien und Neapel im Hafen von Barcelona ankerten. Aber die Tage, als Madrid noch zu einem anderen Königreich gehörte und ein ruheloser Italiener noch nicht das große Geschäft in Indien machen wollte, waren lange vorbei. Auch, wenn heute die Statue jenes Mannes etwas verloren auf ihrem hohen Sockel am Hafen stand und - wie sollte es bei Kolumbus anders sein - in die falsche Richtung wies. Irgendwann in den Jahren nach Ende des Bürgerkriegs war in das Erdgeschoss ein Friseur gezogen und darüber, hoch oben, mit weitem Blick über die Ramblas und entsprechend weitem Weg zu dem Parkplatz ihres Fiats, lag ihr vom Hauptquartier ausgegliedertes, unauffälliges Kommissariat. Juliano war meistens nicht da, entweder war er unterwegs auf einem seiner stundenlangen Streifzüge oder er saß in seiner kleinen, versteckten Bude am Hafen. An einem sonnigen Nachmittag, einige Tage nach dem Treffen in der Via Layetana, stolperte Aragón, vom Treppensteigen noch etwas außer Atem, in ihr Büro, das sich wie gewöhnlich in schrecklicher Unordnung befand und grüßte seinen Chef, der wie eine monströse Qualle bedrohlich hinter seinen Schreibtisch saß und ihn bereits zu erwarten schien. Überall verteilt lagen Akten, Berichte, Verhörprotokolle, die Aragón angefordert hatte. (Er selber versuchte eigentlich immer, sich um Verhöre zu drücken.)

Vom Warten ungeduldig geworden streckte ihm Varela theatralisch eine Zeitung entgegen, zog sie aber wieder zurück, als Aragón danach griff: „Jetzt schicken sie uns ihren *El Combate* sogar schon zu", grummelte er.
„Was meinst du?" Aragón faltete seinen leichten Mantel, legte ihn über die Stuhllehne und sah seinen Chef fragend an, der offensichtlich sehr schlecht gelaunt war.
„Wie ich es sage - mit der Post, an uns adressiert. Sie machen sich über uns lustig. Aber das Lachen wird ihnen schon noch vergehen."
Varela fletschte die Zähne und krallte sich mit den Händen an der Kante des Schreibtisches fest, mühsam nach Beherrschung ringend. „Dann heute Mittag der Anruf von dem Textilhändler. Juliano hat dir davon erzählt?"
„Ja. Der Mann hat Nerven, das muss man ihm lassen", sagte Aragón.

Varela starrte ins Leere. „Spaziert in den Laden hinein, sagt: ‚Ich bin der ‚Quico' und schon bekommt er alles, was er will. Aber ich sag dir, die planen ein größeres Ding. Hat die Policia Armada die Streifen verstärkt?"
„Ich denke schon."
„Also, ja oder nein?"
Aragón spürte, ein falsches Wort und Varela würde explodieren.
„Ich werde anrufen. Was steht eigentlich in dieser Zeitung, wie heißt sie noch mal?" „- ‚El Combate'? Na ja, was denkst du? Die übliche Leier: Der 1. Mai - Kampftag der Arbeiter. Justizmord an Anarchisten in Chicago. Die CNT."
Missmutig sah Varela ihn an, dann, während er sich bückte, um einige Blätter vom Boden zu fischen, unterbrach er sich selbst: „Deine Frau hat wieder angerufen." Er äffte ihre Stimme nach: „‚Wann kommt Aragón?' Jetzt ruft sie schon an, bevor du überhaupt da bist. Sag ihr, das ist keine Telefonzentrale hier. Warum hast du ihr überhaupt die Nummer gegeben?"
Aragón zögerte mit der Antwort. Er wusste, wie ihn Varela sah: Einen angegriffenen, fast verbrauchten Kommissar, der aufgrund privater Probleme seine Arbeit nicht in den Griff bekam.
„Du weißt doch, wie die Frauen sind, sicher soll ich ihr noch was besorgen", meinte er wenig überzeugend. „Komm schon, so oft ruft sie nun auch wieder nicht an."
Varela grinste verächtlich, lehnte sich zurück, so dass sein Doppelkinn sichtbar wurde, verschränkte die Hände hinter dem Kopf und starrte Aragón herausfordernd an.
„Du weißt, was hier los ist. Sag ihr, sie soll unsere Arbeit respektieren", sagte er scharf.
Das Licht der Nachmittagssonne teilte sich durch die Jalousie in Streifen, die über die auf den Tischen verstreuten Ordner liefen, auch Aragóns blasses Gesicht war golden gestreift.
Aragón wechselte das Thema: „Was Neues im Fall Rosa Pares?"
Varela schnaufte, dann beugte er sich wieder über seine Zeitungen, begann in den Akten zu kramen, bevor er geistesabwesend fragte: „Die Nutte? Sie ist tot, was willst du noch? Überflüssig, dass wir überhaupt im Barrio waren."
„Immerhin ist sie ermordet worden."
„Hä? Wird da einer sentimental? Warst du nicht dabei, als die Transporte mit den Roten vor die Stadt gekarrt wurden? Gut, ist schon eine

Weile her, aber glaubst du, eine Tote mehr oder weniger interessiert irgendjemanden?"

„Du meinst, sie war eine Rote?"

„Ich bitte dich: Die meisten Nutten sind Rote."

„Trotzdem. Der Krieg ist lange vorbei. Und sie ist ermordet worden!"

Varela fuhr hoch. „Herr Gott noch mal. Wir haben keine Zeit für so was. Ich hab es dir schon hundertmal gesagt: Sabaté ist wieder in der Stadt. Und er wird nicht nur versuchen, seine ganze Bande wieder zusammenzubringen, sondern sie werden auch zuschlagen. Das heute Morgen, das war nur der Anfang."

Aragón setzte sich auf den Schreibtisch, blätterte in einer Akte und seufzte. Inzwischen hatte Varela die Mappen auf seinem eigenen Tisch zu zwei Stapeln geordnet und sah zu ihm herüber: „Was ist das eigentlich, was du dir da von der Sitte hast kommen lassen. Doch nicht etwa wegen dieser Rosa? Da wäre es mir schon beinahe lieber, du würdest dir einige Adressen für deine freien Abende heraussuchen. Vergiss den Fall."

„Sind wir hier nicht die Mordkommission?", fragte Aragón zurück und sah, noch immer von den Lichtstahlen halb geblendet, trotzig zu seinem Chef herüber.

Varela fluchte innerlich. Warum hatte Gott ihn nur mit solchen Kollegen gestraft? Nein, eigentlich nicht Gott, sondern Portillo. Dieser dickköpfige Aragón, verstaubt und verknöchert, ohne Elan, depressiv, enttäuscht darüber, es nie zu etwas gebracht zu haben. So etwas führte vielleicht zu Geschwüren im Magen, aber kaum zu einem Fahndungserfolg. Und sein anderer Mann war beinahe noch schlimmer. Juliano war zwar jünger und sportlicher, schien aber in seinen Gedanken nie bei der Arbeit zu sein. Ein Tagträumer, der mit dem Kopf in der Luft hing, ein Schöngeist, der sich mit jedem abgab. Dem Jungen musste man mal ein bisschen Dampf unter dem Hintern machen. Gut, er hatte einen Überblick über die Schmuggler und Hehlerbanden im Umfeld des Hafens, doch Varela fragte sich, ob diese Informationen ihr Geld wert waren. Aber womöglich arbeitete Juliano sogar zu erfolgreich. Als Ermittler, der sich im Milieu bewegte, sollte er den Warenumschlag überwachen. Da gab es viele Versuchungen, vielleicht zu viele. Jedenfalls hatte er in den letzten Monaten kaum noch etwas zu Stande gebracht.

Varela war der einzige der drei Männer, der die Vorgaben von Portillo erfüllte. Wenigstens ihr Vorgesetzter arbeitete mit nüchternem Verstand, der Aragón fremd blieb: Gesetze wurden nicht für die

Praxis, sondern für Staatswissenschaftler und für das Ausland geschrieben. Warum um alles in der Welt sollte jemand, der die Verantwortung für die Geschicke des Landes in den Händen hielt, mit den gleichen Maßstäben gemessen werden, wie eine billige Nutte? Aragóns Prinzipienreiterei ging ihm schon lange auf die Nerven. Zeit für ihn selbst, noch einmal die Tapeten zu wechseln, sich versetzen zu lassen, um endlich dieses blasse Gesicht nicht mehr sehen zu müssen. Am liebsten wollte Varela zu einer der Einheiten, die sich ausschließlich mit den übrig gebliebenen Anarchisten herumschlugen. Er war fett geworden in diesem Büro. Portillo hatte ihn hier in Ketten gelegt, ab er zerrte kräftig daran und fletschte die Zähne. Er würde sie noch alle überraschen. Damals in den Kriegsjahren hatte er unumschränkte Vollmachten erhalten, er bestimmte, wer von den Gefangenen an die Wand gestellt und wer laufen gelassen wurde. Was war nur aus dem prächtigen Bluthund geworden, der er einmal gewesen war? Damals war er ein besserer Fährtenleser gewesen als die riesigen Doggen seines früheren Vorgesetzten Quintelas, die nicht nur einmal Flüchtlinge zerreißen durften. Ein übergewichtiger Hamster war er geworden, eines der stumpfsinnigen, im Kreis laufenden Tierchen, die jetzt in gutbürgerlichen Kreisen als Kinderspielzeug in Mode kamen. Was machte er eigentlich hier, während draußen immer noch diese Abenteurer frei herumliefen, um das Land in den Abgrund zu stürzen? Mittlerweile war es Varela sogar gleichgültig, wenn Aragón, dieses Fleisch gewordene Pflichtbewusstsein, allmählich mitbekam, dass er ihn und Juliano loswerden wollte. Das hieß, den Juliano mochte Varela eigentlich recht gerne. Schade, dass der Junge völlig neben der Spur war. „Sei's drum", dachte er. Mit Sabatés Rückkehr gab es wieder eine wirkliche Chance für eine Versetzung, weg von der langweiligen Arbeit und den beiden verkorksten Kollegen. Er würde Portillo schon dazu zu bringen: Jeder Banküberfall, jede Bombe, die hochging, bewies, dass die teuflischen Feuer des Chaos und der Anarchie nicht endgültig ausgetreten waren und sein immer wiederkehrender Alptraum, in dem Arbeiter und Arbeiterinnen Nacht für Nacht die Pflaster der Via Layetana aufrissen, um anschließend das Polizei-Präsidium anzugreifen, womöglich nur das Kommende ankündigte. Besorgt kratzte er sich den Backenbart, der in seiner Fülle das dunkle Gesicht halb verbarg und im eigenartigen Kontrast zu seinem allmählich spärlicher werdenden Haupthaar stand, das sich mühsam um seine Glatze herum behauptete.

Schwer und dicht schwebte Staub in den flimmernden Lichtstreifen, die das Büro durchfluteten. Die beiden Polizisten schwiegen. Wie die Wellen eines Ungeheuer bergenden Ozeans schienen sich ihre Gedanken aufeinander hin zu bewegen, aber bevor sie den anderen erreichten, zogen sie sich wieder zurück. Jedes Mal erstarb ihr Gespräch, noch bevor sich einer von ihnen aus der zusammengekauerten Haltung aufrichtete, von seinen Papieren aufsah, oder gar zum Fenster schritt, um den Frauen unten auf der Rambla sehnsüchtig hinterher zu sehen.

Stattdessen vergrub sich Aragón in Akten über einen Zuhälter im Barrio Chino, aber mit den flirrenden Staubpartikeln blieben auch seine Gedanken immer wieder im Raum stehen, um im nächsten Atemzug eine andere Richtung einzuschlagen, bevor sie erneut frei schwebend vom Licht eingefangen wurden.

„Warum mussten ausgerechnet jetzt die Überfälle der Stadtguerilla wieder losgehen?", fragte er sich. Dabei wollte er auf keinen Fall mehr ins politische Geschehen hineingezogen werden. Varela verwandelte sich zu einem Monstrum, wenn es um die CNT ging. Zwar machte es Aragón auch sonst nicht allzu viel Spaß, mit ihm zusammenzuarbeiten, aber im Allgemeinen war es erträglich. Gemeinsam war es ihnen in den vergangenen eineinhalb Jahren gelungen, eine Reihe ungeklärter Todesfälle aufzuklären und etliche Mörder zu überführen. Dass einige höher gestellte Täter noch immer in Amt und Würden waren, verbitterte Aragón, aber er wagte es nicht, gegen seine Vorgesetzten anzugehen. Obwohl er wusste, wie falsch es war. Portillo, Varela sie wollten genau wie die Anarchisten nicht erkennen, dass Spanien einen neuen Weg einschlagen musste. Die Dinge änderten sich. Die Jahre des Hungers waren vorbei, willkürliche Morde würden durch faire Verfahren ersetzt werden. Ging jemand anständig seiner Arbeit nach, hatte er absolut nichts zu befürchten. Die Kirchen, mächtiger denn je, sorgten für das geistige Wohl des Volkes. Der Krieg war aus, vorbei, ein für allemal. Entschieden. Nur in den Träumen seines Chefs geisterten noch immer alte Schrecken umher. Varela, mittlerweile aufgequollen, eine im Büro gefangene Krake, war ein Geschöpf des Krieges. Einmal war es ihm herausgerutscht, wie ihn jede Nacht die wiederkehrenden Schusswechsel und Explosionen aus dem Schlaf rissen. Ein eigenartiger Mann war sein Chef, der mit einer gespenstischen Frau zusammenlebte, die noch abstoßender war als dieser Faschist der ersten Stunde. Auch Aragón kannte die Trostlosigkeit erloschener Leidenschaften. Die Bitterkeit einer Liebe, die sich nur von wärmenden Erinnerungen nährte, sich im Hier und Jetzt aber zu einer vagen, wie vergessen daliegenden Vertrautheit hungerte, von der sich nicht sagen ließe, ob sie einen glücklich, unglücklich oder einen einfach nur gleichgültig machte. Auch er erlebte seinen gerechten Teil der Leere, die, eingesperrt in den eigenen vier Wänden, in Ehen Einzug hielt, nachdem Rücksichtsnahme und gegenseitige Achtung allmählich verendet waren. Und doch war Aragón ganz und gar nicht auf die Begegnung mit Señora Varela gefasst gewesen. Nachdem er sie getroffen hatte, konnte er seinem Chef tagelang kaum in die Augen sehen. Er verstand es einfach nicht. Dabei hatte er nicht einmal mit diesem merkwürdigen Wesen geredet, sie nur einen flüchtigen Moment angestarrt, bevor er erschrocken zurücktaumelte. Das war zu Beginn ihrer gemeinsamen Arbeit, als Aragón Varela überraschend zu einer Dienstbesprechung abholen wollte. Er brauchte eine ganze Weile, bis er das moderne Haus in einem der bürgerlichen Viertel gefunden hatte. Voller Elan nahm er mit wenigen Sätzen die Treppe zur Eingangstür und läutete. Und da öffnete sie. Wie ein zufällig dahin gewehtes Fliegennetz verdeckte ein schwarzer Schleier die tief liegenden Augen der Gestalt vor ihm. Dass die hagere Mumie mit den hohlen Wangen eines Totenkopfschädels und dem Kropf eine Frau sein musste, erkannte er nur an dem schwarzen Kleid und der schwarzen Haube. Sie sagte kein Wort, sah ihn durch den Schleier hindurch nur traurig an. In diesem Moment erschien auch schon Varela eilig im Hausflur. Und fast so, als verscheuche er einen riesenhaften Vogel, eine seltene Art Marabu, vertrieb er sie durch einen einzigen Ruck seines stiernackigen Halses, während er sich an ihr vorbei durch die Tür drückte und Aragón die Hand reichte. Weder damals noch später verlor Varela ein Wort über seine Frau. Natürlich nahm er sie auch nie mit auf die wenigen offiziellen Gelegenheiten, bei denen andere höhergestellte Beamte mit blitzsauberen Orden und geleckten Stiefeln ihre Damen in hoch aufgeschlossenen, wehenden Kleidern zum Tanz führten. Diese Frau konnte für den Chef ja auch keine Zierde und Stolz sein, eher etwas wie ein Hautgeschwür, das er gewissenhaft unter sauberen Hemden zu verbergen wusste.

Aragóns Gedanken wanderten weiter, zum letzten Ball, auf dem er mit Senona zusammen getanzt hatte. Senona hatte ihre Haare hochgesteckt, wie es Mode geworden war, und ihre sonst so ernsten braunen Augen sprühten Funken vor Vergnügen. Auf diesem Ball waren sie jung und vielleicht unschuldiger als heute, aus dem einfachen Grund, weil sie weniger von dem begriffen, was um sie herum geschah. Schwungvoll drehten sie sich im Kreis und lachten, vergaßen für einen langen, glücklichen Augenblick alles andere: Vergaßen die grauen Häuser, an deren Wände, wie dicke Schnüre aneinander gereiht, Löcher von Maschinengewehrkugeln entlangliefen, vergaßen die bedrückenden Fabriken, in denen die Menschen über ihre Arbeit gebeugt, meistens schweigend, nur hin und wieder leise fluchend, auf den Abend warteten, einen Abend, der ihnen die erlösende Nacht bringen sollte. Und doch würden nach kurzem, traumlosem Schlaf die Fabriken noch immer dastehen, um die Menschen, die vergessenen Menschen, am Morgen zu verschlucken. Der Vorarbeiter würde sie am Eingang erwarten, mit leeren Augen seine Liste herunterwandern, um ihren Namen abzuhaken. Im Schatten der Fabriktore wurden die Vergessenen und deren Träume beim Appell eingefangen und an die Maschinen gekettet. Dabei waren es ihre Werkstätten, die sie sich einmal für wenige Jahre zurückgeholt hatten, die ihnen dann aber erneut gestohlen worden waren.

Unter den hundert Lichtern, mit denen der Tanzsaal ausgeleuchtet war, lachte Senona erneut auf und drehte sich mit ihrem gefächerten, weißen Kleid um sich selbst und um ihren Bräutigam. Aragón liebte dieses Lachen, ihre Backen färbten sich rot und ihre dunklen Augen leuchteten. Heute im stickigen Büro schien es ihm, als ob sie in diesem Saal, in dem nur Militärs und einige wenige geladene Gäste Zutritt hatten, gegen die Zeit angetanzt hätten. Dieser Ball entschädigte sie damals für so vieles. Jeder Schweißtropfen, der sich beim Tanzen auf seiner Stirn bildete, wusch einen verblichenen Tag im Schützengraben ab, als er, während er Läuse zerquetschte und das Gewehr putzte, in die Sonne gestarrt hatte. Während sie sich im Kreis drehten, versteckte Senona all die dunklen Kriegsjahre unter ihrem wirbelnden Rock, straffte den Stoff und dachte: „Bleibt bloß da! Lasst uns einmal in Ruhe. Einmal. Lasst uns leben." Aber zum Glück hatte jemand die Tür des Saales fest verschlossen. Die hungernden Massen sollten nichts mitbekommen, vor allem aber sollten die lauernden Erinnerungen draußen bleiben: Die vielen kleinen, dreckigen, durch die Gassen irrenden Morde an Nachbarn und Bekannten, hasserfüllte Abrechnungen. Ganz zu schweigen von den niederschmetternden Massakern der Sensen tragenden Generäle, die mit ihren Armeen Spanien kreuzigten. Immerhin entschied ihr Anführer, der Caudillo, nach seinem Sieg, sich aus Hitlers Morden herauszuhalten und lehnte einen Kriegseintritt an der Seite Deutschlands und Italiens ab: Im Sommer 39 stand Francos Thron zu wackelig. Wenige Monate nach Ende des Bürgerkriegs waren nicht nur viele spanische Städte verwüstet: Das ganze Land war zerrissen. Vor allem gab es damals noch zu viele Republikaner, Kommunisten und Anarchisten, die entkommen waren und sich versteckt hielten. Hitler schmeckte Francos Zurückhaltung natürlich gar nicht. Spaniens Armee wäre eine willkommene Verstärkung gewesen für seine krankhaften Träume, die Welt zu unterwerfen. Deshalb drängte er den Caudillo bei einer Unterredung an der französischen Grenze mit rollender Zunge: „Vergessen Sie nicht: Es waren unsere deutschen Flugzeuge, die die Fremdenlegion und marokkanische Truppen von Afrika nach Spanien gebracht haben. Wir haben Ihre nationale Erhebung erst möglich gemacht." – Bald darauf läutete bei Franco das Telefon, Anruf vom Berg Mussolini aus Italien: Der Duce, geschaffen aus Brutalität, Größenwahn und Verrat, brüllte geifernd: „Wozu hab ich euch ganze Armeen geschickt? Meine Legionen haben für euch die Roten geschlagen. Jetzt brauchen wir euch." – Und noch ein Anruf: Göring grunzte in den Hörer: „Unsere herrliche deutsche Luftwaffe bewährte sich zum ersten Mal. Todesmutig flog sie Einsatz auf Einsatz gegen Rotspanien." Alles stimmte. Tatsächlich brach erst die deutsche Bomberlegion Condor den zähen Widerstand im Norden, in den baskischen Provinzen. Dabei machten die Basken nicht einmal bei den Land- und Fabrikbesetzungen mit, sie kämpften einzig und allein für ihre Unabhängigkeit. Aber entlang des alten Pilgerweges nach Santiago de Compestela stellten sich die ehrwürdigen christlichen Erzbischöfe auf und riefen, den rechten Arm vorstreckend: „Spanien, Spanien, Spanien! Gebt dem Kaiser, was Gottes ist." Brüllten es, breiteten ihre schwarzen Schwingen aus und flatterten mit weit aufgerissenen Augen über das zerklüftete Baskenland, graue Vögel der Kirche, die wussten, die Menschen hier sind gläubige Christen wie sonst nirgendwo. Und doch wandten sich die Basken voller Abscheu von diesen schwarzen Vögeln ab und die älteren Herren in ihren Talaren hielten zischend den Atem an, landeten auf den Kirchturmspitzen, öffneten ihre scharfen Schnäbel und krächzten laut. Riefen um Hilfe. Und am Himmel erschienen andere Totenvögel, durchpflügten dröhnend die dämmernden Wolken Gottes: Warfen brennende, explodierende Zweige auf die heilige baskische Stadt. Verwandelten Guernica in eine qualmende Ruine, bis das ganze Baskenland brannte. Und die ehrwürdigen Vögel auf den Kirchtürmen steckten ihre Köpfe zusammen und tuschelten, spuckten aus. Dann fällten sie das Urteil, während ihr geifernder Blick über die stumm daliegenden Täler und brennenden Städte des Nordens streifte: „Verräterprovinz".

Aber die Basken gaben auch in der Niederlage nicht auf. Genauso wenig wie die Katalanen, die Bauern in Andalusien oder in der Levante, die Arbeiterinnen in Saragossa und in Madrid, überall lebten unter ihnen einige, die ihre Gewehre nur versteckt hatten und die bereit waren, weiterzukämpfen.

Also blieb dem großen General nichts anderes übrig, als sich dem zarten Werben Hitlers und Mussolinis zu verweigern. Nur in einmal ließ er, getrieben von seinem Hass gegen Stalin, die ihm staatspolitisch erforderlich erscheinende Zurückhaltung fallen: Als die deutsche Armee im Sommer 41 in einem Inferno aus Stahl und zügellosem Morden Russland überfiel, ließ der Caudillo zwei Divisionen Freiwilliger für den Krieg im Osten antreten. Natürlich meldeten sich nur fanatische Faschisten, um im neuen Kreuzzug gegen Moskau mit zu marschieren. Sie bekamen, wonach sie verlangten: Eine Eintrittskarte in die Hölle.

Von der von Franco ausgesandten blauen Division würden erst heute, zehn Jahre nach Kriegsende, die letzten der wenigen Überlebenden aus russischer Gefangenschaft zurückkehren. Ähnlich wie Sabaté und seine Männer schienen die Heimkehrer der Blauen Divisionen Übriggebliebene, Relikte einer Zeit, die die damals sich um sich selbst drehenden lachenden Aragón und Senona am liebsten schon bei dem großen Offiziersball aus dem Tanzsaal verbannt hätten. Sie sollten draußen bleiben. Denn drinnen im erleuchteten Saal gab es den Lohn für die Morde: Amüsement und Vergessen. Hier winkte das leicht erotische Prickeln, wenn der Vorgesetzte einem anerkennend auf die Schulter klopfte. All diese Offiziere mit ihren maßgeschneiderten Uniformen und ihre mit Silber und Gold behangenen Frauen wollten dabei nur eines: Zurück zur Normalität. Nicht nur hier in Spanien - um jemand wirklich Bedeutendes zu sein, musste man aufs Ganze gehen, musste man zurück aufs große internationale Parkett. Und es sah gar nicht so schlecht aus. Zunehmend mit Erfolg versuchte der Caudillo unter die schützenden Fittiche des neuen mächtigen Riesenvogels USA zu kriechen. Mit gewetztem Schnabel und mächtigen Klauen verteidigte der flügge gewordene amerikanische Raubvogel die christliche Zivilisation gegen die gottlosen russischen Teufelsarmeen, selbst dann noch, als sich die Höllenpforten hinter Stalin für immer geschlossen hatten. Franco hoffte nur, US Präsident Eisenhower würde den durch Stalins Tod orientierungslos gewordenen Unterteufeln in Moskau ordentlich einheizen. Jedenfalls entwickelte sich Spanien für die Amerikaner mehr und mehr zum anerkannten Partner in einem Bündnis, zu dem auch

Frankreich, England und das bereits wieder aufgepäppelte Westdeutschland gehörten. General Franco schüttelte die Hand von General Eisenhower fast so lange, bis sie abfiel und schließlich war er tatsächlich hereingebeten worden, in das Haus der Freiheit. Ungeduldig erwartete die spanische Industrie nun auch die Öffnung des europäischen Marktes, überlebenswichtig für ihr Land, in dem die meisten Menschen seit fünfzehn Jahren nur Elend kannten. Große Veränderungen bahnten sich an und waren unausweichlich, denn auch die ohnehin immer geringer werdenden Einnahmen aus den Kolonien drohten verloren zu gehen: Wenn es stimmte, was Juliano erzählte, dann gärte ganz Nordafrika. In Spanisch-Marokko würden sich Berber und Araber gegen die Kolonialherrschaft erheben, in Algerien befanden sie sich bereits seit einem Jahr im Aufstand. Aber anders als Frankreich würde Spanien wohl keinen Krieg um seine Besitztümer in Nordafrika führen. Die Franzosen hatten selbst nach ihrem verlustreichen, blutigen Feldzug in Südostasien gerade das riesige Indochina verloren. Das bedeutete, ein Krieg würde vielleicht den Abfall der Kolonien aufhalten, aber kaum verhindern können, dafür würde er aber mit Sicherheit die politische Lage im eigenen Land aus dem Gleichgewicht bringen. General Franco aber strampelte um Normalität wie ein Ertrinkender um die Luft zum Atmen. Das Beispiel Frankreichs vor Augen, würde der Caudillo Spanisch-Marokko wohl in die Unabhängigkeit entlassen. Ein moderater Umgang mit der Unabhängigkeitsbewegung wäre dazu ein weiterer Trumpf im Spiel um internationale Anerkennung. Jetzt, mit dem neuen Abkommen mit den USA, war die Normalität zum Greifen nahe. Der Weg schien frei.

Nur die Anarchisten gaben nicht auf. 45 hatte Aragón es noch verstanden. Nazideutschland war besiegt: Das bösartige österreichische Gewächs mit dem rollendem „R" und dem hässlichen Schnurrbart stahl sich in seinem Bunker in Berlin aus der Verantwortung und in Italien faulte der Duce an den Füßen baumelnd in der Sonne, sein großes Maul gestopft von den Partisanen. Damals legte die FAI hier in Barcelona noch einmal richtig los, allen voran die Brüder Sabaté. Sie überfielen mehrere anerkannte Persönlichkeiten der nationalen Bewegung. Entweder fingen sie sie auf der Straße ab, oder sie drangen nachts in ihre Häuser ein, fesselten sie zusammen mit ihren Frauen und raubten sie aus. Dabei nahmen sie nicht nur Bargeld mit, sondern auch Säcke mit Kartoffeln und Bohnen, die sie an hungernde Familien verteilten. Es gelang Sabaté sogar, zwei Gefangene zu befreien, die hingerichtet werden sollten. Die Guardia Civil antwortete mit Härte. Aragón selber, zu dieser Zeit ein kleiner Streifenpolizist, wurde bei den Fahndungen nur hin und wieder bei größer angelegten Kontrollen eingesetzt. Hunderte von mutmaßlichen Unterstützern der bewaffneten Anarchisten wanderten in die Gefängnisse. Doch sie gaben nicht auf. Immer wieder überquerten kleine Gruppen von ihrem Exil in Frankreich aus die Pyrenäen und sickerten schließlich, auf ihrem Weg unterstützt von Bauern und Kohlebrennern, nach Barcelona ein. Noch Ende der Vierziger lieferten sie sich Feuergefechte mit den Ordnungskräften. Obwohl, „Feuergefechte" - so bezeichnete es die Polizei: Oft genug waren es Hinrichtungen: Wenn die Kollegen von der Politischen jemanden in Verdacht hatten, mit der Widerstandsbewegung zusammenzuarbeiten, überwachten sie den Mann und warteten. Dann, wenn das Opfer ahnungslos an einer Straßenecke stand, fuhren sie in ihren neuen Wagen vorbei und mähten es mit einigen schnellen Maschinengewehrsalven nieder. Auf diese Weise töteten die Spezialeinheiten an einem einzigen Tag, dem 21. Oktober 1949, fünf bekannte Aktivisten der CNT-FAI. Einige Tage zuvor war es ihnen endlich gelungen, José Sabaté, den älteren Bruder des Fuchses, zu töten.

Durch Verräter aus den Reihen der Anarchisten gut informiert, stürmten die Polizei in diesen Wochen der Abrechnung in die Häuser, die ihnen genannt worden waren und schossen auf alles, was sich bewegte. Offiziell hieß es zwar, die Mitglieder der Widerstandsgruppen seien bewaffnet, aber meist stellte sich nach den Festnahmen heraus, dass dies nicht der Fall war. Aragón selber war nur einmal an einem solchen Überfall beteiligt. Er mochte das Ganze nicht, aber irgendjemand war auf die Idee gekommen, seine Polizeieinheit als Verstärkung für einen Einsatz hinzuzuziehen, von dem viel abhing. Es sollte ein Schlag gegen die Gruppe werden, die sich „los Maños", „die Aragonier", nannte. Ihr Anführer, Wenceslao Oribie, wurde in einer Wohnung überrascht. Aber als er von mehreren Kugeln getroffen, schwer verletzt mit dem Rücken auf dem Boden lag und sich kaum mehr bewegen konnte, gelang es ihm noch, eine in seinem Füllfederhalter versteckte Zyankalikapsel zu schlucken. Nur so konnte er sicher sein, dass er unter der unausweichlichen Folter vor der Hinrichtung keine Namen nennen würde. Wenceslao schloss die Augen und die Wirkung des Giftes bereitete sich rasch in seinem Gesicht aus. Verloren stand damals Aragón im verwüsteten Raum und betrachtete nachdenklich die trotzig erstarrten Züge des Toten. Scheinbar reichte es nicht, die Anarchisten einfach zu töten. Wenceslao Oribie, Kopf der Maños, dringend gesucht wegen Beteiligung an dem Attentat auf dem Polizeichef Quintela, besiegte seine Mörder durch einen zweiten Tod mit einem Füllfederhalter.

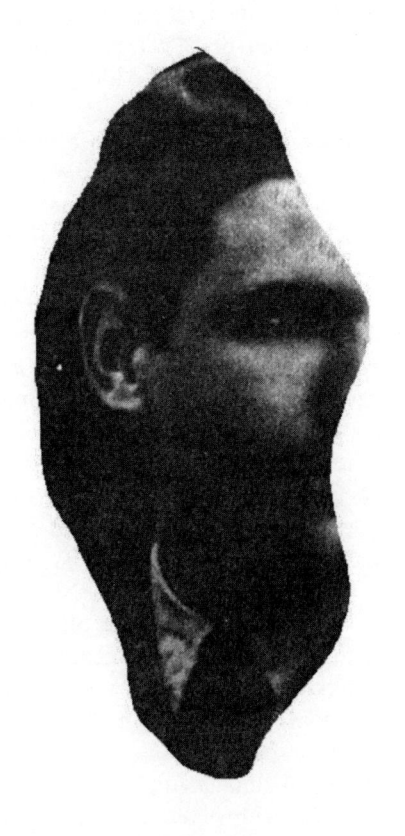

2. März 1949: Viertel vor zwei.

In der Calle de Marina parkt ein Lastwagen, nur hundert Meter von der Kirche der Heiligen Familie entfernt. Er ist gestohlen, genauso wie der unauffällige Fiat, der in der gleichen Straße ein Stück weiter oben steht und in dem drei junge Männer sitzen, die unter ihren Mänteln Maschinengewehre bereit halten. Wence Oribie sitzt hinten, wartet gespannt auf eine bestimmte Bewegung jenes Mannes, der einige hundert Meter entfernt einsam auf dem Straßenpflaster auf und ab geht. Von hier aus kann er am besten die sich nähernden Wagen erkennen. Wenceslao wartet darauf, dass der unscheinbare Späher seinen Hut abnimmt. Auch der stämmige Arbeiter im blauen Overall, der vor der geöffneten Motorhaube des Lieferwagens steht und vorn übergebeugt an Schläuchen herumfummelt, wartet auf den sich lüpfenden Hut. José Sabaté auf dem Fahrersitz des Lasters kann die Straße nur im Rückspiegel sehen, verlässt sich aber auf den jüngeren Bruder, den Fuchs, heute Mechaniker im blauen Overall. Fransisco sieht immer wieder verstohlen zu dem hin und her schlendernden, gut gekleideten Genossen auf der Straße hinüber – der noch immer seinen Hut aufhat.

Mehrere Wochen lang haben los Maños und die Brüder Sabaté gemeinsam jede Bewegung von Eduardo Quintela, Barcelonas Polizeichef, überwacht. Jetzt sind sie sich sicher: In wenigen Minuten wird sein neuer grauer Wagen hier vorbeikommen, so wie er immer zwischen 13.45 und 14.10 die Calle de Marina passiert. Für alle hier ist es bei weitem nicht das erste Feuergefecht, auf das sie warten, und doch sind sie nervös. Es stimmt nicht, wie das in Romanen zu lesen ist, dass Erfahrung gegenüber der Gefahr gleichmütig macht: Die Männer sind hell wach, lauern in jener Mischung aus Konzentration, rasendem Puls und euphorischer Heiterkeit, die später in ihren Erinnerungen jeden Baum und jedes Auto in Sonnenlicht geätzt hinterlassen wird. - Und jede Maschinengewehrsalve, denn sie wollen töten. Wenn sie Quintela erwischen, wird die Hölle selbst sich in Bewegung setzen, um sie zur Strecke zu bringen. Aber er ist der Kopf der Guardia Civil. Mit seinem Tod würde die Angst, die er über die Stadt gebracht hat, sich umkehren und zu ihrem Verbündeten werden. Nie mehr würde Quintela seine vier- und zweibeinigen Bluthunde auf sie hetzen. Nie mehr in seiner unvergleichlichen Mischung aus Schmeichelei, Versprechungen und brutalen Drohungen Spitzel anwerben. Tausende würden aufatmen. Aber ausgerechnet heute lässt Quintela auf sich warten, hätte schon lange vorbeifahren müssen. Die Zeit kriecht im Schneckentempo. Da! Endlich nimmt ihr Genosse den braunen Hut ab und verdrückt sich schnell. Ohne zu zögern greift der Fuchs nach dem in der Motorhaube verborgenen Maschinengewehr und rennt los, mitten auf die Straße. Breitbeinig bleibt er stehen, das graue Auto fährt auf ihn zu, bis er feuert. Kugeln schlagen in Windschutzscheibe, Blech und Reifen, der Wagen schleudert in den Straßenrand. Auf den Sitzen bewegen sich, zunächst noch benommen, zwei Männer, stoßen dann die Türen auf und versuchen zu entkommen. Sie werden von den Attentätern der Maños aus dem heran jagenden Fiat beschossen, der kurz darauf mit quietschendem Reifen stehen bleibt. Inzwischen läuft Sabaté zu Quintelas Wagen, den er mit seinen Kugeln durchsiebt hat. Der Fahrer ist tot. Der Fuchs springt zurück. Auf dem Straßenpflaster sitzt, halb aufgerichtet ein junger Mann, hält sich mit bleichem, schmerzverzerrtem Gesicht seinen zerschmetterten Arm, auch sein Bein blutet. Angst flackert in seinen Augen, als er aufblickt und der bewaffnete Anarchist vor ihm steht. Francisco Sabaté mustert ihn nur mit maßloser Enttäuschung und läuft dann schnell zum dritten Mann, der ebenfalls vergeblich zu fliehen versuchte und nun in seinem Blut liegt, dreht ihn auf den Rücken. „Verdammt!", ruft Francisco. „Quintela ist nicht dabei!" Hastig winkt er den Genossen, abzuhauen. Es gibt keinen Grund, den auf der Straße kauernden einzigen Überlebenden des Überfalls auch noch zu töten, die Anarchisten kennen ihn nicht.

Erst am nächsten Tag lesen sie in den Zeitungen, wen sie erschossen haben: Den Fahrer, Antonio Norte, und Pinol Ballester, einen Führer der studentischen Falange. Warum benutzten sie diesen Wagen? Wo war der Polizeichef gewesen? Sie würden es nie erfahren.

Dumpf brütete Varela an seinem Schreibtisch und versuchte dabei weiterhin Aragón, so gut es ging, zu ignorieren.

Um gegen Anarchisten anzukommen waren doch wohl ein depressiver Pedant und ein häufig geistesabwesender Träumer die denkbar schlechteste Mannschaft. Was er brauchte, waren knallharte Kerle. Männer, denen es Befriedigung verschaffte, Verbrecher zur Strecke zu bringen. Die zuerst schossen und nur die verhafteten, die irgendwie übrig blieben. Er brauchte Männer, die im Krieg zu töten gelernt hatten, in den großen Schlachten oder im Häuserkampf. Aber besonders mit Aragón war nicht viel mehr zu machen, als das Gesetz hergab. Das Schlimmste aber: Portillo war zu gerissen, um ihm diese beiden faulen Eier nicht mit Absicht ins Nest gelegt zu haben. Vielleicht hatte er es nach Francos Sieg wirklich etwas zu arg getrieben und Portillo hielt es für besser, ihn an die Leine zu legen. Jetzt sah er mal, was er davon hatte. Immer, wenn einer dieser verlausten Bombenleger auftauchte, waren die alten Methoden gefragt. Sobald der Name Sabaté fiel, war er wieder gut genug. Zwei Brüder hatten sie schon zur Strecke gebracht. Den jüngeren, Manolo, bei einem Grenzübergang verhaftet und anschließend exekutiert. Der ältere Bruder, José Sabaté, war ihnen kurz zuvor in eine sorgsam aufgestellte Falle gelaufen. Zwar konnte der Anarchist, der auf den Fahndungsfotos wie ein Hollywoodstar aussah, bereits mehrmals getroffen zunächst aus der Umzingelung fliehen, wobei er einen ihrer Beamten erschoss, aber kurz darauf erlag er seinen schweren Verletzungen. Eigentlich war José der Erfahrenere der Brüder, - er hatte im Bürgerkrieg eine anarchistische Einheit an der Front geführt und kannte jede Gasse in Barcelona. Wenn sie ihn erwischen konnten, dann war es nur eine Frage der Zeit, bis sie auch Francisco, den Fuchs, fangen würden. Irgendeine Schwäche würde auch er haben. - Ja. - Vielleicht ließ er sich zu etwas Unüberlegtem hinreißen. Wenn es stimmte, was Portillo erzählte, dann hatte Francisco im Bürgerkrieg einen der eigenen Offiziere erschossen. Die Roten, unfähig, auch nur halbwegs vernünftig Krieg zu führen, massakrierten sich ja damals gegenseitig, schickten ganze Hundertschaften in den sicheren Tod, nur um ihren Gegnern im eigenen Lager eins auszuwischen. Auch eine Gruppe der CNT Miliz wurde offensichtlich mit Absicht in einen aussichtslosen Angriff geschickt und aufgerieben. Sabaté überlebte (natürlich) als einer der wenigen und erschoss anschließend den Offizier der Kommunistischen Partei, der den Befehl gegeben hatte. Danach wurde Sabaté sogar auf der republikanischen Seite als Verbrecher gesucht. Aber er setzte sich nach Frankreich ab und entkam (natürlich). Aber jetzt wurde Sabaté von Portillo und von ihm gejagt, das war ein anderes Kaliber. „Obwohl wir nun schon seit zehn Jahren hinter ihm her sind. Zehn Jahre um einen einzigen Mann zur Strecke zu bringen sind einfach zu lange", dachte Varela und schmatzte gedankenverloren in die sonnenüberflutete Stille des Büros hinein.

Und ausgerechnet jetzt kam ihnen dieses Mädchen in die Quere. Eine Prostituierte, für die Aragón sich ja besonders zu interessieren schien. Was bedeutete denn schon so eine kleine Nutte? Gut, wie sie dalag, abgestochen, das war unappetitlich, aber genauso gut hätte man sie ja nur erwürgen können. Dann wäre nichts zu sehen gewesen, außer den Daumenabdrücken am Hals. Leicht blau angelaufenes Gesicht. Aber sonst, - als ob sie schlafen würde. Er wäre nicht in die Blutlache gestiegen. Niemand würde sie vermissen. Nicht einmal Aragón.

Ja, was glaubte der denn, was die Anarchisten vorhatten? Eigentlich sollte er wie alle Kollegen keinen Schlaf mehr finden, bis sie Sabaté gefangen hatten. Man durfte so einen Mann, den die Arbeiter liebevoll in der Kurzform von Francisco, „Quico", oder eben den „Fuchs" nannten, nicht frei herumlaufen lassen, wenn er auch in Wirklichkeit nur ein räudiger Schakal war, selbst so voller Gift, dass er alle ausgelegten Köder schon zwei Straßenzüge entfernt zu wittern schien. Wenn sie den an sich unscheinbaren Mann nicht fangen würden? Ja dann? Oh ja, seine Kollegen würden trotzdem noch ruhig schlafen können. Selbst ein Schwein röchelt sich mit schwächlichem Grunzen in den Schlummer, auch wenn es weiß, dass es morgen geschlachtet wird. Aber vorher würden sie noch Ärger bekommen. Und was für welchen! Die Politiker, die Generäle, ja selbst der Caudillo, sie alle forderten den Kopf des Anarchisten, der zusammen mit dem seines Kumpels Facerias auf dem Fahndungsplakat im Büro jeden Tag auf sie herabsah und sie zu verhöhnen schien.

Das Telefon klingelte. Varela meldete sich, schroff wie immer: „Ja, was gibt's? --- Was? --- Ist nicht wahr! --- Ich wusste es! Gut, komme sofort." Er knallte den Hörer auf.

Aragón war bereits im Mantel und blickte seinen Chef fragend an.
„Überfall in der Calle Mallorca. Sieht ganz nach Sabaté aus. Lang hat es ja nicht gedauert, bis er wieder zugeschlagen hat. Gerade mal vier Stunden. Verstehst du jetzt, was ich meine?"

Vor der Bank von Vizcaya, entlang der Calle de Mallorca standen wild geparkt, beinahe, als ob sie nach einem Unfall ineinander gerasselt wären, fünf, sechs Wagen der Polizei.

Varela schäumte: „Idioten seid ihr, nichts anderes, die ganze Policia Armada! Ein Passant behauptet sogar, die Räuber haben euch noch gegrüßt, als sie in ihr Taxi gestiegen sind und ihr habt zurück gewunken. Unglaublich! Ihr habt sie in aller Ruhe davonfahren lassen!" Voller Verachtung schüttelte er den Kopf und wandte sich dem älteren Kassierer zu, der verschwitzt, mit hochrotem Kopf bei der Gruppe der sich ratlos umsehenden Polizisten im Eingangsbereich der Bank stand und noch immer zitterte. „Mit wie viel Pesetas?"

„700.000, Señor", antwortete der Mann verzweifelt und rückte seine Brille zurecht.

Varela war außer sich: „Da habt ihrs! Drinnen werden ein dutzend Kunden mit Waffen bedroht und ihr steht hier draußen rum und genießt die Sonne. Verdammt. Warum habt ihr nicht mal einen Blick in den Korb geworfen?"

Der junge Polizist konnte ihm nicht in die Augen sehen, als er kleinlaut erklärte:
„Die Männer waren sorgfältig gekleidet, nichts deutete auf einen Überfall hin."

„Und jetzt ist das Geld weg", nervös zog Varela an seiner Krawatte und verschaffte sich so etwas Luft.

„Was meinst du Aragón? Was werden sie damit besorgen? Noch mehr Maschinengewehre, die sie in Obstkörben durch die Gegend tragen, falsche Pässe, Bomben?"

Aragón wusste, sein Chef erwartete nicht wirklich eine Antwort. Mit hochrotem Kopf starrte Varela auf die Stufen der Treppe, die zum Portal der Bank führte, kaute auf seiner Unterlippe, während sich das Sonnenlicht auf seiner Halbglatze spiegelte. Dann sagte er leiser: „ Ich muss zu Portillo, um ihm das hier zu erklären. Fahr du zu Juliano und sag ihm, ich will, dass er die Nacht durchmacht. Er kann mir die Rechnungen schicken. Morgen früh ist der 1. Mai, ich will nicht noch eine Überraschung erleben."

Aber der 1. Mai blieb ruhig.

„**Und** dieser Mann ist zuverlässig?", fragte Portillo, kalt und beherrscht wie immer, am Doppelkinn des am Lenker sitzenden Varelas vorbei und musterte eindringlich das wahrscheinlich von einem zu später Stunde eingenommenen Stärkungstrunk gerötete Gesicht des Nachtwächters. Eine stickige Fahne Schnaps schlug ihnen entgegen, als sich der ältere Mann, der sich mit beiden Händen am Dach des Fiats abstützte, noch ein Stück weiter zu ihnen herunter beugte und flüsterte: „Ich denke doch. Ein angesehener Bürger hier in der Gegend. Sagt, er hat ihn eindeutig erkannt." Varela schnaubte ärgerlich und wedelte mit der Hand, Portillo aber ließ sich erwartungsvoll in den Sitz zurückfallen. „Hol ihn her! Und wenn wir dich noch einmal mit so einer Schnapsnase im Dienst antreffen, dann kannst du dich gleich zu den Bettlern in den Ruinen gesellen." Erschrocken ließ der Mann das Dach los und trat vom Wagen zurück. „Ich und trinken, ich bitte Sie, wo denken Sie hin. Ich,...."
„Ja, ja schon gut, mach schon." Der Nachtwächter erbleichte, sah sich unsicher um und winkte dann einen beleibten Mann heran, der in respektvoller Entfernung im Eingangsbereich eines Lebensmittelgeschäftes auf sie gewartet hatte. Die Läden des Geschäftes waren schon lange heruntergerollt worden und außer dem Wagen und den beiden Männern, die ihn gerufen hatten, befand sich zu dieser Stunde niemand mehr auf der Straße. Varela übernahm die Befragung.
„Señor Villon? Sie meinen, heute Sabaté erkannt zu haben. Wann war das?"
Der dicke Mann fuhr sich mit dem Ärmel seines tadellos weißen Hemdes über die Stirn. „Heute Nachmittag, so um fünf."
„Was! Und das sagen sie erst jetzt?" Der Händler beugte sich zu ihnen herunter: „Wissen Sie, zunächst war ich mir nicht sicher, ich dachte, wenn er das nicht ist, was dann? Ich mache der Polizei unnötige Arbeit, bringe alles durcheinander und außerdem, was, wenn seine Leute davon erfahren. Diesen Typen ist ja alles zuzutrauen. Während des Krieges, da kamen sie hier regelmäßig vorbei, die Patrouillen der FAI, meine ich, beschlagnahmten meine Ware, prügelten auf mich ein. War nicht einfach als Patriot damals, aber wem sag ich das? Ständig hatte ich Angst und manchmal, da weiß ich selbst heute noch nicht, wo mir der Kopf steht. Sehe Gespenster, aber meine Frau sagt, das war kein Gespenst. Das war er, dieser … dieser Bandit, schließlich war er hier als Jugendlicher vor dem Krieg oft in der Gegend."
„Zigarette?" Varela hielt ihm die geöffnete Packung aus dem Wagen.

„Danke, nein." Achselzuckend nahm sich der Polizist selber eine heraus und reichte dann die Schachtel an Portillo weiter. Während die beiden rauchten, berichtete der Händler weiter: „Ich sehe also zufällig raus und da kommt er aus dem Laden der Saleris, die in italienischem Gemüse machen. Läuft direkt an meinem Schaufenster vorbei, keiner scheint ihn zu erkennen, und er sieht ja auch verändert aus, ganz normal im Straßenanzug, richtig zivilisiert, aber ich, ich hab ihn trotzdem erkannt und das mit meiner Frau beredet, und dann hab ich mich an diesen Herren gewandt", er drehte sich zum Nachtwächter um.

„Sie haben richtig gehandelt, nur um einige Stunden zu spät", meinte Varela mit einem säuerlichen Lächeln. „Und jetzt, da sind Sie sich ganz sicher?"

„Wissen Sie, ganz sicher kann man da nie sein, aber ich denke schon, ja, er war's. Ist hier die Straße runter zu der Plaza de Palacio. Schlenderte in aller Ruhe hier längs, ..."

Portillo beugte sich etwas vor: „Sie haben uns sehr geholfen. Danke. Liegt ihre Wohnung im gleichen Haus wie ihr Laden?"

„Ja, Señor, ich..."

„Wir schicken morgen früh einen Mann, er wird alles andere mit Ihnen besprechen, gute Nacht." „Gute Nacht, die Herren, ich..."

Varela, die Zigarette zwischen die Lippen gepresst, löste die Handbremse und gab Gas. Überrascht und etwas verwirrt starrten Nachtwächter und Delikatessenhändler dem davon brausenden Fiat hinterher. Der eine tastete nervös nach der Feldflasche unter seinem Mantel, die er so schnell wie möglich loswerden musste, der andere ärgerte sich darüber, dass er nicht mehr dazu gekommen war, die beiden Polizisten für ihre Arbeit zu loben und ihnen einen schnellen Erfolg zu wünschen.

„Was hältst du von der Sache?", fragte Portillo nach einer Weile, während Varela den Rest der Zigarette aus dem Fenster warf und mit ausdruckslosem Gesicht vor sich hinstarrte.

„Kann schon sein, da oben, am Palacio, da lebt ein Arzt, den wir schon seit Jahren in Verdacht haben, hin und wieder Verwundeten der Anarchisten zu helfen. Bisher haben wir ihm nichts nachweisen können. Vielleicht wollte Sabaté zu ihm."

„Aber in den letzten Wochen gab es doch gar keine Schießereien. Ich denke eher, dieser Villon will sich mit dem Gemüsehändler Saleri einen unbequemen Konkurrenten aus dem Weg schaffen. Und dennoch - kann trotzdem was dran sein. Wenn die Gegend auch nur auf dem Weg zu seinem Versteck liegt, wäre das schon ein ziemlich dicker Nagel für Sabatés Sarg. Also, wir quartieren jemanden bei diesem Villon ein, der Mann ist ja schließlich Patriot. Lass mal überlegen, wer könnte... hm. Wie wär's mit dem Aragón?"

Varela schluckte. „Aragón geht nicht." Portillo kniff die Augen zusammen. Varela wackelte heftig mit dem Kopf. „Er würde es versuchen, sicher, aber er würde sich zu ungeschickt anstellen. Wenn es darum geht, einen Mörder zu überführen, da kann er sehr scharfsinnig sein, aber beim Einsatz auf der Straße kannst du ihn vergessen. Er ist immer der langsamste, derjenige, der als letzter schießt, der sich als letzter hinwirft. Unter uns, ein wahres Wunder, dass er den Krieg überlebt hat. Wenn mich nicht alles täuscht, hat er noch nie einen umgelegt, seit er bei uns ist, kaum einmal zur Waffe gegriffen hat er."

Portillo schüttelte den Kopf: „Rührend. Dann nimm eben jemand anders. Aber niemand darf von unserem Mann wissen. Mach Villon klar, er soll ganz normal seine Arbeit tun, nicht mehr und nicht weniger, er bekommt seinen Aufwand entschädigt. Und stell noch drei weitere von der Politischen ab. Überleg dir für sie was Unauffälliges, Straßenhändler, Geschäftsreisende, keine Ahnung, jedenfalls muss es eine offensichtliche Erklärung geben, warum sie in der Gegend sind. Ich verlass mich auf dich."

Den Rest der Fahrt zu Portillos Haus schweigen sie. Varela hielt. Um das Anwesen herum patrouillierten in Zivil gekleidete Beamte, der Polizeichef bestand auf diesen Schutz. Die beiden nickten sich zum Abschied kurz zu, dann verschwand Portillo eilig im Hauseingang.

Varela ärgerte sich: „Schlimm genug, das ich Taxi spielen muss, jetzt darf ich auch noch seine Arbeit mit erledigen", murmelte er vor sich hin. Vier Mann einsetzen aufgrund eines vagen Verdachts? Was für ein Irrsinn, aber Befehl war Befehl, da konnte man nichts machen.

Er überlegte fieberhaft. Diese fette Händlermade gefiel ihm nicht. Der Hinweis war ein Irrtum, vielleicht sogar eine Finte. „Ich werde Juliano fragen, was er von der Sache hält", dachte er, „wäre nicht das erste Mal, dass uns jemand eine falsche Fährte legt."

Er erreichte das Dorf während der Siesta und so erwarteten ihn dort nur im Schatten der Häuserwände dösende Schweine und einige Hühner. Die großen Vögel pickten entlang der Straße gelangweilt nach Insekten und flatterten erst auf, als er zwischen ihnen parkte, aus seinem kleinen, hellblauen Fiat Topolino stieg und fast über sie stolperte. Wieder fragte er sich, ob er hierher gekommen war, um einen Mord aufzuklären, oder weil ihn das Gesicht auf dem Bild nicht los lies, eine lächelnde Frau mit schwarz leuchtenden Augen, die ihn bis in seine Träume verfolgten. Vielleicht war es wirklich nur Neugier, die ihn hierher führte und er täte besser daran, Varelas Befehl zu befolgen und seine Runden in den Arbeitervororten der Stadt zu drehen. Doch diese Zweifel kamen zu spät. Wenn er schon einmal hier war, konnte er es auch hinter sich bringen.

Das weiß getünchte Haus lag als letztes an der sandigen Dorfstraße, unmittelbar vor dem Feldweg, der sich, schnell ansteigend, in die Berge wand und der nun wie eine übergroße Schlange zwischen den alten Olivenbäumen den Hügel hinauf bis zu den Obstgärten an den Hängen in der Mittagssonne döste.

Jemand hatte die unterschiedlichsten Blumen im Garten vor dem weißen Haus angepflanzt. Einige standen noch in ihren Knospen, aber die meisten waren bereits aufgeblüht, hellgelb und dunkelrot leuchteten ihre Blütenblätter Aragón entgegen, der unschlüssig vor der Gartenpforte stand und das Haus mit dem Foto verglich, das er im Zimmer des Mädchens gefunden hatte.

Da tauchte eine Gestalt hinter dem Fenster auf, verschwand aber schnell wieder. Doch als er sich ein Herz fasste und den Garten durchschritt, öffnete sich die Tür, noch bevor er klopfen konnte. Eine mittelgroße, schlanke Frau stand vor ihm, musterte ihn misstrauisch und fragte schließlich zögernd:
„Suchen Sie etwas, Señor?"
Er räusperte sich: „Wohnt hier Señora Maria Pares?"
Die Frau antwortete nicht. Aragón sah, wie ein Schatten über ihr sonnengebräuntes, ebenmäßiges Gesicht glitt, das jetzt verschlossen und abweisend wirkte.
„Worum geht es? Kommen Sie aus Barcelona?"
„Ja. Señora Pares?"
Sie nickte. Er wies sich aus und fragte, ob er hereinkommen dürfe.

Wieder zögerte sie, doch dann öffnete sie die Tür ganz und winkte ihn herein, führte ihn in die Wohnküche. Er sah sich um. Das Haus hatte insgesamt drei Räume. Der Flur führte zum Schlafzim-

mer, dahinter lag eine weitere kleine Kammer, deren Tür verschlossen war. Neben dem Herd in der Küche stand eine Schüssel mit frisch geknetetem Teig für Gemüsetaschen.
„Erwarten Sie Besuch?", fragte er.
„Eine Nachbarin."
Sie setzten sich an den einfach gebauten Küchentisch.
Beklommen starrte er auf die raue Tischplatte. Jetzt, wo er dieser Frau gegenüber saß, fragte er sich erneut, warum er gekommen war. Er würde ihr nur Leid bringen. Sie kannte das Mädchen und ihr Tod musste ein Schock für sie sein. Er würde gar nichts tun können. Andererseits: Ein Mensch war ermordet worden. Irgendwo musste er ja anfangen, nach Gründen zu suchen, dem Motiv, das, wie Juliano meinte, sie zum Täter führen würde.

Es half also nichts. Mühsam zwang er sich, die Frau anzusehen, die ihn noch immer misstrauisch musterte. Ihr Alter war schwer einzuschätzen. Die Hände wirkten beinahe wie die einer alten Frau, aber ihr kräftiger Körper und ihre Haut ließen ihn vermuten, dass sie die Fünfzig noch nicht ereicht haben dürfte. Dennoch färbte sich ihr dichtes Haar bereits grau. Das alles wurde aber vollkommen unwichtig, wenn er auf ihre Augen achtete, die ihn mittlerweile ungeduldig und voller Widerwillen betrachteten. Sie waren von der tiefen, beunruhigenden Schwärze der maurisch stämmigen Menschen Andalusiens.

Er seufzte. „Es fällt mir schwer, es Ihnen zu sagen. Ich fürchte, ich bringe Ihnen eine sehr schlimme Nachricht."

Sie sah ihn nur weiter an, bisher verborgener Zorn flackerte kurz in ihrem Blick auf und er spürte ihr Misstrauen nun beinahe körperlich.

Wie um sich zu vergewissern, griff er in seine Manteltasche und reichte ihr das Foto. „Das Mädchen dort neben Ihnen - Ihre Nichte?"
„Was ist mit ihr?"
Er zögerte, aber er musste es ihr sagen: „Señora, Ihre Nichte, sie ist ... sie ist tot."
„Nein."
„Es tut mir leid."
„Nein."
„Sie wurde ermordet."

Später, als sie nicht aufhören konnte zu weinen und er tausendmal beteuerte, nicht er habe Rosa etwas angetan, sondern im Gegenteil, er würde alles tun, um den Mord aufzuklären, da lies sie es zu seiner Überraschung zu, dass er seinen Arm um sie legte. Sie weinte weiter, nicht wissend, ob aufgrund der Nachricht, oder aus Scham, ihren Schmerz vor dem Fremden, vor einem Polizisten, nicht verbergen zu können. So standen sie inmitten der Küche, sie weinend und auch er war, überrascht von ihrer heftigen Reaktion, den Tränen nahe. Brummend stieß er beruhigende Laute aus, bis schließlich die Nachbarin in der offenen Tür auftauchte und die beiden verständnislos anstarrte.

Während er auf der Rückfahrt mechanisch dem Verkehr folgte und einige wütend hupende Autofahrer hinter sich ließ, versank er tief in Gedanken. Sie hatten kaum miteinander gesprochen. Aber vielleicht erinnerte er sich gerade deshalb an jedes Wort. „Mein Mädchen, mein kleines Mädchen", hatte sie immer wieder geschluchzt. Am liebsten hätte er Maria noch stundenlang gehalten, aber die Nachbarin bat ihn zu gehen. Offensichtlich liebte die stumm weinende Frau ihre Nichte wie eine Tochter. Wieso hatte er zuvor in seinem Leben niemals jemanden wie diese einfache Landarbeiterin kennen gelernt? Das erstarrte Gesicht Senonas tauchte auf und schob sich zwischen die noch gegenwärtigen Bilder der rätselhaften Begegnung mit Maria im weiß getünchten Haus am Ende der Straße in dem kleinen Dorf. Zu erfahren, dass jemand gestorben ist, den man liebt, ist, als ob auf einmal der Boden unter den Füßen nachgibt und der gesamte Himmel auf einen hinabstürzt. Durch den Strudel weniger Worte wird man ins lähmende Nichts gestoßen, wird einem Leere in die Brust getrieben wie eine gezackte Speerspitze. Und doch war es noch entsetzlicher, gar nicht erst zu lieben. Senona hätte so gern eine Tochter gehabt. Jahrelang lag sie ihm damit in den Ohren. Immer, nachdem sie beide ihre Pflicht getan und er sich nass geschwitzt von ihr heruntergerollt hatte. Aber die Tochter kam nicht, wurde nie gezeugt und nie geboren und Senona wurde still und stiller, während sich die erloschene Hoffnung in ihr Gesicht zu graben begann. Ja, auch sie hatten auf diese Weise eine Tochter verloren und mit ihr das erträumte Leben mit dem Kind. Diese einzig wichtige Hoffnung mussten sie begraben, obwohl es vielleicht der Grund ihrer Hochzeit war, der Grund, warum Senona ihre Hand vor dem leichenblassen Schwarzvogel Gottes in die seine legte. Vielleicht hätte Glück Senona mit Leidenschaft erfüllt, wenn er sie umarmte. Vielleicht. Nun war alles vorbei. Denn in ihrem ordentlichen, aber schmucklosen Zuhause konnten sie keinen geeigneten Platz finden, um die Hoffnung zu begraben und so wurde ihre ganze Wohnung zum Grab, in dem sich zusammen mit dem Traum von trippelnden Kinderfüßen auch das unsichtbare Band ihrer Ehe auflöste.

    Mechanisch fand Aragóns Fiat-Topolino den Weg ins gotische Viertel, hielt an. Ohne jemanden zu grüßen, schlich Aragón am Frisörladen vorbei ins alte Haus und dort die Treppen herauf zu ihrem Büro. Er erwartete Varela anzutreffen, aber er fand nur einen bösen Zettel auf seinem Schreibtisch. „Komm sofort ins Präsidium. Juliano sagt, du wärst aufs Land gefahren. Was denkst du dir dabei, unsere Zeit zu verschwenden, während die Anarchisten frei herumlaufen?

Hast du vergessen, dass es viele Männer gibt, die scharf auf deinen Posten sind? Dies ist ein Verweis. Wie du siehst, gebe ich dir den schriftlich, damit du endlich kapierst, dass ich nicht spaße."

Zwanzig Minuten später, nachdem Aragón seinen Wagen in dem bewachten Hof der Vía Layetana geparkt und abgeschlossen hatte, musste er sich, beim Portal angefangen, bis zum Sitzungssaal mehrmals ausweisen, da ihn die Polizisten, die das Gebäude bewachten, nicht kannten. Schließlich, mit dem unangenehmen Gefühl, viel zu spät gekommen zu sein, betrat er den Raum, in dem anscheinend gerade ein hochrangiger Militär eine Ansprache beendet hatte und sich setzte. Aragón überlegte kurz, woher er das Gesicht des Mannes kannte und erschrak, als er sich an Fotos in Zeitungsberichten über den neuen Gouverneur erinnerte. Verlegen nickte er in die Runde, nahm sich einen der Stühle, die an der Wand unter dem Gemälde des Caudillo standen und setzte sich in die zweite Reihe an den langen, ovalen Tisch. Varela beachtete ihn zunächst gar nicht. Einen langen Moment saßen die Chefs der verschiedenen Polizeieinheiten einander schweigend gegenüber und starrten ratlos über die gut polierte, massive Tischplatte, deren Holz im letzen Jahr aus einer der portugiesischen Kolonien nach Barcelona geschafft worden war. Schließlich ergriff der Hauptmann der Policia Urbana das Wort. „Ich verstehe das nicht. Warum eigentlich soll es so schwer sein, ihn zu fangen, wie alle nicht müde werden zu behaupten? Señor Portillo, haben wir denn gar keine Leute in dieser Bande?"

Portillo, unbeeindruckt, ordnete elegant die vor ihm liegenden mitgebrachten Papiere, ehe er bedächtig antwortete. „Das ist es ja. Sabaté, Facerias und die anderen, die uns 49 und 50 entwischt sind, haben sich von der Exil CNT in Frankreich abgekoppelt, in der unsere Informanten sitzen. Gut, wir haben tatsächlich auch einige Männer an den Illegalen hier dran, aber niemanden in einer ihrer militanten Aktionsgruppen. Dennoch,..." , er zupfte an seinen beiden Ärmeln, „bekommen wir regelmäßig Hinweise über Verstecke und Treffpunkte. Stunde um Stunde ziehen wir die Schlinge um Sabatés Hals enger. Eine Frage von wenigen Tagen, bis wir ihn haben."

„Entschuldigung, Señor", ließ sich wieder der Chef der Urbana vernehmen, „aber wird das nicht schon seit zehn Jahren behauptet? Ich würde es um einiges beruhigender finden, wenn wir Genaueres erfahren würden als diese Allgemeinplätze. Ich dachte eigentlich, dieses Treffen wäre dazu da, konkrete Schritte einzuleiten?"

Der Gouverneur General Vives, als Steuerverwalter im Bürgerkrieg zu Reichtum gekommen, erhob sich erneut, stemmte seine Arme auf die Tischplatte und sagte: „Meine Herren, wenn man keinen Erfolg hat, müssen die Fehler gefunden und neue Wege eingeschlagen werden. Mir scheint, in unserer Zusammenarbeit liegt noch einiges im Argen. Portillo, Sie sind mir verantwortlich dafür, dass Sabaté dieses Mal die Stadt nicht mehr verlässt, zumindest nicht lebend." Portillo zeigte keine Regung, sah nur einen flüchtigen Moment finster zu Aragón hinüber, als säße hier die Ursache aller Probleme. Aragón versuchte dem Blick auszuweichen, schien kleiner zu werden und sah angestrengt ins Nichts. Während der Gouverneur begann, seinen Einsatzplan zu schildern, fiel es ihm zunehmend schwerer, sich zu konzentrieren und zuzuhören. Immer wieder tauchte vor seinem inneren Auge das Bild des ermordeten Mädchens auf, gefolgt von der Küche im kleinen Haus der Maria Pares. General Vives rückte seinen Stuhl zurecht, schritt mit verschränkten Händen im Raum auf und ab: „… Ich glaube, in früheren Jahren waren in den entscheidenden Momenten meist viel zu wenige Männer vor Ort. In Zukunft müssen unsere Einsatzkräfte den Terroristen immer um ein Vielfaches überlegen sein." Auffordernd blickte der General in die Runde und meinte: „Varela, gestern, als ich mir die Akten habe kommen lassen, habe ich gelesen, Sie wären an dem fehlgeschlagenen Zugriff beim Kino America beteiligt gewesen. Was können Sie uns darüber berichten?"

Varela schnaufte hörbar auf. Eine solche Gelegenheit, sich in Szene zu setzen, durfte er sich nicht entgehen lassen. Bedächtig, mit der Geste des erfahrenen Kämpfers lehnte er sich zurück. „Herr General, wir haben bestimmt schon einige dutzend Male solche Fallen aufgestellt. Mit wechselndem Erfolg. Die Sache vor dem Kino, das muss, warten Sie mal, ja, das muss Ende der Vierziger gewesen sein. Damals tauchten die Banditen nicht weniger als alle zwei Wochen für einen ihrer dreisten Raubüberfälle auf. Natürlich waren die Sabaté Brüder die treibende Kraft. Sie überfielen alles: Banken und Fabriken, Geschäfte. Diese Männer schrecken vor nichts zurück. Kaltblütig haben Sie den Besitzer eines Unternehmens ermordet, der sich ihnen in den Weg stellte. Ein mutiger Mann. Bei ihren Überfällen müssen die Räuber hunderttausende Peseten erbeutet haben, was für genügend Waffen und Sprengstoff reicht, um damit sämtliche Polizeiquartiere in Barcelona in die Luft zu jagen. Also mussten wir uns etwas einfallen lassen. Wir entließen einen Anarchisten aus dem Gefängnis, von dem wir vermuteten, er würde Kontakt zur Bande aufnehmen und beschatteten ihn rund um die Uhr. Leider ohne Erfolg. Also schnappten wir ihn uns wieder und bearbeiteten den Mann so lange, bis er uns einen Treffpunkt verriet. Trotzdem hat er uns noch getäuscht. Er hat uns glauben gemacht, es wäre nur ein kleiner Kontaktmann der Gruppe, den es da zu verhaften gab und so brachen wir nur mit einer Handvoll Männer auf. Verteilten uns schließlich am angeblichen Treffpunkt, Kino America. Kurz reib ich mir zweimal die Augen, aber ich sehe richtig, in aller Seelenruhe marschieren die Brüder Sabaté heran, dahinter noch zwei andere. Ich will Oswaldo warnen, aber der steht schon mit gezogener Pistole vorm Eingang des Kinos und legt auf José Sabaté an. Ehe ich so recht begreife, was geschieht, schießt Francisco Sabaté und Oswaldo sackt zusammen, Loch im Kopf. Ich renne über die Straße und werfe mich hinter einen Schotterhaufen. Feuere, was das Zeug hält. Die Sabaté Brüder springen hinter einen Zeitungskiosk und nehmen mich unter Beschuss. Ich frage mich, warum die Kollegen nicht eingreifen, als ausgerechnet in diesem Moment der Film zu Ende ist, die Besucher aus dem Kino strömen und in die Schießerei geraten. Allgemeine Panik bricht aus, alle rennen los, anstatt drinnen zu bleiben. Ich schieße weiter, habe aber keine Möglichkeit mehr, in Ruhe zu zielen. Bis mich einer der Brüder im Oberschenkel erwischt. Alles brüllt und schreit durcheinander. Und natürlich können die Anarchisten in diesem aufgebrachten Pulk entkommen, ehe die Verstärkung da ist."

Gedankenverloren holte Varela ein Stofftuch aus seiner Jackettasche, faltete es umständlich auseinander und schneutzte sich, als wollte er damit die Erinnerung an diesen Tag abschütteln. „Danke Varela", sagte General Vives und strich sich über seinen Schnurrbart. „Genau das wollte ich hören. Sie haben damals nur ihre Pflicht getan. Wenn ich recht informiert bin, wurde der Verantwortliche für diesen Fehlschlag versetzt. Vergessen wir nicht, gerade mal einen knappen Monat später hat die Bande versucht, unseren Polizeipräsidenten zu ermorden. Jeder Anarchist, der uns entkommt, bleibt eine tickende Zeitbombe. Offensichtlich haben wir diese Männer unterschätzt. Diesmal müssen wir bei jeder Aktion damit rechnen, möglicherweise auch den letzten und gefährlichsten der Sabaté Brüder vor uns zu haben. Wenn ihr also einen Mann seht, der auch nur ansatzweise so aussieht wie er und sich verdächtig verhält, erschießt ihn. Nehmt ihn nur gefangen, wenn es ganz sicher ist, dass er nicht mehr entwischen kann. Mittlerweile steht sein Name als Parole an Hauserwänden, der Name eines Mannes, der seit zwanzig Jahren Banken ausraubt, dass muss man sich mal vorstellen. Beenden wir diesen Spuk und bringen wir dieser Stadt ihren Frieden zurück."

Bei seinem nächsten Besuch bei ihr wollte ihn Juliano begleiten. Nur zögernd willigte Aragón ein. Juliano wusste, was er zu tun hatte. Als Freund der Männer Ben Bellas lernte er, dass die Welt dem gehörte, der sie verlangte. Er würde einen Weg finden, das hier zu Ende zu bringen. Als Kind war es ihm verboten worden, seine eigene Sprache zu sprechen und so gewöhnte er es sich an, leise auf Katalán den Mond um Rat zu fragen, der die im hellen Frühjahrslaub raunenden Bäume ins wispernde Reich der Nacht entführte. Aber es waren die Sterne, in deren matt schimmerndem Licht die mit Fliederduft getränkten Berghänge plötzlich weich wurden und die Umrisse der sonst so harten, soldatischen Männer verschwammen. Im Sternenlicht flackerte der Blick der Erwachsenen unsicher, als sie sich schnell umdrehten, um sich unter dem schnellen Flügelschlag der Fledermäuse zu ducken. Angst spiegelte sich in ihren Augen, als sie erkannten, alles, was sie taten, war völlig falsch und nur die Sterne hatten Recht.

Juliano würde zur Frau gehen, von der Aragón träumte. Maria war untersetzt und die Arbeit auf den Obstplantagen hatte sie kräftig gemacht. Ihr volles Haar, das unter dem Kopftuch herauslugte, war bereits von grauen Strähnen durchzogen. Ihre Hände waren rau, ihre Finger teilweise von der ständigen Überlastung in den Gärten und zu Hause verkrüppelt. Ihre Haut war faltig wie die Wellen der Erde, auf der sie das Saatgut aussäte und bittere, eingefurchte Linien in ihrem Gesicht entlang ihres Mundes erzählten von Leid, von dem, was sie verloren hatte. Diese Linien allein verrieten, was Männer wie er selbst und wie Varela und die ganze verdammte nationale Bewegung mit dem Leben so vieler Menschen anrichtete. Sie selbst würde es niemandem erzählen, einsam wie sie im Dorf lebte, sie, die Tante der Roten, die ihr Haus, ihr Bett und ihren letzten Bissen für Rosa gegeben hätte. Es musste bitter gewesen sein, als sie sie verloren hatte, und diese Bitterkeit würde genährt werden, indem Aragón und er sie besuchten, um von ihr mehr über das Leben ihrer Nichte zu erfahren. Über die Männer, die Kunden, sie mussten erfahren, was Maria wusste. Aber als sie alle drei an ihrem Tisch saßen, starrte diese Frau immer wieder Aragón an, erstaunt, fast ungläubig.

„Da geschieht es", dachte Juliano, verabschiedete sich und ließ Aragón alleine bei ihr zurück.

Die Vögel sangen noch ihren Morgengruß und die kühle Nacht verabschiedete sich in Dunkelblau, als er an der letzten Haltestelle vor der Stadt ausstieg und an den stillen Häusern des Dorfes zu ihr hinauflief. Zögernd öffnete er die Pforte und schritt durch den Garten, der im milchigen Licht Dunkelheit ausatmete. Die Tür war nur angelehnt. Er rief ihren Namen. Eigentlich müsste sie zu Hause sein, denn für einige Tage war sie von der Arbeit in den Obstgärten befreit. Aber es antwortete niemand, deshalb betrat er, halb gegen seinen Willen, angetrieben von einem noch unbestimmten Verlangen, das Innere des kleinen Hauses. Was würde sie denken, wenn sie ihn jetzt hier finden würde? Ein Polizist bei der Arbeit? Nein, sie wusste, dass es das nicht war. Er war jetzt bereits das vierte oder fünfte Mal hier. Meistens saßen sie am Nachmittag für ein, zwei Stunden zusammen, tranken Kaffee, sprachen nicht viel. Über Rosa hatte sie bisher geschwiegen. „Sie wird nicht mehr lebendig", sagte sie nur, „und wenn du ihren Tod wirklich aufklären willst, dann kannst du deinen Beruf vergessen. Du bringst dich in Gefahr." Aber, obwohl sie seinen drängender werdenden Fragen auswich, lud sie ihn wieder zu einem neuen Besuch ein. Gestern Nachmittag allerdings sah sie besorgt aus: „Die Nachbarn reden schon", meinte sie. „Bestimmt ist es besser, wenn du mit der Bahn kommst und deinen schicken Zweisitzer in der Stadt lässt." Er wusste nicht, wieso es geschah, aber in diesem Moment sah sie ihn plötzlich über den schlichten Holztisch in der Küche ganz merkwürdig an, anders. Der letzte Rest von Misstrauen verschwand aus ihrem Blick und machte einer beunruhigenden Wärme Platz.

Für heute hatte sie ihn zum Frühstück eingeladen. Also war er direkt nach der nächtlichen Dienstbesprechung aufgebrochen, hatte die Straßenbahn genommen, so wie sie es wollte. Nur war er jetzt viel zu früh hier. Einen Augenblick unschlüssig stand er da und betrachtete die Blumen, die er mitgebracht hatte und deren Duft sich allmählich in der Küche ausbreitete. Er füllte eine Vase und stellte sie hinein. Dann, ohne nachzudenken, schritt er durch den Raum und öffnete das Schlafzimmer. Das Bett war verlassen, aber nicht aufgeschüttelt und noch warm. Routinemäßig schweifte sein Blick über die Stellen, die für Verstecke in Frage kamen. Nichts Ungewöhnliches. Da sah er eine Schublade, die nur halb geschlossen war. Er konnte nicht widerstehen, sah hinein und zog sie dann erstaunt ganz auf. In ihr lagen, zerknittert und offensichtlich durch viele Hände gegangen, mehrere Zeitschriften. Er nahm die oberste Zeitung und las

die Überschrift. *"Für die Soziale Revolution. Franco kann nur durch die Aktion der Arbeiterklasse gestürzt werden."*
„Was machst du da?" Schuldbewusst wirbelte er herum. Maria stand in der Tür und starrte ihn mit weit aufgerissenen Augen an, stellte den Korb mit den frischen Baguette langsam auf den Boden.
„Ich, ... ich wollte nicht, ...", begann er.
Ihr Gesicht erstarrte zu eisiger Kälte, so dass sie auf einmal wie jemand ganz anderes aussah: „Du bist also doch nur ein ganz normaler Bulle. Ein mieser kleiner Schnüffler. Wie dumm ich bin. Und ich dachte schon, ..." So hatte sie noch nie zu ihm gesprochen. Er schluckte. „Was? Du dachtest was? Hör mal Maria, es ist nicht so wie...."
„Verschwinde!" sagte sie auf einmal sehr ruhig. „Mach, dass du hier raus kommst." Zögernd legte er das Heft zurück in die Schublade.
„Ich kann nicht gehen. Jetzt nicht mehr."
„Aha, jetzt nimmst du mich mit, oder was? Du hast genug gesehen, um mir den Tod zu bringen." Sie zögerte einen Moment. „Oder Schlimmeres."
„Maria, ich weiß nicht, was in mich gefahren ist, die Tür stand offen. Ich hab mir nichts dabei gedacht. Wirklich. Ich weiß, wie das jetzt aussieht, aber glaub mir, es tut mir leid."
„Was?" Sie starrte ihn wieder fassungslos an, ihre Augen flackerten. Er hatte diesen Blick schon einmal bei einem Kameraden gesehen, der bei einem Rückzugsgefecht in den Bergen an einem Hang abrutschte und dann hilflos über einem in die Tiefe abfallenden Felsspalt hing. Verzweifelt versuchte sein Kamerad sich festzuklammern, grub seine Finger ins bröckelnde Gestein. Aragón war zurückgeeilt und streckte ihm die Hand entgegen, aber als der Soldat versuchte, sie zu fassen, verlor er gänzlich den Halt und stürzte in den Spalt. Stumm, ohne einen Laut. Es war ein Tag aus dem Krieg, der manchmal in Aragóns Alpträumen wiederkehrte und das Schweigen des fallenden Mannes dröhnte dann in seinen Ohren lauter als aller Kanonendonner.
„Was willst du eigentlich? Du weißt jetzt, dass ich zu ihnen gehöre", flüsterte sie fast.
„Ist mir egal", sagte er ebenfalls leise.
„Wie konnte ich das nur hier liegen lassen, wenn mich ein Bulle regelmäßig besucht? Ich muss den Verstand verloren haben, ich bin selbst schuld."
„Maria, es ist mir egal."
„Das glaub ich dir nicht."

„Hör mal, das hat nichts mit meiner Arbeit zu tun. Das da", er zeigte auf die Hefte, „gehört nicht zu meinen Aufgaben."

Sie sah ihn lange an, zweifelnd und so, als ob sie ihn noch nie gesehen hätte. „Und was ist mit deinen Vorgesetzten?"

„Die wissen nichts von uns."

„Von *uns*?"

„Ich meine, mein Chef will doch sowieso nicht, das ich etwas wegen Rosa unternehme, er denkt, ich bin in der Stadt und laufe Patrouille in den Arbeiterbezirken. Was soll ich ihm da von dir erzählen."

„Und dein junger Kollege?", fragte sie.

„Er weiß von nichts, er wird nichts davon erfahren."

„Und du hast wirklich nicht meine Wohnung durchsucht?" Unruhig sah sie sich im Zimmer um.

„Es war Zufall. Ich wollte sehen, ob du noch schläfst." Er spürte ihre Angst. „Ich weiß, ich hätte es nicht tun dürfen, aber diese verdammte Schublade war ja halb offen. Ich habe wirklich nicht nachgedacht."

„Woher weiß ich, dass ich dir trauen kann."

Er zögerte. „Weil, wenn du mir nicht traust, wird es keine Gerechtigkeit für Rosa geben. Mein Vorgesetzter will, dass ich den Fall abschließe. Es soll einer der vielen Morde werden, die es nie gegeben hat. Aber ich habe genug davon. Sie war nicht nur deine Nichte, sie war ein Mensch mit Hoffnungen und Plänen, auch wenn das Leben sie enttäuscht hat. Es wäre beinahe so, als hätte sie nie gelebt. Niemand weiß von dir und bevor ich den Mörder nicht habe und du vielleicht auch als Zeugin aussagen musst, wird auch niemand etwas wissen." Noch immer zweifelnd betrachtete sie ihn, aber plötzlich leuchtete wieder etwas von der unerklärlichen Wärme in ihren Augen auf. Er erstarrte, als sie einen Schritt auf ihn zu machte und ihre Hand über seine Wange strich. Aragón hielt die Hand in der Bewegung fest und küsste die schwieligen Finger. Mit einem Schritt rückwärts versuchte er sie aufs Bett zu ziehen. Aber sie ließ es nicht zu.

„Nein", sie versuchte sich von ihm zu lösen. Seine Stimme war belegt, als er sie sanft drängte: „Du brauchst keine Angst zu haben, komm." Anstatt zu antworten, entzog sie sich ihm und lief in die Küche zurück. Dort blieb sie stehen, atmete schwer und schob sich eine Strähne ihres Haares aus dem geröteten Gesicht. Für Aragón, der ihr gefolgt war, war sie die schönste Frau, die er je gesehen hatte. Aber sie wies lediglich auf den leeren Stuhl am Tisch, um zu zeigen, dass er sich setzen sollte. Er tat es. Einen Moment hantierte sie schweigend am Herd, während er brav auf dem Stuhl saß und wartete. Sie brauchte eine ganze Weile für die einfachen Handgriffe. Erst als das Wasser für den von ihm mitgebrachten Kaffee, eine kaum erschwingliche Kostbarkeit, aufkochte und der würzige Duft den Raum zu füllen begann, drehte sie sich zu ihm und sagte: „Du willst wissen, was geschehen ist? Ich habe dir schon Einiges erzählt, aber noch nicht, wie es dazu kam. Warum Rosa von hier ins Barrio Chino ging.

Ihre Mutter, meine Schwester Carla, kam ums Leben, als sie im Krieg einen Versorgungszug an die Front begleitete. Flugzeuge der Faschisten griffen an, der Zug entgleiste und brannte aus. Einige Monate später war dann alles vorbei. Wie du weißt, floh ich wie Zehntausende andere auch nach Frankreich. Aber Rosa ist hier geblieben, wollte nicht weg, obwohl sie halb am Verhungern war. Gleichzeitig drehten sich alle Männer nach ihr um. Sie war gerade sechzehn geworden. Sie sagte einmal zu mir, es wäre abzusehen gewesen wie der Lauf eines Flusses, von dem man wusste, wo er mündete. Dabei hatte sie sich nicht einmal dafür entschieden, wie sich auch das Wasser nicht entscheidet zu fließen, es war einfach so geschehen. Als junge Frau, die alleine lebte, als Antifaschistin ohne Familie war sie der Willkür der Sieger ausgeliefert und als ein Offizier der Nationalen beinahe schüchtern um sie warb, da sagte sie „Ja", denn so würde sie überleben. Der Mann war Soldat durch und durch, aber wenigstens nicht politisch und im Grunde ganz anständig. Doch natürlich liebte sie ihn nicht. Aus dem Offizier wurde ein junger Beamter des Handelsministeriums und aus dem ein reicher katalanischer Geschäftsmann." Maria biss sich auf die Lippen. „Mit dem ging etwas schief." Aragón, der ihr konzentriert mit gesenktem Kopf zuhörte, sah fragend auf, aber sie starrte an ihm vorbei zur geschlossenen Haustür, als könnte sie noch einmal sehen, wie sich diese Tür vor langen Jahren einmal geöffnet hatte und zwei Frauen sich auf ihrer Schwelle in die Arme schlossen. „Damals konnte ich aus dem Lager in Frankreich fliehen, von dem ich dir gestern erzählt habe und es gelang mir, unbemerkt über die Grenze zu kommen." „Natürlich mit Hilfe der Illegalen", dachte er, sagte aber nichts. „Wir trafen uns in Carlas Haus." Sie machte eine weite Handbewegung. „Dieses Haus. Aber da hatte Rosas Affäre mit dem Geschäftsmann schon begonnen. Er brachte ihr Unglück, weißt du. Obwohl es vielleicht nur ein halbes Jahr ging. Eines Abends stürzte sie völlig aufgelöst zur Tür herein. Irgendetwas hatte sie über den Mann erfahren, dass sie ihn nie wieder sehen wollte."

„Und das Mädchen ist dann abgerutscht?"

„Ja. Das Eis, in das sie ihre Seele gebettet hatte, konnte sie nicht länger schützen. Etwas zerbrach in ihr, um nicht wieder zu heilen." Maria verstummte.

Da war dieser letzte hässliche Streit, über den sie nicht sprechen konnte.

Sie hatte Rosa angefleht, diesen Mann zu verlassen und in ihr Haus zurückzukehren, das genügend Platz bot. Aber da war das Mädchen schon nicht mehr zu erreichen, etwas Schlimmeres als Eis fraß an ihr und trug sie fort in die besiegte Stadt.

Nachdem einmal mehr Rosa von ihm zurückgekommen war, lief sie unruhig in der Küche auf und ab. „Vergiss doch die Männer" sagte Maria gequält, „du bist zu Hause."

„Was soll ich hier?", fragte sie scharf und starrte Maria vorwurfsvoll an. „Glaubst du, wenn du einmal in der Woche zu einem geheimen Treffen gehst, wenn du ein Paar Bögen Papier vervielfältigst und sie an Menschen verteilst, die sowieso so denken wie du, dann wird alles wieder wie früher? Glaubst du, das bringt dir den Mann zurück oder sonst irgendjemanden?"

„Bleib bei den Menschen, die dich lieben."

„Bei dir? Um was zu tun? Was? Mit dir zu hungern? Geduldig zu warten? Was, wenn jemand das offene Feuer liebt und nicht das schwächliche Glimmen deiner feuchten Kohlen." Maria sah sie verständnislos an.

„Ich weiß, was du sagen willst", fuhr Rosa fort und zog voller Abscheu die Mundwinkel nach unten: ‚Er ist schlecht, er ist ein Lügner. Er würde mich ohne mit der Wimper zu zucken verschwinden und töten lassen, wenn ich ihm Schwierigkeiten mache.' Wie recht du hättest: Er ist ein grauer Wolf in der Nacht, ein Raubtier auf Beutefang. Er will seine Fänge in deinen Hals vergraben und du wartest nur darauf, zitternd und verlangend. Das kannst du nicht verstehen. Du willst immer noch, dass ich den Jungen heirate, nicht wahr? Ein pausbackiges Kind, das Blumen pflückt, um sie einer Prinzessin zu schenken, die es nur in seiner Phantasie gibt?" Ihre Stimme wurde hämisch: „Ja, er sah wie ein Engel aus, wenn er mich anlächelte und konnte keiner Fliege was zuleide tun. Er hätte mir die Welt zu Füßen gelegt, sicher. Aber er ist ein junger Hund, der den Mond anheult und sich für einen Wolf hält. Die wirkliche Bestie beobachtet ihn vom Fenster aus, lacht und zielt sorgfältig mit seiner Flinte auf das weiche Fell." Sie zielte mit Zeigefinger und Daumen auf ihre Tante „Peng!"

Maria war bleich geworden, während Rosa wie in Trance, leise weiter sprach:
„Er hat abgedrückt, aber du liebst die Bestie in seinen Augen, gerade deswegen liebst du ihn, mehr als zuvor. Du weißt, du solltest nur Verachtung für ihn empfinden und kannst es nicht. Du ekelst dich vor ihm, vor dir selbst und doch willst du das Tier. Sein brennender Blick verfolgt jede deiner Bewegungen. Und dann lässt du es zu, dass er dich noch einmal berührt. Du weißt, damit bist du verflucht, hast den Tod selbst in dich aufgenommen, ihn eingeatmet, seinen Schweiß geschmeckt." Ihre Stimme war kaum mehr als ein Flüstern. „Du solltest mit keiner Verfluchten zusammenleben, Maria."
„Red doch keinen Unsinn, Kind", sagte Maria und machte einen schnellen Schritt auf sie zu, um sie in den Arm zu nehmen, aber Rosa schob sie beiseite.
„Du bist nicht meine Mutter. Du bist nur ihre kleine Schwester und nur weil du unfruchtbar bist, brauchst du auch nicht so zu tun. Lass es einfach." Sie stürzte in ihre Kammer.

Benommen lief Maria hinterher, aber Rosa hatte einen Stuhl so an die Tür gestellt, dass sie die Klinke nicht herunterdrücken konnte. Auf Rufen antwortete sie nicht. Nach einer Weile gab Maria es auf.

Etwas später, als sie sich bedrückt in der Küche an die Arbeit mit Früchten machte, die ihr als Lohn vom Gut überlassen worden waren, hörte sie leises Wimmern. Schnell huschte Maria zurück zur Kammer, in der das Weinen lauter wurde und bald in hemmungsloses Schluchzen umschlug. Aufgebracht rüttelte Maria an der Tür.
„Rosa lass mich rein, Kind, das hat doch keinen Sinn!" Fast fiel sie in die enge Kammer, als die Tür nachgab. Rosa kauerte auf ihrem Bett, in den Händen ein Messer gegen ihr eigenes Herz gerichtet.
„Kind", flüsterte Maria mit brüchiger, fremder Stimme. Das Schluchzen versiegte. Stumm rannen Rosa Tränen an den Wangen hinunter. Ihr vor Hass verschleierter Blick ging ins Leere, ihre tränennassen Augen starrten einfach durch sie hindurch.
„Gib mir das Messer", sagte Maria plötzlich sehr ruhig und fest. Als die Klinge zurück zuckte, stürzte sie sich auf ihre Nichte, fiel ihr in den Arm und versuchte, ihr die Waffe zu entwinden. Rosa sprang auf und versuchte, sie abzuschütteln. Wie zwei Betrunkene taumelten sie aus der Kammer in den Flur zur Küche. Dort riss sich Rosa los und stürzte nach draußen, auf die Straße, rannte über die Felder davon. Maria lief hinterher, brüllte:
„Rosa. Komm zurück!" Aber das Mädchen hörte sie nicht. Von Marias schlaff herabhängendem, rechten Arm troff Blut auf den Boden

und bildete dort an der Stelle vor der Tür, vor der nun Aragon saß, eine im Schatten fast schwarze, dunkle Lache.

Aragón fasste Marias Hand und drückte sie sanft. Langsam kehrte ihr leerer Blick aus der Erinnerung zurück „Ich habe sie beschworen, hier zu bleiben und mit mir in den Gärten zu arbeiten. Aber sie hörte nicht auf mich. Sie holte ihre Sachen und blieb in der Stadt, wies jede Hilfe ab. In den letzten beiden Jahren, habe ich sie gar nicht mehr gesehen." Maria wirkte erschöpft. „Was willst du noch wissen?"

Aragón räusperte sich. Er versuchte, es möglichst nicht zu sehr nach Verhör aussehen zu lassen, als er sie nach Drogen und den Umständen ausfragte, unter denen sie Rosa die letzten Male gesehen hatte. Aber er brauchte mehr Anhaltspunkte. Immerhin: Das Haus, in dem die junge Frau gefunden wurde, musste im Schwarzmarkt verwickelt sein. Das hieß auch, die alte, zahnlose Roberta verschwieg ihnen etwas. Und welche Rolle spielte Juliano, der doch im Milieu arbeitete? Aragón gefiel die Sache immer weniger, sie stank zum Himmel. Aber als nach einer Weile Marias Antworten immer eintöniger wurden und er in ihr ermattetes Gesicht sah, brach er das Gespräch ab. „Ich glaube, das genügt erst einmal", sagte er. Trotzdem möchte ich noch etwas von dir." Unmerklich schüttelte sie den Kopf. „Ich will die Hefte!", sagte er schnell. „Wenigstens ein paar. Ich habe so etwas noch nie gelesen. Na ja. Einmal, als wir im Krieg ein Dorf eingenommen habe, habe ich eine Zeitung der CNT in der Hand gehabt, aber der Leutnant hat sie schnell eingesammelt. Was meinst du?"

Ricardo Floras Magón, Mexiko:

"Wer den Arbeitern predigt, die Befreiung des Proletariats lasse sich im Rahmen des Gesetzes erlangen, der ist ein Betrüger. Denn das Gesetz gebietet uns, den Reichtum, den man uns geraubt hat, in den Händen der Reichen zu lassen. Dabei ist doch die Enteignung des Reichtums zum Wohle aller die unerlässliche Bedingung für die Eroberung der menschlichen Freiheit."

Einspruch gegen die „Militarisierung" aus den anarchistischen Milizen vom März 1937. - Ein „Unkontrollierter" der Eisenkolonne in der Levante, gebildet von Entflohenen und Befreiten aus Strafkolonien und Gefängnissen, wendet sich an die Libertären der Gegenwart und der Zukunft:

„Für uns hat es niemals weder Ablösung noch – was viel schlimmer war – ein freundliches Wort gegeben. Die einen wie die anderen, die Faschisten wie die Antifaschisten bis hin zu den Unsrigen – und was haben wir uns dafür geschämt – alle haben uns mit Abneigung behandelt.

Sie haben uns nicht verstanden. Oder, was noch tragischer ist, im Inneren der Tragödie, die wir leben, wir haben uns nicht verständlich gemacht; denn wir wollten selbst im Krieg ein libertäres Leben führen – wir trugen auf unseren Schultern das Gewicht aller Verachtung und aller Härten durch die, die im Leben auf der Seite der Hierarchie standen - , während die anderen zu ihrem und zu unserem Unglück weiter vor den Karren des Staates gespannt geblieben sind. ... Die Militaristen, alle Militaristen - und es gibt davon ganz grimmige auf unserer Seite – haben uns umzingelt. Gestern waren wir die Herren von allem, heute sind sie es. Die Volksarmee, die vom Volk nichts anderes hat als die Tatsache, dass sie aus dem Volk rekrutiert wurde und das ist etwas, was schon immer geschah - , gehört nicht dem Volk, sie gehört der Regierung und die Regierung befiehlt und die Regierung bestimmt. Dem Volk erlaubt man lediglich, zu gehorchen, und gehorchen ist das, was man schon immer vom Volk verlangte. ... Ich weiß nicht, wie wir von nun an leben werden. Ich weiß nicht, ob wir uns daran gewöhnen werden, die verletzenden Worte eines Korporals, eines Unteroffiziers, eines Leutnants zu hören. Ich weiß nicht, ob, nachdem wir uns vollständig als Menschen gefühlt haben, wir noch akzeptieren können, dressierte Tiere zu sein, denn das ist es, wohin die Disziplin führt und das ist es, was die Mili-

tarisierung darstellt. Wir werden es bestimmt nicht können, es wird uns vollständig unmöglich sein, den Despotismus und die schlechte Behandlung zu akzeptieren, denn man muss nur noch wenig Mensch sein, um eine Waffe in der Hand zu halten und sanftmütig die Beleidigung zu schlucken. ... Die Revolution, unsere Revolution, diese anarchistische und proletarische Revolution, verlangt von uns, die Waffen nicht niederzulegen und ebenso wenig den festen Kern zu verlassen, den wir bis zum heutigen Tag gebildet haben."

An diesem kirchlichen Feiertag war es nicht gestattet, mit dem Auto in die Innenstadt zu fahren. Zwar hätte Aragón als Regierungsbeamter eine Sondergenehmigung bekommen können, aber er war nie besonders begierig auf die Privilegien gewesen, die ihm seine Stellung ermöglichen würde. Also schlenderte er zu Fuß im Schatten hoher Platanen auf den Ramblas. Die Gottesdienste waren lange vorbei und viele nutzten den freien Tag für einen Bummel in der Innenstadt, fast wie zu der Zeit, als die Menschen hier frei atmen konnten. In beunruhigende Gedanken versunken, beachtete Aragón niemanden von denen, die sich an ihm vorbei schoben. Er verstand jetzt, warum Varela *El Combate* mit zu sich nach Hause genommen hatte und regelmäßig „vergaß", die Zeitschrift an ihn weiterzureichen: Es war eine ganz andere Welt, die sich hier öffnete. Möglicherweise hatte die Zensur doch Recht: Einige Gedanken waren gefährlich. Aber die Artikel aus Marias Heften verwirrten ihn mehr, als dass sie ihn überzeugten. Die Milizen der Anarchisten wollten ohne Offiziere und Disziplin kämpfen? Wie das? Er erinnerte sich an die vielen Demütigungen, denen er als Soldat im nationalen Heer ausgesetzt worden war und doch wäre er nie auf die Idee gekommen, etwas Grundlegendes könnte an einer Armee falsch sein. Kein Gehorsam? Lächerlich. Was waren das für Männer, die so etwas forderten? Dieser Querulant aus der Eisenkolonne hatte anscheinend einen Bürgermeister ermordet und war deshalb für elf Jahre in einer Strafkolonie verschwunden, ehe er befreit wurde und sich mit anderen Verbrechern zusammentat, um für die Revolution zu kämpfen. Aragón erinnerte sich noch daran, wie in der nationalen Presse während des Bürgerkrieges besonders vor dieser Milizeinheit gewarnt worden war, die angetrieben von verzehrendem Hass auf ihrem Vormarsch in der Levante eine Polizeiwache und Kaserne nach der anderen stürmte und die Anhänger Francos vor sich her trieb. Es hieß auch, sie hätten viele Priester getötet. Gerade wegen solcher Berichte war Aragón damals überzeugt gewesen, auf Seiten der Nationalen nur seine Pflicht zu tun. Er verteidigte den Glauben und das war's. Und war das nicht richtig gewesen? Offensichtlich wollten die Anarchisten die ganze Welt auf den Kopf stellen. Oder waren es vielleicht doch eher die Füße? In den anarchistischen Zeitschriften wurde geraten, nichts auf bürgerliche Gesetze zu geben, die nur den oberen Zehntausend nutzten. Eine Bank zu betreiben wäre schlimmer, als sie auszurauben. Eigentlich dürfte er sich kaum darüber wundern. Nahe liegend von Sabaté und seinen Gesinnungsgenossen solche Schriften zu verteilen, - schließlich hatte der Mann insgesamt mehr als ein Dutzend schwerer Raubüberfälle auf dem Kerbholz. Aragón seufzte. Eine andere Kolumne begründete die Weigerung, im Widerstand mit den Kommunisten zusammen zu arbeiten. Der Autor behauptete, neben der brutalen Fratze des Faschismus hätten die Kommunisten im Bürgerkrieg lediglich ein anderes Gesicht der Gegenrevolution gezeigt, und es wäre schwer zu entscheiden, welches hässlicher gewesen sei. Beide würden, wenn es sein musste, Kapitalismus und Untertanentum wieder mit Zähnen und Klauen verteidigen. Kronstadt 21 in Russland - Barcelona im Mai 37, beide Male wurde die Revolution von der kommunistischen Partei niedergeschlagen, so stand es im Artikel. Von der verdeckt arbeitenden kommunistischen Geheimpolizei SIM war die Rede, von ihren Folterzentren, von willkürlichen Morden. Kommunisten und Anarchisten waren wie Katze und Hund, das wusste Aragón auch schon vorher. Manchmal vertrugen sie sich, aber meistens jagte der geifernde Hund die Katze um den Häuserblock. Nur, worin diese Feindschaft eigentlich bestand, war schwer zu verstehen, obwohl natürlich auch er von den Maikämpfen in der Stadt gehört hatte. Damals, als die Nachrichten von den Kämpfen in Barcelona zu den Nationalen an die Front durchsickerten, war er irgendwo in einem Unterstand in Kastilien. Als wie immer einmal die Woche Zeitungen an die Soldaten ausgeteilt wurden, las er, wie die faschistischen Journalisten hoffnungsvoll triumphierten. - „Revolte in Rotspanien, Chaos in Barcelona." Noch immer fragte er sich, was da wohl geschehen war. Wenn die Roten wirklich nur eine gottlose Diktatur errichten und die Kirchen zerstören wollten, wie es ihm geschildert worden war, dann war dieser Aufstand sinnlos. Es musste also noch um etwas anderes gehen und zum ersten Mal in seinem Leben begann Aragón zu begreifen, was das sein mochte.

- Varela ist gut -, dachte er. - Wie soll ich denn einen Bericht über die Arbeiterbezirke schreiben, jetzt, wo ich dieses verfluchte Dossier aus dem Untergrund gelesen habe? Nein, das ist falsch, was ich denke, verflucht ist nicht das Dossier, verflucht bin vielmehr ich, dass ich unter Menschen aufgewachsen bin, die es normal fanden, im Namen Gottes zu morden. Morde, letztendlich nur, weil die Tagelöhner den Kopf nicht senkten, wenn die Bischöfe an ihnen vorbeistolzierten. Die sterben mussten, weil sie den gar nicht so heiligen Vätern nicht mehr die Hände küssen wollten: „Bitte Gottes Segen Hochwürden, damit ich mich noch weiterhin für deine Orgien krumm schuften darf." Nein, anstatt ihre Hände zu küssen, spuckten sie dieser in Talare gehüllten Anmaßung, diesen Steigbügelhaltern der Faschisten vor ihre gewichsten Stiefel und das genügte, um die Kirche zum Zittern zu bringen. Und zum Morden.

Wenn es stimmte, was in dem Heft geschrieben stand, dann verfolgte er Männer und Frauen, die für ihre Freiheit kämpften, dann .... Womöglich waren *sie* gar nicht das Problem. Genauso wenig wie das Mädchen von einem Anarchisten ermordet worden war, wie Varela bequemerweise behauptete. Seit diesem Mord konnte Aragón nicht mehr richtig schlafen. Warum nur war Juliano kreidebleich geworden, als er das Zimmer betrat, warum musste er sich übergeben, so zart beseitet war er nun auch wieder nicht. Aragón war sich sicher: Juliano kannte Rosa. Aber war er tatsächlich ein Mann, der eine junge Frau erstach? Nein. Aber anderseits, wer kannte diesen geheimnisvollen Einzelgänger denn schon wirklich? Die Unsicherheit quälte Aragón, während die Berichte aus Marias Heften in seinem Kopf umherschwirrten und sich zu Bildern halb vergessener Begebenheiten verdichteten, von denen er zu lange nie etwas hatte wissen wollen. Die Scham darüber, sein halbes Leben lang weggelaufen zu sein, vereinigte sich mit in seinem Magen rumorenden unklaren Gefühlen und wurden zum brennenden Verlangen, mehr zu erfahren. - Jetzt werde ich auf meine alten Tage auch noch ein Unkontrollierter-, dachte er bitter.

Aragón kannte sich selbst nicht mehr, da waren die Begegnungen mit Maria in ihrem kleinen Haus. Wie hatte es nur dazu kommen können? Wilde, nie gekannte Begierde vernebelte seine Gedanken, während er sich durch die Menschenmenge schob. Und so sah er die Männer nicht, bis er fast in sie hineingelaufen war. Zwei sorgfältig gekleidete Herren, die vor ihm die Einkaufsmeile hinabschlenderten und sich gönnerhaft mit zwei der hier ständig anwesenden Beamten der Guardia Urbana unterhielten. Erst, als er unmittelbar hinter ihnen war, erkannte er seine beiden Vorgesetzten, Varela und Portillo, die ihn bis jetzt ebenso wenig bemerkt zu haben schienen wie er sie. Also blieb er stehen, wartete einen Moment, bis sie weitergingen und so wieder ein sicherer Abstand zwischen ihnen entstand. Er beobachtete, wie sich die beiden jungen Streifenpolizisten katzbücklerisch von Portillo verabschiedeten und dann auf ihn zukamen. Verwirrt sah sich Aragón um und steuerte schließlich schräg gegenüber auf der anderen Seite der Rambla auf einen Stand zu, an dem ein Kriegsversehrter lautstark Zeitungen anpries. Kurz bevor er dort angelangte, passierte es. Wie, das konnte er sich auch im Nachhinein nicht erklären, aber auf einmal stolperte er, überschlug sich und fiel. Abgefangen von einem hüfthohen, berstenden Holzschild krachte er mitten in den Stand hinein. Während er sich benommen, auf dem Hosenboden sitzend, zwischen umherflatternden Zeitungen wieder fand, versuchte er zu verstehen, was geschehen war. Das schwere Werbeschild lag zerbrochen neben ihm. Einige Passanten blieben stehen und begannen eilig, die von ihm herunter gerissen Zeitungen aufzusammeln und zum Stand zurückzubringen. Der Verkäufer rannte aus seiner Bude und half ihm, sich aufzurichten. „Entschuldigung, Señor, ich wollte nicht…Tut mir wirklich leid", stammelte Aragón und sah peinlich berührt zu den beiden Kollegen auf der anderen Seite der Rambla. Sie waren stehen geblieben und die nur halb abgewandte Haltung ihrer Köpfe ließ ihn vermuten, dass sie ihn beobachteten, obwohl sie so taten, als hätten sie nichts gesehen. „Wie erbärmlich", dachte er, „sind sich zu schade, mir zu helfen." Seine Hand schmerzte. „Hätte mir den verdammten Arm brechen können." Missmutig sah er auf seine Hose herunter, deren Stoff am rechten Bein zerrissen war. Auch noch die Hose! Die Stimme des Zeitungsverkäufers ließ ihn wieder zu sich kommen: „Sagen Sie, Señor, warum machen Sie das?" Den Kopf schüttelnd klopfte ihm der einäugige Mann mit der verkrüppelten Hand behutsam den Straßenstaub von der Jacke. Aragón holte tief Luft. „Keine Ahnung. Aber das mit dem Schild tut mir leid!" „Nichts zu machen", sagte der Kioskverkäufer und fuhr sich über sein schütteres, graues Haar über der Augenklappe. „Haben Sie sich wehgetan?" „Nein, es geht." Aragón kramte in seiner Hosentasche nach einigen hundert Peseten, die er immer bei sich trug. „Hier, kaufen Sie sich ein neues Schild!" „Ich möchte nicht, Señor." Aragón wurde drängender: „Bitte. Sie brauchen ein neues Schild! Warten Sie, ich nehme noch eine Zeitung, wenn ihnen das zu viel ist. Haben sie ausländische Zeitungen?" Der andere starrte ihn mit seinem einen Auge verständnislos an. „Señor?" „Ja, ja schon gut. Schönen Nachmittag noch." Geistesabwesend drückte Aragón dem Mann das Geld in die Hand und taumelte davon, weg von Varela und Portillo, weg von den Ramblas und den betrügerischen Schriftzeichen auf gefaltetem Papier, die einen stürzen und fallen ließen.

In der Mittagshitze blieb man am besten drinnen, in der kühlen Küche. Diesmal beteiligte er sich an der Zubereitung des Essens, indem er sich zu ihr setzte und half, das Gemüse zu zerkleinern. „Erzähl mir von der Revolution", sagte er und sah von seinem Holzbrett auf. Als sie schwieg, erklärte er: „Weißt du, ich war damals gerade in einer Kaserne in Kastilien, als die Nachricht von Francos Erhebung eintraf und sich unsere Offiziere vor Begeisterung heiser brüllten. Tagelang sind wir nur marschiert und haben trotzdem kaum etwas von der Welt gesehen oder gehört, außer eben dem Gebrüll der Feldwebel. - Bald wurde uns Abend für Abend von den Greueltaten der Roten berichtet, wie viele Priester sie wieder ermordet hatten und so weiter. Du hast mir gesagt, hier in Katalonien sei alles ganz anders gewesen, als sie es uns glauben machen wollten. Aber du musst mir schon etwas davon erzählen, damit ich es mir vorstellen kann."

Nachdenklich betrachtete sie eine Zucchini, die einige dunkle Flecken aufwies, schnitt sie dann in Streifen, die sie in die sich allmählich füllende Schüssel warf. „Ich kann mich noch an jeden Tag erinnern", sagte sie schließlich und griff nach der nächsten Gemüsefrucht und zerschnitt auch diese. Er wartete, aber anstatt weiter zu sprechen, rückte sie schnell den Stuhl zurück, stand auf und wirbelte durch die Küche, erst zum Herd, wo sie einen großen Topf aus dem Regal nahm. Dann tauchte sie unter dem langen weißen Tuch hindurch, das die Wohnküche von dem Becken trennte, das Maria auch zum Waschen benutzte. Mühsam drehte sie den rostigen Hahn auf, um den Topf zu füllen. „Alle denken, die Revolution ist ein einmaliges Ereignis!", ächzte sie und ließ dabei das langsam fließende Wasser ein. „Ein politisches Spektakel, das von Revolutionären gemacht wird, aber so ist es nicht. Die Revolution ist nur das Ziel. Etwas, das wir erst erreicht hatten, nachdem wir Meile um Meile gelaufen waren. Ich kann dir sagen, wir waren schon ganz schön aus der Puste. Wenn Vater noch leben würde, er hätte dir erzählen können, wie wir hier schon zuvor seit zwei Menschenaltern Krieg führten."

Aragón versuchte, sie durch den halb durchsichtigen Stoff der Jalousie anzusehen, „Wie meinst du das denn?", fragte er.

Er spürte sie lächeln.

„Du kommst aus Navarra. Da sind die Leute ein bisschen beschränkt, nicht wahr?" Als sie schmunzelnd mit der Schulter den Vorhang zur Seite schob, sprang er auf und versuchte, ihr den schweren Topf wegzunehmen. Sie lachte hell auf und klammerte sich an den Henkeln fest. Etwas Wasser verspritzte. „Und was soll das jetzt?", rief sie und versetzte ihm einen Stoß mit ihrer Hüfte. Unschlüssig blieb er im Raum stehen und grinste verlegen. Zum ersten Mal in seinem Leben fühlte er sich von einem anderen Menschen ganz angenommen. Hier war er nicht der vielleicht kluge und umgängliche, aber im Grunde genommen tot langweilige Polizist. Hier war er Aragón. Und es war auch nicht nur sein beinahe vergessenes Geschlecht, das sich bemerkbar machte und jetzt scharfe, elektrische Ströme über die Tiefe seines Bauches entlang seines Rückens hinauf bis in die Haarspitzen jagte. Es war eine größere Kraft, die seine verstaubten Blutbahnen entzündete und den alten Aragón in Flammen aufgehen ließ, bis nichts mehr von ihm übrig blieb, außer seinen pochenden Herzen, das Schlag für Schlag trostlose Leere fortschwemmte. Jene dumpfe Verzweiflung, die ihn Nacht für Nacht dazu brachte, vom Lager mit Senona aufzustehen und zum Fenster zu gehen. Zuhause, wenn er auf die leere Straße starrte, antwortete ihm die Dunkelheit, hier antworte ihm Maria.

Nach dem Essen nippte sie am Glas mit dem von ihm mitgebrachten Wein, benetzte dabei ihre Lippen, die roter wurden als rot. Langsam schob sie sich eine Strähne ihres ergrauten Haares aus der Stirn, betrachtete ihn wieder, diesmal traurig.

„Mein Vater hatte schon getötet, bevor er an die Aragón Front ging, um die Revolution zu verteidigen. Noch viel häufiger hatte er seinen Genossen beim Sterben zusehen müssen. Er sah keinen anderen Weg. Aber im Juli 36 war es dann tatsächlich soweit: Unser Traum wurde Wirklichkeit, ein Traum, der uns bereits so viele Opfer gekostet hatte. Ja, es war unser Traum, der über Spanien stürmte, obwohl er kaum wieder zu erkennen war, wie eine Larve, die sich nach Jahrzehnten im Kokon der CNT-FAI an einem einzigen Tag in ein ungeheuer riesenhaftes Fabeltier mit schwarzen und roten Flügeln verwandelte. Nun flog das Tier jede Nacht über die schlafenden Dächer und flüsterte den Menschen in ihren Betten nur ein einziges Wort zu: „Leben!" Am Morgen wachten sie mit leuchtenden Stirnen auf und liefen gleich los, den Spuren der schwarz-roten Schwingen in den Wolken folgend, hielten nicht mehr an: Tausende Anarchistinnen und Anarchisten und die Kolonnen der marxistischen POUM verließen Barcelona, um sich mit ihren veralteten Pistolen und Gewehren den Faschisten entgegen zu werfen. Als allererster Vater mit der Kolonne Durruti. Später folgten dann Gruppen der katalanischen Nationalisten und der Sozialisten. Bald schrieb uns Vater begeisterte Briefe aus einem Dorf in Aragón, in dem die Bauern das Land bereits Ende Juli kollektiviert hatten, noch bevor die Milizen dort eintrafen. Dann zog Vaters Einheit weiter, bis unmittelbar vor Saragossa, der

Hauptstadt Aragóns. Von da an wurden die Nachrichten schlechter. Vater schrieb, Auseinandersetzungen zwischen den sozialistischen und anarchistischen Milizen würden einen gemeinsamen Vormarsch behindern. Wir waren bei weitem die stärkste Kraft da draußen an der Front und doch gab es Einheiten, die gegen die Revolution waren und die Bauern bedrängten, keine Kollektive zu gründen. Vater schrieb weiter, ihre Kolonne hätte noch immer viel zu wenig Waffen und die wenigen, die sie besaßen, hatten sie den Feinden abgenommen. - Oder sie stammten aus Beständen, die eigentlich schon nach dem Marokko-Krieg ausgemustert worden waren. Buenaventura Durruti selbst führte Vaters Kolonne an und er setzte Himmel und Hölle in Bewegung, um Saragossa zu befreien. Aber weißt du, es war so: In ganz Spanien rückten die Faschisten vor, nur in Aragón, da wurde ein von den Soldaten besetztes Dorf nach dem anderen von den Anarchisten eingenommen. Die kümmerlichen Reste der Regierung in Madrid, die sowieso schon immer mit Katalonien auf Kriegsfuß stand, sahen das gar nicht gerne und so unternahm diese Regierung absolut nichts, um den Vormarsch der anarchistischen Kolonnen zu beschleunigen. Den Politikern war klar, ein Durchbruch in Saragossa würde unter Umständen nicht nur eine Niederlage für Franco bedeuten, sondern auch den Sieg der sozialen Revolution, denn überall wo wir hin kamen, nahmen sich die ehemaligen Tagelöhner die Felder und Weiden der Gutsherren, führten die Arbeiter die Fabriken ohne Unternehmer weiter. Saragossa war das Tor zum Norden, war die Verbindung zu den Gebieten im Baskenland und Asturien, die sich wie wir gegen die Faschisten behaupten konnten: In wenigen Monaten wäre der Krieg gewonnen gewesen. Außerdem war Saragossa unsere Stadt, wir hatten viele Militante dort. Dreißigtausend Arbeiterinnen und Arbeiter waren in den Gewerkschaften organisiert. Aber in den zahlreichen Kasernen standen auch einige der bedeutendsten Militärkontingente von ganz Spanien und so gut wie alle Offiziere liefen mit wehenden Fahnen zu Franco über. Auch der Zivilgouverneur, obwohl er zuvor keine Gelegenheit ausgelassen hatte, seine Treue zur Republik zu betonen. So wiegte er die Menschen in falscher Sicherheit. Der allgemeine Streik reichte nicht aus, unsere Genossen hatten gegen die Übermacht des Militärs keine Chance, ihr Blut versickerte in den Gassen Saragossas. Es war eine verhängnisvolle Stunde. Einerseits mussten wir unbedingt die Stadt zurückgewinnen, um nach Norden durchbrechen zu können. Andererseits: Ohne den dringend erforderlichen Nachschub und ohne Zusammenarbeit mit anderen Milizkolonnen schien ein Vorstoß von

Durrutis Leuten zum Scheitern verurteilt. Wenn wir alleine mit unseren schlecht bewaffneten Männern angegriffen hätten, dann wäre von der Einheit kaum noch etwas übrig geblieben, wäre es fast sicher ein Fehlschlag geworden. Wenige Meilen vor der Stadt entstand so eine neue Front." Maria stockte, dann fuhr sie leise fort: „Vater wurde getötet. Ich weiß nicht, wie es geschah, es muss bei den täglichen Scharmützeln geschehen sein. Die Nachricht erreichte uns, noch bevor im Herbst 36 die Hälfte der Kolonne Durruti die Belagerung von Saragossa aufgab und nach Madrid ging. Du weißt, eure Armee stand schon in den Madrider Vorstädten. In diesen Tagen bewegten wir uns alle wie Schlafwandler und hofften, möglichst bald aus diesem bösen Traum aufzuwachen. Ich arbeitete hier damals in einer Munitionsfabrik. Wir alle wussten, wenn die Faschisten die Hauptstadt einnehmen würden, wäre alles aus. Die Lage war verzweifelt und die meisten unserer Milizkolonnen, die nach Madrid eilten, gingen in den Tod, sie gingen, um zu sterben und sie wussten das. Es war schrecklich. Es soll kaum jemals einen mörderischeren Kampf gegeben haben, als den in der Nähe der Madrider Universität. Durruti fiel, von den 3000 Anarchisten, die mit ihm kämpften, überlebten nur ein paar Hundert. Doch die Faschisten kamen nicht durch. Die Madrilenen verjagten sie aus ihrer Stadt. Nicht nur wegen Durruti, alle kämpften wie die Löwen. Nur nicht die Regierung der Republik, denn die hatte sich bereits vor Wochen in Richtung Süden aus dem Staub gemacht. Während die Regierung die Hauptstadt im Stich ließ, wuchs in ihrem Schatten ein neuer, tödlicher Feind heran. Wir wussten es damals nicht, aber in diesen Monaten begann bereits unser Untergang. Die Vernichtung kam vor Franco, kam aus den Reihen der Republik. Vor dem Krieg waren die Kommunisten bedeutungslos gewesen, aber jetzt wuchs ihre Zahl in atemberaubendem Tempo. Organisiert wurde das von den gleichen Typen, die unsere anarchistischen Genossen und aufständische Bauern in Russland zu tausenden ermordet hatten. Jetzt begannen sie als eilfertige Aufziehmännchen Stalins, dessen Interessen im Bürgerkrieg durchzusetzen. Denn der Stählerne wollte keine soziale Revolution, die sein Russland als Sklavenhalterstaat entlarven und ihn schlecht aussehen lassen würde. Im Winter begannen sie in Katalonien und Aragón mit aller Macht gegen die Kollektive und Komitees vorzugehen. Wir hatten uns die Fabriken und das Land genommen, das war wirklicher Kommunismus, während sie davon redeten, das Eigentum zu achten. Schließlich begannen sie, unsere Treffen direkt anzugreifen und Einzelne zu ermorden. Es war der Anfang vom Ende. Auch, weil wir nicht genug an uns selber glaubten: Wir in den Fabriken und Kommunen wollten uns verteidigen, aber die eigenen Leute aus der CNT fielen uns in den Arm. Sie ordneten alles der antifaschistischen Zusammenarbeit unter, die inzwischen nichts anderes mehr bedeutete, als den Kommunisten nachzugeben. In der CNT und auch in der FAI entschieden bald nicht mehr unsere Aktivisten an der Basis, sondern die „Führer" und diejenigen, die auf den Ausschüssen am lautesten schrieen. Unsere besten Leute verbluteten an der Front, während innerhalb eines einzigen Jahres die offizielle CNT-FAI alle Ziele aufgab, für die wir jemals gekämpft hatten. Anarchisten wurden Minister, akzeptierten die Regierung und den Stillstand der Revolution. Ja, sie bejahten sogar die Umwandlung der Milizen in eine Armee, führten die Unterscheidung in Offiziere und Mannschaften wieder ein - Kadavergehorsam. Wahrscheinlich glaubten sie, nur so den Krieg gewinnen zu können. Vater hat wenigstens nicht mehr mit ansehen müssen, wie sein Traum in diesen Stürmen am Himmel zu taumeln begann und abstürzte. Zwar krabbelte unser halbzerfetztes Flügeltier noch eine Weile hilflos am Boden, aber nur um von Negríns Hunden umzingelt zu werden." Maria nahm einen Schluck Wein. In ihrer Erinnerung versunken, schwenkte sie das Glas, so dass sich ein kleiner Strudel im roten Traubensaft bildete. Aragón hielt den Atem an, wunderte sich darüber, wie sie erzählen konnte, hing an ihren Lippen.

„Eigentlich begann alles lange vor diesem Sommer", fuhr sie fort. „Über Jahrzehnte war Barcelona unser Licht, genauso wie für die Mauren ihr Mekka: Zehntausende Arbeiter, die aus Murcia, der Extremadura und Andalusien hierher kamen, wo es wenigstens Arbeit gab. Und doch reichten die schlechten Löhne gerade nur, um zu überleben. Also bildeten sie die CNT. Die Syndikate waren ihr Stolz, waren ihre Familie und ihre Hoffnung. Denn jeder, der höhere Löhne oder besserer Arbeitsbedingungen forderte, musste nicht nur mit der sofortigen Entlassung rechnen, sondern wurde bedroht. Die einzigen, die gegen die Willkür der Unternehmer vorgingen, waren Verteidigungsgruppen der Anarchisten. Schlugen ebenso erbarmungslos wie unsere Feinde die Einschüchterungen zurück. Und da brach dieser nie erklärte Krieg aus. Ich war vielleicht zehn Jahre, als die Pistoleros der Unternehmer begannen, die *Cenistas*, wie unsere Leute genannt wurden, einen nach dem anderen zu ermorden. Wenn man nur zusammengeschlagen wurde, hatte man Glück. Erst begann es unmerklich, während eines Streiks, der nicht enden wollte. Zunächst wollte die CNT nur die Wiedereinstellung entlassener Arbeiter erreichen. Aber der Ausstand zog sich immer mehr in die Länge. Keine

79

Seite gab nach, bis über Barcelona der Ausnahmezustand verhängt wurde. Offen forderte der Unternehmerverband die Auflösung der Gewerkschaften und die standrechtliche Erschießung unserer Sprecher. Wenn wir nicht ausgelöscht werden wollten, dann mussten wir den Kampf mit allen Mitteln aufnehmen. Einer von uns, einer von ihnen und umgekehrt. Die Genossen gingen nur noch bewaffnet auf die Straße."

Er unterbrach sie: „Meine Eltern sprachen darüber. Das war ja dann so Anfang der Zwanziger Jahre. In den Zeitungen hieß es regelmäßig, in Barcelona hätte die Polizei wieder einige Räuber und Mörder gefasst, die die Stadt unsicher machten. Wir haben uns nicht viel dabei gedacht. Barcelona war weit." Für einen Moment verbarg Maria ihr Gesicht in den Händen, bevor ihre Finger an ihren Wangen hinab glitten, sie lang zogen und sie nachdenklich sagte: „Jedenfalls war Vater einer der Männer, die unsere Sprecher beschützen sollten. Pestaña, der später vom Anarchismus nichts mehr wissen wollte, war zu jener Zeit einer unserer wichtigsten Aktivisten. Also lauerten ihm die Pistoleros auf. Aber er überlebte das Attentat und kam im Krankenhaus allmählich wieder zu Kräften. Und dann, kaum setzte er einen Fuß vor die Tür, wurde er schon wieder von den Pistoleros erwartet. Vater war allerdings auch da und lieferte den Mördern zusammen mit zwei Genossen, die ihn begleiteten, eine heftige Schießerei, sie schlugen sie schließlich in die Flucht. Und doch konnten wir nicht jeden unserer Leute beschützen. Unser Junge vom Zucker, Salvador Seguí, wurde erschossen. Seine Schriften und Reden erfüllten uns alle mit großer Zuversicht."

„Wer? Nie von ihm gehört. Von dem anderen auch nicht. Aber ich erinnere mich daran, dass zu dieser Zeit der Regierungschef Dato und der Erzbischof von Saragossa ermordet wurden."

„Der Erzbischof?" Maria sah ihn verblüfft an. „Stimmt, du hast Recht. Es musste sein. Und Dato trug die Verantwortung. Was kümmerte es die Reichen schon, wenn ihre bezahlten Bluthunde, die Pistoleros, bei den Schießereien mit uns draufgingen? Sie selber mussten dran kommen!" Es klang beinahe stolz. Ungläubig starrte er sie an. „Was erwartest du?", rief sie aus. „Der Erzbischof war alles andere als ein Heiliger. Er ließ keine Gelegenheit aus, gegen uns zu hetzen. Gut, er war vielleicht alt und gebrechlich und dennoch war er der Schirmherr der Spielhöllen. Niemand anderes als er hatte die Todesschwadronen nach Saragossa geholt, gerade mal so eben hatten wir es geschafft, sie aus Barcelona zu vertreiben. Nach dem Mord an Seguí nahmen sich einige von unseren Jugendlichen ein Herz und stürmten in den Jagdverein von Barcelona, wo die Pistoleros sich gewöhnlich mit ihren reichen Auftraggebern trafen. Unsere Jungs schossen wie wild um sich und da nahmen die meisten Mörder die Beine in die Hand, türmten und verließen die Stadt endlich. Der Erzbischof gab ihnen neue Arbeit in Saragossa." Aragón runzelte die Stirn. Maria sah ihn beschwörend an: „Glaubst du, ein Mann wird dadurch besser, dass er einen Talar trägt? Und was? In vier Jahren ein Erzbischof, ein paar Offizielle und ein dutzend Pistoleros gegen mehr als sechshundert von uns. Nur hier in Katalonien."

Missbilligend schüttelte er den Kopf, aber er widersprach ihr nicht. Lange schwiegen sie, bevor sie zögernd weitererzählte.

Erst am Abend verabschiedete er sich, um in die Stadt zurückzufahren. Über Rosas Ermordung hatte sie ihm kaum neue Anhaltspunkte geben können und doch schwirrte Aragón der Kopf, als er zur Tür ging und sich noch einmal zu ihr umdrehte.

„Kann ich morgen wiederkommen?"
„Musst du nicht arbeiten?"
„Nein, im Büro habe ich gesagt, ich bin krank."
Sie lächelte. „Das sehe ich."
„Also dann um zwei?!"

Sie sah ihn nur an, antworte lange nicht. Schließlich nickte sie und machte einen Schritt auf ihn zu, um sich zu verabschieden. Trotz ihrer Schwielen lagen ihre Finger wie zarte Vögel in Aragóns Hand, die sich viel zu spät öffnete.

Mit seinem hellblauen Topolino fuhr er ganz offen bis zu ihrem Haus vor und hupte, bis sie die Tür öffnete und zu ihm gelaufen kam. „Komm, lass uns heute ganz weit raus fahren!", rief er ihr entgegen. Er deutete auf einen Korb hinter ihm. „Versorgt sind wir auch!"

Winter im Frühling, Frühling im Winter; im warmen Wind über Meer und sanften Hügelketten schwebten verloren fingerbreite, schneeweiße Blüten von Kirschbäumen, bedeckten die Gräser, die Felsen und Marias langes Haar. Die Blüte der Traubenkirschen, die vor allen angebaut werden, um die verschiedenen Weinbrände der Region zu würzen, war bereits fast vorbei. Kleine Vögel zirpten in ihren Zweigen, als müssten sie alle ihre Lieder an einem einzigen Tag singen und würden schon morgen für immer verstummen. Aragón und Maria waren so weit gefahren, wie der holprige Weg dies zuließ, dann stellte er den Wagen im Schatten einiger Steineichen ab. Arm in Arm waren sie den Hang ganz hinaufgeschlendert, ließen sich nun inmitten des weiten Hains nieder. Um sie herum glitten die Blütenblätter sanft von den Bäumen, taumelten ins Gras. Von dieser Hügelkuppe aus konnte man weit über das Meer sehen und verzaubert folgten sie dem Flug vom Wind zerzauster Vögel, die sich hellweiß unter dem blauen Himmel abzeichneten. Aus Afrika kommend suchten diese Seeschwalben in der weit gewölbten Bucht oberhalb der Stadt nach kleinen Fischen, während ihre bereits geschlüpften Jungen im gegenüberliegenden Felsen saßen und in den in schwindelerregender Höhe erbauten, kargen Nestern kreischend auf ihre Vogeleltern warteten.

Schaute man lange genug gegen jene die Sonne zurückwerfenden Felsen, dann verwuchsen Nester, kreischende Vögel, Stein und das leise Wellen schlagende Wasser am Fuß der Klippen zu einem murmelnden, das Innere erleuchtenden Gesang, zu dem man niemals Worte finden würde.

Schon auf der Fahrt hierher überkam ihn kurz die Angst, ihm würde nichts einfallen, um sie zum Lachen zu bringen. Aber hier, am Stamm eines Kirschbaumes gelehnt, die pfeilschnellen, gefiederten Boten aus Afrika über der glitzernden See vor Augen, stiegen aus lange verschlossenen Kammern in Aragóns Erinnerung die Erlebnisse mit Mohammed wieder auf, dem größten Spaßmacher in ihrer Einheit. Mohammed, dürrer Schlangenbeschwörer, sah aus, als würde jede Windböe ihn fortreißen können und spielte gerne Streiche. Also begann Aragón im Schatten des verblühten Kirschbaumes zu erzählen, wie es dem Araber gelungen war, bei der Ankunft eines

Transportes unbemerkt einen Teil der für die Offiziere gedachten Zigaretten und Weinflaschen für die einfachen Soldaten abzuzweigen. „Aber da war noch mehr: Mohammed spielte so Flöte, dass die Kinder, die sonst schreiend vor uns davonliefen, stehen blieben und zuhörten." Und er sprach mit den Tieren, als wären sie vernunftbegabte Wesen, sprach selbst mit den Zikaden am Wegrand und auch mit dem hoch in der Luft kreisenden Adler und erklärte ihnen, was vor sich ging und erst da erfuhren auch die Kameraden, dass sich der Feind näherte oder im Morgengrauen ein Dorf überfallen werden sollte. Besonders wichtig für ihn war seine Viper, die er aus Marokko mitgebracht hatte. Drei Monate lang trug er ihren Korb überall mit hin und wenn er ihn vor einem Gefecht im Unterstand zurücklassen musste, so kehrte er doch immer als erstes wieder dorthin zurück. Oft streichelte er die gelbe, trockene Haut der Schlange, während ihre grünen Augen ihn kalt anstarrten und die Viper öffnete den Rachen, als würde sie singen. - „Was ist denn in deinem Korb?", fragte ein neuer Offizier nach dem Appell. „Gar nichts ist in meinem Korb, Herr Major", antwortete Mohammed sofort. „Aha. Dann lass mal sehen." „Nein!" Hastig verbarg der Araber den Korb vor dem Vorgesetzten mit der sauberen Uniform, doch der riss ihn an sich. Da zuckte der Schlangenkopf unter dem sich einen Spalt weit öffnenden Deckel heraus und züngelte stumm. Erschrocken ließ der Offizier den Korb fallen und sprang zurück. Voller Abscheu sah er, wie die Schlange ins Gras glitt, dann hob er wütend den Stiefel, um sie zu zertreten. Aber Mohammed war schneller. Eilig nahm er die Schlange auf, versteckte sie hinter seinen Rücken und starrte den Major herausfordernd an. Etwas in diesem Blick ließ den aufgebrachten Vorgesetzten zurücktaumeln. Alle Farbe wich aus seinem Gesicht. „Wenn ich dich noch einmal den Korb herumtragen sehe, stelle ich dich vor ein Kriegsgericht", fauchte er schließlich gereizt, machte auf dem Absatz seiner Stiefel kehrt und verschwand in einem der vor wenigen Tagen in der Sierra de Gredos für die Offiziere aufgeschlagenen Zelte. In der folgenden Nacht blieb Mohammed fort, suchte für seine Viper ein geeignetes Versteck, fand einen schroffen Felsen mit vielen Erdspalten und Höhlen. Erst am nächsten Morgen kehrte er zurück, schweigsam, in sich gekehrt. Die Kameraden drückten beide Augen zu, um das unerlaubte Entfernen von der Truppe, das mit dem Tod bestraft werden konnte, zu übersehen.

„Was ist aus ihm geworden?", fragte Maria ernst, als Aragón nicht mehr weitererzählte und scheuchte eine große, gelbschwarz leuchtende Fliege von seinem Arm.

Aragón seufzte innerlich, sah wieder den dunklen Ausdruck in Mohammeds Augen, als wenige Tage später bei einem Angriff der Roten ein Granatsplitter seine Brust zerfetzte und Mohammed mit dem Blut auch das Leben aus seinen Lungen hustete. Der Araber hatte es vorhergesagt: „Ohne Schlange bin ich ein toter Mann."

Doch an diesem Nachmittag mit Maria wollte Aragón den Zauber der weißen Blüten nicht durch den vorschnellenden, zupackenden Tod zerstören. Also zuckte er die Achseln. „Ich weiß es nicht", log er. „Im Krieg wurden wir nie gefragt, wohin wir gehen wollten, und so haben wir uns aus den Augen verloren." Behutsam nahm er ihr eine Blüte aus den Haaren. Da beugte sie sich unmerklich vor und schloss die Augen, spitzte die Lippen, nur ganz leicht. „Maria", sagte er leise. Dann küsste er sie vorsichtig, fast fragend und nur solange, wie ein Blütenblatt braucht, um vom Baum hinabzuschweben.

„Nicht hier", flüsterte sie, als er sie an sich zog, ihren Hals mit Küssen bedeckte und tastend begann, ihre Kleider zu zerwühlen.

„Hier ist niemand außer uns", sagte er, seine Stimme nun rau vor Begierde. „Nur dieser Garten, die Vögel und wir." Unsicher blickte sie umher, dann lächelte sie plötzlich und streifte die Bluse ab. Als er sich über sie beugte, um ihre Brust zu küssen, nahm sie seine Hände und zog ihn auf sich hinab. Er streifte ihre Hose unter dem Rock hervor und sie schlang ihre Beine um ihn, nahm ihm den Atem, bis der Teppich der Blüten in der Sonne zu flimmern begann. Die Wiese wurde zur Decke, in der ihr beider Fleisch versank, während der duftende Schweiß ihrer Haut ihn einhüllte. Verzehrend riss sein heftig pochendes Blut ihn fort, da war nichts mehr außer dieser Frau, die um einige Jahre älter als er, auf sein Suchen antwortete, seine Verzweiflung aufnahm und unter ihren schwieligen Fingern auflöste. Die starken Knospen ihrer braunen Brüste schmeckten salzig, Nahrung für den Schössling, der im Frühjahr durch die noch kalte Erde bricht, zunächst vorsichtig, dann stolz aufragend und so sanft in den Himmel stößt. Benommen folgten beide dem Fluss der Berührungen, erkannten einander im Licht ihrer Augen, um sich gleich wieder zu verlieren. Einige Augenblicke verirrte er sich in seine verbotenen Träume indischer Liebeskunst, im Kamasutra. Diese Bilder waren aus einem Buch in französischer Sprache zu ihm gekommen, von Aragón zufällig in einem abgelegenen Laden im alten Viertel gefunden. Anstatt den Verkäufer anzuzeigen, hatte er es heimlich gekauft und gelesen, als Senona wieder einmal auf einem ihrer Stadtbummel verschwunden blieb. Nun kam es ihm vor, als reiße Marias heftiger gehender Atem an den Seiten des versteckten Buches, als trage der warme Wind die von ihm mit einer Mischung aus Entsetzen und Faszination betrachteten Zeichnungen aus seiner stickigen Stadtwohnung über das kristallene Meer und die im Frühsommer noch grün wellenden Hügel hierher zu ihnen. – Ein Irrtum, Aragón konnte nicht gut genug Französisch, um zu begreifen, dass sein fiebrig gelesenes, verbotenes Buch festgelegte Rituale enthielt, Meditation, die jede Spontaneität ausschloss. – Aber so verwandelte der tückische Wind die kühnsten verbotenen Träume in werdende Ekstase, in Vertrauen in das eben noch Unbekannte, das ihnen dieser Nachmittag schenkte und sein Blut endlich fließen ließ, seine Sinne öffnete für jede einzelne verwehte Kirschblüte.

Nicht allzu weit entfernt standen einige Mandelbäume. Sie blühten weit früher im Jahr und an ihren Zweigen hatten sich bereits die ersten noch grünen Knollen gebildet. In einigen Monaten würden sie zu eiförmigen, fleischigen Früchten herangewachsen sein, die, wenn sie sich öffneten, die harten Hüllen der Mandeln freigaben. Aber an diesem Nachmittag bedachte Aragón nicht (und wenn es ihm eingefallen wäre, hätte er es weit weg in den blauen Himmel hinein geschoben): Mandeln, deren Schalen sich zu spät öffneten, schmeckten bitter.

Das Haus war nicht vom Kampf gegen die Militärs, und auch nicht von den deutschen und italienischen Bomben, die später Tag für Tag die Stadt fressen sollten, stark mitgenommen, sondern von den Maikämpfen 37. Damals hatten sich gerade an dieser Ecke Arbeiter der CNT mit der von der von den Kommunisten gegen sie ausgeschickten Guardia Asalto eine heftige Schießerei geliefert. Den Gruppen der CNT-FAI gehörte zu diesem Zeitpunkt noch immer die Stadt und doch hatten am Ende ihre eigenen Anführer sie beschworen, die Waffen niederzulegen. Aber wenn man den erschöpften Mann erkannte, der in der schlichten, aber sauberen Wohnung der alten Frau schlief, dann könnte man meinen, dass gegen jede Wirklichkeit damals nicht die Polizei, sondern die Anarchisten gewonnen haben mussten.

Fransisco war auf dem Bett eingenickt und hatte so nicht mitbekommen, wie Josefa die Wohnung verließ. Als er aufwachte und Bewegung im Haus hörte, dachte er, sie wäre es. Müde setzte er sich auf, rieb sich die Augen, massierte mit einer Hand seine von der Anspannung der letzten Tage steinharten Schultern. Josefa hatte gesagt, sie hätten neuerdings fließend Wasser, ein Luxus, den Francisco gerade jetzt nur zu gerne ausprobieren wollte. Sich müde rekelnd verließ er langsam das Zimmer und ging ins Bad, um zu duschen.

Vorsichtig, Schritt für Schritt, schob sich Juliano die Wand des Flurs entlang. Josefa hatte die Wohnungstür nicht abgeschlossen, wahrscheinlich würde sie bald zurück sein. Er ertastete die kleinen rauen Unregelmäßigkeiten im Stein, fuhr mit seinen Fingern die Fugen nach und fühlte sich stark genug, die Wand einzureißen. Er war vorbereitet und nun überkam ihn ein Hochgefühl. Gleichzeitig war er ganz ruhig. Sabaté war im Bad.
„Jetzt hab ich ihn", dachte Juliano, zog langsam seinen Revolver und riss mit der Linken die Tür auf. Er zielte auf den Mann, der überrascht aus der Wanne zu ihm heraufschaute, einen Schwamm in der einen, Seife in der anderen Hand.
„Flossen hoch!" rief Juliano.
Der nackte Mann verzog keine Miene.
„Habt ihr denn gar kein Schamgefühl mehr?", fragte er schließlich ungläubig und erhob sich zögernd. „So hab ich mir das Sterben nicht vorgestellt." Während er offensichtlich aus der Wanne steigen wollte, sah Fransisco nur für den Bruchteil einer Sekunde zu den Kleidern, die auf dem Hocker neben dem zum Hof gehenden Badfenster lagen.

Juliano verstand, mit einem Satz war er beim Fenster und riss den ganzen Hocker an sich, brachte ihn so außerhalb der Reichweite des anderen. Ohne den Blick von Sabaté abzuwenden, den er mit seiner Pistole in Schach hielt, bückte er sich und tastete mit der Linken nach Waffen, fauchte: „Hände über dem Kopf behalten, Mann."
„Schön, aber du wirst mich so nicht auf die Straße jagen."
„Das sollte jetzt deine geringste Sorge sein."
Juliano schüttelte die Hose aus, ein Messer und Zündhölzer fielen aus den Taschen auf die Kacheln. Jetzt erst warf er sie dem Anarchisten zu, der sie auffing.

Während Sabaté die Hose überstreifte, verrenkte er den Hals, sah an dem Polizisten vorbei in den Halbschatten des leeren Flurs, runzelte die Stirn.
„Sag mal, kann es sein, dass du alleine hierher gekommen bist?"
Juliano versuchte, nicht zu zeigen wie sehr ihn diese Frage verblüffte. Es stimmte, dieser Mann *war* kaltblütig.
„Hör zu, Sabaté: Nur ich weiß, dass du hier bist. Die anderen suchen dich am anderen Ende der Stadt, in der Nähe des Gaudi Parks. Du wirst nicht versuchen, zu fliehen, wenn ich jetzt die Pistole runter nehme?"
Verdutzt starrte ihn der andere an. „Was heißt das denn jetzt? Du legst mich nicht um? Seit wann gibt es denn keine Belohnung mehr für meinen Kopf?"
„Blödsinn!" Juliano steckte den Revolver in seinen Gürtel und machte einen Schritt zurück. In wenigen Momenten hatte der andere sein Hemd übergestreift, trat aus dem Bad heraus und blieb unmittelbar vor Juliano stehen. Die Tropfen auf Sabatés Haaren und auf seiner Haut glitzerten im Dämmerlicht. Er sah Juliano an, als zweifele er an dessen Verstand. „Und - was soll das alles?"
„Wir haben mehrere hundert Hinweise bekommen. Bisher weiß nur ich, dass dieser hier stimmt. Außerdem sollt ihr in eine Falle an der Plaza de Palacio laufen. Geh nicht dahin!"
Sabaté zögerte. „Du hilfst uns? Kennen wir uns denn? - Was würden wohl deine Vorgesetzten dazu sagen?"
„Die warten umsonst."
Noch immer ungläubig schob sich Fransisco an dem Polizisten vorbei, schritt durch das Schlafzimmer und blickte auf die Straße. Nichts zu sehen. Weit und breit niemand, der auch nur ansatzweise für einen Polizisten durchgehen konnte. Er drehte sich um.
„Warum tust du das, du bist doch keiner von uns?"
Juliano biss sich auf die Lippen.

„Gerade deshalb."
„Wie heißt du?"
„Ich bin der Mondmann."
„Aha. Na ja, jedenfalls danke ich dir, Companero."
„Ist schon gut", sagte Juliano und lächelte - zum ersten Mal seit langer, langer Zeit.

Seit über zwanzig Jahren wurde Sabaté gejagt. Natürlich von den spanischen Faschisten, aber zuvor im Bürgerkrieg mit mindest ebenso erbittertem Hass von Stalins Agenten, die ihn ganz oben auf ihre Fahndungslisten gesetzt hatten. Später, Anfang der Vierziger, im besetzten Frankreich, als er sich dem Widerstand in den französischen Wäldern anschloss, bliesen auch deutsche Nazis ins Horn, hetzten ihn mit Rudeln von Kollaborateuren. Trotzdem gelang es ihm, eine Munitionsfabrik, die die Nazis belieferte, in die Luft zu sprengen. Nach dem Krieg machte ihn die Polizei der wiedergeborenen französischen Republik für verschiedene Überfälle verantwortlich, verhaftete ihn mehrmals, aber ohne ihn dauerhaft aus dem Verkehr ziehen zu können. Der Fuchs lief weiter, überquerte die hohen, Schnee verwehten Pässe der Pyrenäen, die kargen Wälder der Berghänge, um nach Spanien zu gelangen und in den Häuserdschungel der Stadt einzutauchen. Doch diesmal war ihm die gefährliche Guardia Civil dicht auf den Fersen. Nur durch Zufall, dadurch, dass ihn unerwartet ein ihm Unbekannter beschützte, konnte er aus dieser Schlinge entkommen. Seine Gedanken rasten: Ihm blieb jetzt nur noch, eilig aus dem Viertel zu verschwinden, aber zuvor musste er noch auf Josefa warten und sie warnen. Schon stand die Alte in der Tür, aber als er ihr von der Gefahr erzählte, schüttelte sie nur den Kopf und ein eigentümlich entschlossener Glanz huschte über ihr zerfurchtes Gesicht. „Das Haus verlassen? Du spinnst wohl. Lass sie nur kommen, mein Sohn, denkst du, ich hab noch Angst? Bin schon viele hundertmal gestorben, bei dem was ich gesehen habe. Aber keine Sorge, einer alten Frau werden sie nichts tun, dafür sorgt Juliano. Aber du, du bist in großer Gefahr. Du bist hier der Verrückte. Geh, jetzt!" Er beugte sich zu der alten Frau herunter und küsste sie auf die Stirn, sanft strich sie ihm übers Haar. „Geh, mein Sohn", wiederholte sie leise, dann fuhr sie mit ihren knorpeligen Händen unruhig über den schwarzen Stoff ihres Kleids, das die Unterarme bedeckte. „Aber am besten nicht mit Taxi oder Straßenbahn, die werden sie hier überwachen. Mein Nachbar hat noch ein altes Fahrrad, das wird er mir geben."

Die Mütze tief in die Stirn gezogen, das Gesicht versteckt hinter einem struppigen Vollbart, auf dem Gepäckträger des Rades einen leeren Korb transportierend, verwandelte sich Sabaté in wenigen Minuten in einen Bauern, der am späten Nachmittag vom Markt aus der Stadt nach Hause, nach Hospitalet, radelte. Bald in jeder Straße, die er scheinbar teilnahmslos entlang radelte, erinnerte er sich an Männer und Frauen der CNT, die in den Häusern gelebt hatten und die wie er für ihren Traum ihr Leben gewagt, aber es verloren hatten. Im Krieg und noch mehr in den Jahren des Hungers und der Abrechnungen danach. Andere lebten im Exil, froh, davon gekommen zu sein. Sie zahlten noch ihre Mitgliedsbeiträge an ihre Gewerkschaft, aber sie sprachen von den Kämpfen in diesen Straßen, als lägen sie nicht jenseits der Berge, sondern in einer Stadt auf einem anderen Planeten. Die Wenigsten lebten noch hier und kaum einer, der den Kampf aufgegeben hatte, würde ihn noch erkennen. Der „Junge" aus den Julitagen, an denen jeden Abend Schüsse die Nacht zerrissen, „Quico", mit seinem rätselhaften, verletzlichen Lächeln, den durchdringenden Augen, denen kaum etwas entging, war als Mann wiedergekehrt, der sich scheinbar in nichts von denen seiner geschlagenen Gefährten unterschied.

„Hoffentlich behält Josefa Recht!", dachte er. „Wäre nicht das erste Mal, dass sie Geiseln nehmen." - Einem Freund hatten sie gedroht, seine Mutter umzubringen, wenn er sich nicht stellte. Er erschien auf der Polizeiwache, um sie auszulösen: Da begannen sie die alte Frau vor den Augen des Sohnes zu foltern, bis er es nicht länger ertragen konnte und ihnen Informationen gab. Aber so etwas würde dieser Juliano nicht zulassen. Merkwürdiger Mann. Mager und mit den eingefallenen Wangen wirkte er eher wie ein hungernder Philosoph, nicht wie ein Bulle. Was machte so jemand bei der Kriminalpolizei? - Während Sabaté einer Fledermaus gleich seinen angespannten siebten Sinn gegen die beschatteten Eingänge der Häuser und Straßenecken warf, an denen er vorbeifuhr, um mögliche Gefahren zu wittern, grübelte er über die unwirkliche Begegnung in Josefas Wohnung. Niemals würde er soweit gehen, einem Polizisten zu vertrauen und doch hätte ihn dieser „Mondmann" ohne weiteres töten oder gefangen nehmen können. Offensichtlich war er nicht vorsichtig genug gewesen. Bald musste er einige Vorbereitungen für die nächste Aktion treffen, aber was, wenn die Guardia Civil viel dichter an ihrer Gruppe dran war, als er es sich bis jetzt vorstellen konnte?

Gedankenversunken sauste Sabaté eine Straße hinab, strampelte dann, um den Schwung auszunutzen, wild die Steigung des nächsten Hügels hinauf, verlor aber schon bald an Fahrt und musste sich anstrengen, um oben anzugelangen. Missmutig fluchte er. Von hier aus würde es kaum mehr Abfahrten geben. Während er fuhr - den Weg würde er auch im Dunkeln finden - fragte er sich wie so oft, wann endlich Barcelona wieder den Arbeitern gehören und der faschistische Spuk vorbei sein würde. Wahrscheinlich würde er vorher getötet werden, nicht immer würde ein Mondmann zur Stelle sein, aber ihr Kampf war es wert. Sabaté bog in eine Gasse ein, wurde langsamer, war am Ziel. Er vergewisserte sich, dass ihm niemand aus dem Barrio Chino bis hierher gefolgt war, erst dann öffnete er die Pforte zu dem Garten eines Genossen, dem es etwas besser ging als den meisten anderen. Erschöpft schob er das Rad in den Schuppen, bevor er an die Hintertür klopfte. Der Freund umarmte ihn, blieb aber wortkarg. Der Fuchs wusste, er kämpfte mit der Angst, aber er würde ihr nicht erliegen. Dennoch war es besser, nicht im Haus zu bleiben. Fransisco bestand darauf, in der Abseite zwischen Haus und Kaninchenstall zu übernachten, wo er sich zwischen Strohsäcken eine Höhle grub und ausstreckte. Wenn ihn hier jemand entdeckte, konnte sich die Familie noch herausreden. Durch die Ritzen zwischen den Holzlatten verfolgte Sabaté, wie dämmernde Wolken vor den ersten, matt flimmernden Sternen vorbeizogen. Die Arme hinter dem Kopf verschränkt starrte er eine Weile in den sich verdüsternden Himmel, dachte nach. - Womöglich träumte er sein Leben nur und zwar in dem einzigen, kurzen Augenblick, den der letzte Sonnenstrahl brauchte, um vom glühenden Feuerball zur Erde zu gelangen. - Helles Licht drang noch einmal durch die flüsternde Stimmen bergenden, dichten Wolken, die vorbestimmt ihren Weg suchten und er sah sich selbst, wie er über Felsen kletterte, seinem Schicksal entgegen; sah seinen Tod: Eine Hütte in den Bergen, umzingelt von einer zehnfachen Übermacht, er entkam ein letztes Mal, als bereits Getöteter sprang er auf Lokomotiven auf dem Weg zurück in seine Stadt. Denn einmal musste die Sonne untergehen und ihre Strahlen erlöschen. Unentrinnbar packte die Nacht alle Zeit der Welt und verschlang Tage, Monate und Jahre. Ein grässliches Reptil, das noch jeden verdaut hatte. Angefangen bei den Füßen, fraß es auch Sabaté Stück für Stück, bis es seine Kiefer über den die Sterne suchenden Augen des Mannes schloss und alles verdunkelte. Im Magen der Feuer speienden Bestie, schwarz und warm, war die Zeit eingeschlossen. Gefangen in dieser stickigen Dunkelheit kehrte er fast an den Anfang der kreisenden Wolken zurück, zählte 37, 38, die Jahre, in denen alles verloren wurde. Mit übergroßer Abneigung streifte die untergehende Sonne über das scharf faulende Stroh und sein trauriges, festes Gesicht, zornig, dass dieser Mann seinen Weg auch in der Nacht ging.

Sabaté träumte unruhig, warf sich hin und her, wühlte in den trockenen, gelben Halmen, träumte, er wäre wieder im Gefängnis. Nicht in den überfüllten Verliesen der Faschisten, die er wahrscheinlich nie von innen kennen lernen würde – diese Bluthunde jagten, um zu zerfleischen. Nein, er träumte, er wäre wieder im Krieg vor achtzehn Jahren. Und so absurd dies erschien: Als Gefangener der Republik, auf deren Seite er gekämpft hatte, wartete er in seiner engen Zelle auf die Männer des „Militärischen Informationsdienstes", die in Stalins Auftrag mordeten.

Francisco wusste damals, irgendwie musste er so schnell wie möglich aus dem Gefängnis von Vic fliehen, ehe die Mörder ihn, hämisch grinsend, zu einer ihrer Spazierfahrten abholten. „Wohin fahren wir?", hatten seine Freunde mit aufgerissenen Augen gefragt und immer die gleiche, in grausames Grau gekleidete Antwort erhalten: „Das wirst du schon noch sehen." Und wenn sie ihn holten, würde auch er es sehen: Den Straßengraben oder das abgelegene Feld, mit dem Gesicht nach unten im Dreck. Von Kugeln durchlöchert, erdrosselt, erstochen, manchmal mit abgeschnittenen Fingern, zerschmetterten Knochen. Spätestens seit Durrutis Tod im Herbst 36 machten die russischen Agenten mit der Ankündigung der Moskauer Prawda ernst, die Anarchosyndikalisten selbst in ihrer Hochburg Katalonien auszuschalten. Und natürlich sahen es Stalins Jünger nicht gerne, wenn einige von den „Unkontrollierbaren" im Gegenzug ihre politischen Kommissare über den Haufen schossen. Die Kommunisten hatten immer Recht und das sagten sie einem auch offen ins Gesicht. *Was stellt ihr Anarchisten euch so an? Behauptet, euer Blut klebt an den Händen unserer Parteikader. Na und? Dafür haben wir sie schließlich ausgebildet. Ihr sagt, kommunistische Offiziere haben hunderten von euren Milizionären ruhig in die Augen gesehen, als sie sie ins Sperrfeuer von Francos Maschinengewehren schickten und haben dabei doch gewusst, sie würden nicht wiederkommen. Zugegeben. Aber schließlich wissen wir, wer ihr seid, nämlich Volksfeinde, die fünfte Kolonne Francos. Und ist das nicht eine elegante Methode, möglicht viele von euch und von der verräterischen POUM auszuschalten?*

Sabaté schaltete den kommunistischen Offizier aus, der seine Gefährten in den Tod kommandiert hatte, hielt dessen Wagen an, tötete ihn im Schusswechsel und desertierte aus der Volksarmee. Jetzt sollte er im Gefängnis von Vic auf seinen Prozess warten oder auf eine nächtliche Spazierfahrt, was auf das Gleiche hinauslief, aber er würde nicht warten.

Diesmal würde er ihnen entkommen. Immerhin war der Einfluss der CNT-FAI noch immer groß genug, um die *Söhne Negríns* daran zu hindern, allzu offen zu morden. Auch schickten die FAI Genossen Sabaté viel Geld, das er für jede kleine Gefälligkeit direkt an die Wachen weitergab: Die begannen zu rechnen. Soviel für das Bisschen! Wie viel denn dann für ein wenig mehr? Bald durfte ihn seine Frau Leonor regelmäßig besuchen, schließlich sogar alleine - ohne Aufsicht in einer Zelle, - der wachhabende Offizier stellte noch ein Bett hinein. Sie kam so oft, bis die Wachen sie schließlich nur noch durchwinkten. Da schmuggelte Leonor unter ihrem Kleid Handgranate und Pistole in das Gefängnis. Der eigentliche Grund ihrer Besuche. Gab sie mit einem Kuss bebend an ihren Francisco, der am nächsten Tag mit drei anderen fliehen wollte. Alle wussten, es gab nur noch einen einzigen Versuch. Diesmal würde Sabaté nicht zu lange warten, wie vor seiner Verlegung hierher, nachdem sein erster Fluchtversuch gescheitert war - das Gefängnis von Vic war bereits seine zweite Station: Zuvor, gefangen in der feuchten Zelle des Modellgefängnisses von Barcelona, hatte er in durchwachten Nächten mit aller Kraft einen Tunnel entlang des Abwasserkanals gegraben. Sein Fluchtweg führte dort zunächst in eine Zisterne, dann, durch ihre alte Mauer hindurch, in die Kanalisation. Während er in den trüben Abwassern watete, rutschte er auf den glitschigen Steinen aus und wäre beinahe ertrunken. Aber dann erreichte er den Durchbruch zu einem Schacht, das Licht der Straße schimmerte bis zu ihm herunter. Er war außerhalb der Gefängnismauern, aber am hellen Tag fliehen? Dort unter der feuchten Erde stand er bibbernd im schmutzigen Wasser bis zum Bauch, und blinzelte im schmalen Lichtstrahl. Er hatte beschlossen, umzukehren und für seine Flucht die Dunkelheit abzuwarten. Zurück in seiner Zelle kauerte er verdreckt und erschöpft in einer Ecke, versuchte Kräfte zu sammeln, als die schwere Tür aufgestoßen wurde und die Wachen hereinstürmten. Alles flog auf: Sie entdeckten den Tunnel. Wütend zerrten sie ihn zum Direktor. Der Mann starrte Sabaté durchdringend an, als wäre der ein ihm unbekanntes, gefährliches Tier. Dann ordnete er kopfschüttelnd die sofortige Verlegung in das weitaus besser bewachte Gefängnis von Vic an. Francisco fluchte jedes Mal, wenn er daran dachte: Warum nur war er in der Kanalisation nicht durch die letzte Mauer gebrochen? Tag hin Tag her. Er wäre schon lange frei.

Aber nun, einige Monate später in Vic, war er bewaffnet und nicht mehr alleine. Sie würden zu viert fliehen. „Ich habe im Gefängnisbüro gearbeitet, ich kenne die notwendigen Papiere", sagte der Italiener. Francisco nickte. Es konnte losgehen. Die vier riefen Ali, den Wärter. Verwundert trat der stämmige Mann in ihre Zelle. „Was brüllt ihr denn so?", fragte er.

„Ali? Hier, das ist für dich!" Gemeinsam fielen sie über ihn her. Ali war Boxchampion: Selbst in Überzahl hatten sie ihre liebe Not mit ihm. Schließlich nach einem heftigen Kampf, gelang es Francisco, ihn mit dem Knauf der Waffe niederzuschlagen, aber da stürzte auch schon der zweite Wachsoldat in den Raum, zog seine Pistole. Der Italiener fiel ihm von der Seite in den Arm, konnte die Waffe entwinden, bevor sich ein Schuss löste. Hastig fesselten und knebelten sie die beiden Wärter. „Gut, das ist der Anfang", keuchte Sabaté und wischte sich mit seinem schmutzigen Hemdärmel den Schweiß aus dem Gesicht. Die Anarchisten nahmen Ali, der am Boden kauerte und mit schwer zu deutendem Blick ins Leere starrte, die Schlüssel ab. Dann liefen sie den Gang entlang und schlossen so viele Zellen wie irgend möglich auf, aber die anderen Gefangenen wollten nicht fliehen: „Wir sind keine Politischen", sagten sie. „Macht ihr nur. Alle würden wir eh nicht hier rauskommen, aber ihr, ihr schafft es vielleicht." Vielleicht - denn da waren noch die drei Soldaten, die am anderen Ende dieses Stocks in der Wachkammer saßen. Die Anarchisten zogen ihre Schuhe aus, um den Hall ihrer Schritte im Gang zu dämpfen. Trotzdem hielten sie den Atem an, als sie den Raum ansteuerten. Doch die rauen Wärter waren im Spiel vertieft, achteten auf nichts anderes als auf ihre Karten, während dicker Zigarettenqualm den niedrigen Tisch umhüllte und von dort auf den Flur hinaus zog. Ohne Vorwarnung stürmten die vier Ausbrecher in die Kammer, überrumpelten die verdutzten Wachen. Sie wurden ebenso gefesselt wie ihre beiden Kollegen zuvor, bekamen diesmal keine Trinkgelder und keine Gelegenheit mehr, ordinäre Witze zu reißen. Zufrieden sah Francisco seine Gefährten an, jetzt waren sie alle bewaffnet. „Kommt mit!", rief der Italiener und zeigte den anderen den Weg zum Büro.

Sie hatten Glück, der Gefängnisdirektor wurde gerade von seiner schwangeren Frau besucht und war daher sofort bereit, nachzugeben. In den Schubladen des aus massivem Holz gefertigten Schreibtisches machte der Italiener zielsicher die richtigen Urkunden ausfindig und fuchtelte dem eleganten Beamten damit vor der Nase herum. „Da, damit kommen wir heraus", meinte er und knallte die Mappe auf den Schreibtisch. Grau im Gesicht starrte der Gefängnisdirektor einen Moment auf die Entlassungspapiere, unterzeichnete sie aber dann, ohne mit der Wimper zu zucken.

Nachdem sie das Paar im Büro eingeschlossen hatten, spazierten die Anarchisten in Seelenruhe zum Ausgang, reichten ihre Papiere den Wachen, die nur einen flüchtigen Blick darauf warfen und sie durchwinkten. Nicht weit hinter dem Gefängnistoren trennten sich die vier Gefährten, wissend, ihnen blieben nur wenige Stunden, um unterzutauchen. Doch der Vorsprung reichte. Erst bei der Wachablösung am Abend fand man zur allgemeinen Überraschung die gefesselten Wärter und auch den Gefängnisdirektor und seine Frau. Einmal mehr wurde Sabaté zur Fahndung ausgeschrieben. Aber achtzehn Jahre später war er noch immer frei, lag in einer Scheune in seiner Stadt und träumte. Nur, heute, achtzehn Jahre später, verschwammen die Gesichter im Traum. Das sympathische, kräftige Gesicht Alis wurde zu dem des schlanken Juliano, dann verwandelte sich der ängstliche Gefängnisdirektor zum Italiener und der wurde zu Franciscos Freund Alejandro, der später von den russischen Agenten ermordet wurde. Die Gesichter wurden zu einem einzigen Mann, der ihn ansah. Und dieser vor seinen Augen verschwimmende Vielgesichtige begann zu sprechen, sagte immer wieder: „Ich bin der Mond. Ich bin der Mond. Ich bin der Mond. Aber wenn ich es bin, dann denk daran, im Augenblick meiner Vollendung nehme ich wieder ab. Dann werde ich zur scharfen Sichel, jage die fliehenden Nachtwolken." Francisco griff ins Stroh, seine Augenlider flatterten, bis eine Ratte vor dem Verhau zu scharren begann und ihn aufschreckte.

Die Alte konnte nur noch humpeln, seitdem sie sich bei einem Sturz das Bein gebrochen hatte, meist saß sie im Schaukelstuhl und starrte vom Fenster aus nach unten auf die Straße. Doch jetzt stand sie auf, schlurfte den beiden Eindringlingen in ihrer Küche entgegen und betrachtete sie dabei nachdenklich. Nie hätte sie gedacht, sie wäre einmal erleichtert gewesen, ihren Neffen bei der Guardia zu sehen. Was hatte er sich nicht alles von ihr anhören müssen, als er behauptete, ausgerechnet in der Hölle am meisten für sie alle erreichen zu können. Aber nun, wo er tatsächlich Recht bekam, durfte sie Juliano nicht verraten. In ihrem Gesicht, zerfurcht und ausgespült wie der Hang eines Berges, an dem es zu häufig regnete, waren nur ihre Augen von leuchtender Lebendigkeit. Augen, die jetzt mit einer Mischung aus Mitleid und Verachtung dem fordernden Blick des Kommissars begegneten. Sie schwieg.

Wütend spuckte Varela auf den sorgsam gefegten Boden der Küche. Mit einer einzigen Bewegung stieß er das gesamte Geschirr vom Tisch. Scheppernd barsten Tassen und Teller auf Steinkacheln. „Du sagst uns jetzt sofort, wo er ist. Dass er hier war, das wissen wir."

„Dann weißt du mehr als ich", meinte sie spöttisch. Schnell machte Varela einen Schritt auf sie zu, aber der andere Polizist stelle sich vor Josefa.

Juliano lächelte bitter. „Und hier bleibt es aber dann beim Geschirr, nicht wahr Capitano?" Schnaufend blieb Varela stehen. Einen Moment dachte Juliano, sein Chef würde sich nun auf ihn stürzen, aber schließlich wandte sich Varela mit einer verächtlichen Handbewegung ab. „Wie du meinst! Vor dem Alter muss man Respekt haben, selbst, wenn es sich um eine zerlumpte Vogelscheuche handelt." Und zu Josefa, die hinter ihrem Neffen in Deckung gegangen war, giftete er: „Ich kann mir gut vorstellen, wie du dein ganzes elendes, kleines Leben in diesem Loch verbracht hast, um Verbrecher großzuziehen. Was lügst du mich an. Die Nachbarin hat ihn aus deiner Wohnung kommen sehen. Eigentlich müsste ich dich gleich erschießen lassen", seine Augen wanderten wirr im Raum umher, „oder dir zumindest etwas wegnehmen." Er seufzte, „aber du hast ja nichts." Die Alte begann zu kichern. „Was ist so komisch?", fuhr er sie an. „Du sagst, ich hab nichts? Zz, Zz. Dabei hab ich einen Fuchs hinter den Ohren gekrault. Und du meinst, das ist nichts, Capitano? Er hat aber ganz entzückende Ohren."

Einen langen Augenblick starrte Varela die alte Frau verständnislos an, trat dann noch einmal gegen den Tisch, ehe er schnell zur

Tür schritt und Juliano winkte. „Komm, die ist ja jenseits von gut und böse!" Juliano warf seiner leise lächelnden Tante Josefa einen langen sorgenvollen Blick zu, bevor er seinem Chef folgte. Gemeinsam hasteten die beiden Männer die Treppe hinunter zu ihrem Fiat, schlugen laut die Wagentüren zu und brausten davon.

Als Kind schleppte Juliano einmal eine Kiste Handgranaten zu seinem Onkel. Aber der jagte ihn davon. Danach zogen die Kolonnen der CNT-FAI durch die Straßen Barcelonas an die Front nach Aragón, um die Faschisten zurückzuschlagen und seine Mutter nahm den Jungen auf die Schultern, damit er die Männer und Frauen besser sehen konnte. Doch mit dem heraufziehenden Winter erstarrten die Hoffnungen, die den Milizen auf ihrem Weg in den Norden gefolgt waren. Während er an einem nebligen, feuchten Novembernachmittag seiner Mutter half, ihre Besorgungen nach Hause zu tragen, lief dieser schreckliche Junge, kaum älter als er selbst, die im Nieselregen frierende Straße herauf und rief immer wieder: „Durruti ist tot, Durruti ist gefallen. Er ist für Madrid gestorben. Durruti ist tot." Einige Tage später, am 23. November 1936, mischte sich Juliano mit seinen Eltern unter die Hunderttausende, die auf die Ramblas strömten, um von dem Anarchisten aus León Abschied zu nehmen. Nun plötzlich sprachen alle von Buenaventura Durruti als gehöre er zu ihnen, selbst die Kommunisten und die Regierung. Dabei war der frühere Metallarbeiter jahrelang in verschiedenen Staaten steckbrieflich gesucht worden: Gesucht sowohl in Spanien, als auch in Südamerika wegen ungezählter Banküberfälle, der Beteiligung an der Ermordung des Kardinal-Erzbischof Soldevila 1923 in Saragossa und dann noch wegen des misslungenen Attentats auf Spaniens König Alfons des XIII, während dessen Staatsbesuch 1926 in Paris. Die Regierung in Paris nahm damals die „drei Musketiere", Durruti, Ascaso und Jover, fest und plante ihre Auslieferung nach Spanien oder Argentinien, was ihren sicheren Tod bedeutet hätte. Doch die französischen Gewerkschaften erreichten in einer beispiellosen Solidaritätskampagne ihre Freilassung.

Als Mitte April 1931 die Monarchie in Spanien stürzte und der König das Land verlassen musste, konnten Durruti und seine Gefährten aus dem Exil zurückkehren. Erst, als die spanischen Anarchisten in den folgenden Jahren immer wieder Aufstandsversuche unternahmen und die schwarz-rote Fahne von den Kirchturmspitzen in den Bergdörfern Kataloniens wehte, verbannte ihn die junge Republik mit den Stimmen der Sozialisten nach Guinea, ans Ende der Welt.

Aber er kam zurück. Als Gleicher unter Gleichen wurde er Anführer, Speerspitze der sozialen Revolution. Bis zu diesem elendigen Herbst. Im Universitätsviertel Madrids verbissen sich die nach ihm benannte Kolonne der Anarchisten und die Vorhut der Faschisten wie zwei entfesselte Kampfhunde ineinander. In tagelangen, ununterbrochenen Feuergefechten ohne Ablösung schlugen sich die Männer im Kampf um jedes Haus, um jede Straße gegenseitig wie lästige Fliegen tot, bis fast niemand mehr übrig blieb. Durruti erwischte es, kurz bevor General Franco aufgrund des erbitterten Widerstandes die Eroberung der Hauptstadt abbrach und sich zurückziehen musste. „No Pasaran! Ihr kommt nicht durch!", riefen die Arbeiterinnen und Arbeiter Madrids dem Caudillo und seiner Armee hinterher. Sie verteidigten ihre Stadt alleine, die Regierung der Republik war nach Valencia geflohen. Während sich in Madrid zehntausende Frauen und Männer der Gewerkschaften UGT und CNT zusammen mit Freiwilligen aus andern Ländern im erbarmungslosen Häuserkampf den Faschisten entgegen warfen, flohen ihre „Führer", „Revolutionäre" wie Präsident Caballero aus der bedrohten Hauptstadt; zogen, von ihrer Wichtigkeit überzeugt, möglichst weit entfernt von der Front von Residenz zu Residenz, während die Revolution ausblutete. Caballero konnte sich bis zum Mai 37, bis zu den blutigen Kämpfen zwischen Anarchisten und Kommunisten in Barcelona, an der Macht halten. Aber der nächste Präsident, Juan Negrín, ersetzte ihn wie sein geheimer Meister Stalin in Russland Lenin ersetzt hatte: Negrín war einer jener Männer, die mit Leidenschaft Präsident und General *spielten*, dabei aber nicht begriffen, dass es keine Pappkameraden waren, die in den Tod geschickt wurden, sondern Menschen aus Fleisch und Blut. Immer mehr der besten Arbeiteraktivisten fielen. Als auch Onkel Fernando von einem Angriff gegen ein von Faschisten besetztes Dorf in der Levante nicht zurückkehrte, wollte Juliano endlich selber kämpfen, wollte zur neu gebildeten Volksarmee, aber die Ereignisse waren schneller als der Wuchs seines Körpers. - Zwei Jahre später, im Januar 39, als die Faschisten in Barcelona einmarschierten, war er noch immer kaum mehr als ein Kind. In den folgenden Jahren, in denen ein Wort ausreichte, um abgeführt und erschossen zu werden, beschloss Juliano abzuwarten und zu schweigen, vielleicht, um später einmal handeln zu können, wenn seine Zeit gekommen war. „Ich verzaubere dich", sagte das wilde Mädchen aus seiner Kindheit. „Wenn du Angst vor den Wölfen hast, dann werde ein Wolf." Aber bald stellte sich heraus, als Polizist konnte er kaum etwas für die Widerstandsbewegung tun. Spitzel waren auf alle bekannteren CNT

Mitglieder angesetzt, die nicht inhaftiert oder ermordet worden waren. Unter diesen Bedingungen wäre Kontaktaufnahme mit der Guerilla Selbstmord gewesen. Tatenlos hatte er mit ansehen müssen, wie seine Kollegen das Netz um Sabaté immer enger und enger zogen. Und doch hoffte er immer, dass er irgendwann einmal die Widerstandskämpfer warnen konnte, einmal, vielleicht auch zweimal, aber dann würden seine Kollegen ihm auch schon auf die Schliche kommen. Dann hätte es sich ausgewandert unter dem Mond. Es gab auch keine Gelegenheit. Bis Josefa etwas andeutete. Als Juliano erfuhr, dass ihr Haus nicht mehr sicher und auch ein anderes Versteck aufgeflogen war, hatte er Sabaté tatsächlich gefunden und ihn warnen können. Das war weit mehr, als er eigentlich riskieren durfte. Aber die Zeiten hatten sich geändert: Varela war nicht mehr so blutrünstig wie einst. Und auch nicht mehr so scharfsinnig.

Trotzdem musste er sich jetzt eine Weile von seiner Tante fernhalten. Josefa war klug, sie würde nicht untergehen. Für ihn war es leichter, seinen anderen Plan weiterzuführen und den Kontakt zu den arabischen Widerstandkämpfern in Algerien und Marokko zu halten, die er seit mehreren Jahren unterstützte. Auch an diesem Abend war er mit einem von ihnen verabredet. Im Vergleich zu einem Treffen mit den Anarchisten war das beinahe ungefährlich. Diese Männer kämpften mehr gegen Frankreich, das den größten Teil Nordafrika besetzt hielt, als gegen Spanien - und die Polizei in Barcelona, die sich zurzeit ganz auf die Jagd nach Francisco Sabaté konzentrierte, hatte nichts damit zu tun. Er war froh, dass Varela keinen Verdacht geschöpft hatte. Er durfte jetzt nicht auffliegen, nicht bevor er erfahren hatte, was mit Rosa geschehen war. Wer sie getötet hatte und warum.

„*Wie* viele Tote sind es tatsächlich, Karim?" Juliano rückte den Stuhl am kleinen runden Tisch im hinteren Teil der Kneipe zurecht, zündete sich eine Zigarette an und musterte den Araber ernst.
„Viele Tausend. Zwölftausend ungefähr. Glaub mir, wir spielen nicht mit Zahlen. Ja, wir haben mit einem harten Kampf gerechnet. Aber dass sie eine Armee mit hunderttausend Soldaten gegen uns werfen? Bei Allah, wir haben es nicht kommen sehen. Auch nicht, dass sie unsere Frauen und Kinder töten. Vielleicht ist es gut, nicht in die Zukunft sehen zu können, denn dann hätten wir uns nicht erhoben, uns hätte der Mut gefehlt. In den letzten Wochen haben die Franzosen ganze Dörfer ausgelöscht. Für jeden Europäer, den wir töten, ermorden sie hundert von uns. Alle Bande sind zerrissen. Jetzt streift ihre Armee durch unser Land wie eine Bestie, die sich von unserem Fleisch ernährt und mit ihrem stinkenden Atem unsere Dörfer verbrennt. Aber wir werden dieses Untier vertreiben. Wir werden frei sein. Erst Marokko und dann Algerien."

Juliano blies den Tabakrauch zur Decke des niedrigen Kellergewölbes, wo sich der Qualm mit dem aus der Küche herein ziehenden öligen Dampf, dem herben Geruch trockenen Weins und dem Schweiß der Männer zu einem stickigen Dunst vermengte. Während das laute Stimmengewirr der anderen Gäste den Raum füllte, starrte Juliano schweigend auf den Aschenbecher und die dampfenden Kaffeetassen, die der Wirt, ein unfreundlicher, fetter Mann, ihnen brachte. Seit Beginn des Aufstandes in Algerien im letzten November kam Nordafrika nicht mehr zu Ruhe. Bestimmt waren es zunächst nur einige hundert Kämpfer, angeführt von dem einfachen Soldaten Ben Bella. Eine Handvoll Partisanen, die Brücken und die Verwaltungsgebäude der Franzosen in die Luft jagte, mehr nicht. „Immer sind es zuerst nur wenige", dachte Juliano. „Immer muss irgendjemand anfangen. Die Idee ist entscheidend." Und die Idee war solide und zäh wie das Holz bestimmter afrikanischer Bäume: Die Besatzung Nordafrikas durch die Europäer musste beendet werden.

Die verwinkelte Kneipe im Barrio Chino war gefüllt mit Seeleuten, untergetauchten Verbrechern und Schmugglern. Nur wenige Frauen waren darunter und die verdienten sich hier meistens ihr Geld. Wenn Juliano allerdings einmal eine Nacht in Gesellschaft verbringen wollte, dann ging er in ein Lokal in einem weiter entfernten Viertel, wo ihn nur wenige kannten. Etwa die Hälfte der Gäste im Raum waren Araber, aber nur wenige lebten in der Stadt. Bei den Katalanen waren die „Moros" noch immer verhasst - wegen ihres Kampfes für Franco. Während die beiden Männer schweigend über ihrem Kaffee saßen, fragte sich Juliano einmal mehr, warum eigentlich. - Wenn es stimmte, was Karim erzählte, dann hatte die Spanische Republik Marokko niemals die Unabhängigkeit in Aussicht gestellt. Es war eine der alten Geschichten, die sein Verbindungsmann zu den Verschwörern in Fez gebetsmühlenartig wiederholte. Unzufrieden trauerte Karim einer verpassten Gelegenheit vor zwanzig Jahren nach und schien dabei manchmal zu vergessen, dass sich die alte, verstaubte Erde inzwischen weiterdrehte und er selber mit den anderen arabischen Widerstandskämpfern dabei war, einen neuen, entscheidenden Anlauf zu nehmen, um sie aus der Bahn zu werfen. Nun gut, es war wahr, die Marokkaner hatte eine große Gelegenheit verspielt, aber der einzige Grund, um sich heute noch damit zu beschäftigen, war, die Fehler nicht zu wiederholen: Damals, im revolutionären September 36, verhandelten in Barcelona die Gesandten der marokkanischen Unabhängigkeitsbewegung mit dem „Zentralkomitee der antifaschistischen Milizen", das die Macht in Katalonien in seinen Händen hielt. Mit Geschick, aber auch mit viel Prunk und Brimborium brachte damals Garcia Oliver, langjähriger Gefährte Durrutis und der Ascosa Brüder, die Unterredungen mit den Arabern zu einem Abschluss. Feierlich wurden die Verträge unterzeichnet, die alle marokkanischen Forderungen erfüllten und darauf ausgelegt waren, einen Aufstand in Francos afrikanischem Hinterland zu entfachen. Jemand schickte eine Depesche nach Madrid, um den Präsidenten der spanischen Republik zu informieren. Aber der alternde Sozialist Caballero verstand nichts, schäumte stattdessen vor Wut. - Kaum zu glauben, ein Anarchist wie dieser García Oliver, dessen Hemd noch nach dem Pulver der Straßenkämpfe stank, wagte es, Verträge von derartiger Tragweite abzuschließen? Nur ihm, dem Präsidenten stand das zu - die arabische Delegation müsse sofort zu ihm kommen. - Nur, ehe die Unterhändler in Madrid empfangen wurden, telefonierte Caballero mit Politikern der französischen Regierung in Paris, die ja den größeren Teil von Marokko kontrollierte. Diese erschraken fast zu Tode. - Unabhängigkeit für Marokko? Ein Wahnsinn ohne Gleichen! Fing man erst einmal an, den Wilden nachzugeben, so würden sie überall die Kolonialverwaltungen massakrieren und die weltweiten Besitztümer der Grande Nation würden nach und nach wie Dominosteine fallen. Was die Spanische Republik denn dann noch von Frankreich in ihrem Kampf gegen Franco erwarten würde? - Caballero, ganz Staatsmann, legte langsam den Telefonhörer auf, runzelte bedeutungsschwanger die Stirn und brach das ganze Unternehmen ab. Die Marokkaner kehrten mit leeren

Händen aus Madrid zurück. Paris war zufrieden. Aber ein Aufstand in Marokko hätte Franco seiner maurischen Legion und damit den größten Teil seiner Armee beraubt. Zu riskant, sagte der Präsident der Republik. Zu riskant für wen? Millionen Menschen, die im Zuge der sozialen Revolution ihre Geschicke zum ersten Mal in ihrem Leben selber lenkten, schien nichts mehr unmöglich. Warum sollte Marokko nicht frei sein? Einige Anarchisten überlegten sogar, wie der legendäre Scheich Abd el Krim befreit werden konnte, der das spanische Militär im ersten Unabhängigkeitskrieg des Landes vernichtend geschlagen hatte und dessen Reiterarmee nur durch das Eingreifen Frankreichs niedergerungen werden konnte. Natürlich würde auch die Forderung nach Freiheit für Abd el Krims von den Politikern in Madrid und Paris empört zurückgewiesen werden. Hyänen, die sich für Löwen halten, ist nichts mehr zuwider, als den Schatten wirklicher Löwen im Nacken zu spüren. Heisern kichernd zusammensitzend, mit fletschenden Zähnen ihren Ärger überspielend, wunderten sich die Staatsmänner, dass sich überhaupt noch jemand an diesen Mann erinnerte, den sie auf die winzige Insel Réunion im Indischen Ozean verbannt hatten.

Die alte spanische Republik sprach von Freiheit, ohne die Profite spanischer Unternehmen in Nordafrika in Frage zu stellen. Im Krieg, wo die Freiheit über einen Abgrund taumelte und sie zum Überleben unbedingt Nahrung bekommen musste, selbst da noch gab der „Sozialist" Caballero, was die Unabhängigkeit Marokkos betraf, nur lauwarme, unverbindliche Erklärungen ab. Die Araber standen dem Geschehen nun gleichgültig gegenüber. In Marokko würde sich nichts ändern und schließlich hatten sich die Spanier von alleine entschlossen, übereinander herzufallen. Im Gegensatz dazu gab General Franco den maurischen Soldaten Sold, das bedeutete Brot für ihre Familien. Und für Söldner ging es beim erbarmungslosen Feldzug nur darum, zu überleben, am besten dadurch, dass man den Feind schlug. Warum sollten die Mauren dann nicht für Franco kämpfen?

Für die Revolution war nicht nur die Parteinahme der Mauren für die putschenden Militärs verheerend gewesen. Alles ging den Bach hinunter, seitdem die Republikanische Regierung in Madrid durch die russischen Waffenlieferungen wieder an Macht gewann und sie begann, die neu entstandenen Kollektive und Räte im antifaschistischen Spanien zu gängeln. Die Organisation von unten, Aufhebung des Privatbesitzes an Land, Fabriken und Verkehrsmittel, die Verwaltung alles durch aller sollte rückgängig gemacht und in eine von oben gelenkte Bürokratie verwandelt werden. Die Politiker in der Regierung hatten eben ihre eigenen Vorstellungen: Caballero war ein Arbeiter, der ein Diktator, Negrín ein Diktator, der ein spanischer Stalin werden wollte. Durruti und seine Leute hingegen waren Arbeiter, die für nichts anderes kämpften, als frei zu sein.

Karim, der Juliano keinen Moment aus den Augen gelassen hatte, unterbrach den finsteren Gedankengang des Wanderers.

„Wir warten nicht mehr lange. Unser Sultan, Mohammed Ben Jussuf, ist bereit. Es sind nicht nur die Stammesfürsten, die ihn zurück haben wollen, das ganze Land ruft. Berber wie Araber. Nach den Massakern bleibt den Franzosen keine andere Wahl, als seiner Rückkehr zuzustimmen, wenn sie nicht wollen, dass Marokko in Flammen aufgeht."

„Und du meinst, der Sultan wird das Land beruhigen?", fragte Juliano.

„Das hoffen die Franzosen. Aber wir beide wissen, es wird nicht geschehen. Ich habe in den vergangenen zweieinhalb Jahren mit dem Sultan, Gottes Friede sei mit ihm, zusammen gelebt. Vielleicht ist er kein ganz großer Mann, aber er ist aufrecht, er ist mutig. Ich bin bereit, für ihn zu sterben. Er liebt die von Leben wimmelnden Hafenstädte und die in die Berge gehauenen Dörfer unserer Heimat. Egal, wohin ihn die Franzosen verschleppten, er dachte stets nur an unsere Leute. Er wird uns in die Unabhängigkeit führen. Aber dazu brauchen wir Männer wie dich. Wir haben nur wenige, die auf unserer Seite sind. Nun gut, du bist Spanier und vielleicht sogar gläubiger Christ", er zwinkerte Juliano mit einem Auge zu, „aber mehr noch bist du der nächtliche Wanderer unter demselben Mond, unter dem wir uns jenseits des Meeres an die Siedlungen der Franzosen heranschleichen. Was werden deine Verbündeten in Madrid tun, Wanderer?"

„Sie werden die Generäle bearbeiten", antwortete Juliano, ohne zu zögern. „Spanien will in die Völkergemeinschaft zurück. Das Letzte, was Franco dabei gebrauchen kann, ist ein neuer Krieg. Das wird euch den Weg frei machen. Aber du weißt, die Bischöfe würden es nicht gerne sehen, wenn Ben Jussuf als Sultan regiert. Die katholische Kirche will den Islam im tiefen Loch lassen, in dem er seit zweihundert Jahren verschwunden ist. Sie wollen keine islamischen Führer mehr."

Karims Augen funkelten düster: „Was sind das für Sorgen? Sultan heißt auch König. Außerdem ist ein muslimischer Anführer mit dem christlichen Papst niemals zu vergleichen, ist immer Gleicher unter Gleichen. Und Mohammed Ben Jussuf hat sich nicht gegen die

Christen im Allgemeinen gewandt, immer nur gegen die spanischen und französischen Geschäftsmänner, die unser Land ausplündern."

„Wie wäre es, wenn er sich schlicht „König" nennt? Einen König kennen die Spanier und auch die Franzosen werden sich noch an ihre eigenen erinnern. Schließlich beherrschte diese Sippschaft einmal halb Europa, ehe die Bauern anfingen, ihnen die Köpfe abzuschlagen."

Der Araber zog ein langes Gesicht, das alles bedeuten konnte, packte umständlich eine weitere Zigarette aus und zündete sie an.

„Übrigens, hast du nicht einmal wieder ein paar Schmuggler für mich?", fragte Juliano unvermittelt. „Varela sitzt seit Monaten auf dem Trockenen. Wenn er nicht selbst zuviel Dreck am Stecken hätte, wär ich schon lange weg. Trotzdem wird die Luft langsam dünn, du verstehst? Am besten Schnee, um den höheren Kreisen gleich ihren Nachschub abzuschneiden, sie ein wenig zu ärgern, oder was denkst du?"

Karim hustete.

„Pff, das ist schwer." Er sah Juliano misstrauisch an, der versuchte, nicht auf seine eigenen Hände zu achten, die fahrig die Serviette zerknitterten, und stattdessen am anderen vorbei Löcher in die verqualmte Luft starrte. Der Araber lehnte sich zurück. „Na ja, vielleicht ein, zwei kleine Fische. Ich will sehen, was sich machen lässt."

Als die beiden Männer etwas später die im Halbdunkeln versteckte Kneipe verließen, sah Juliano aus dem Augenwinkel, wie jemand auf der anderen Straßenseite schnell in einer Seitengasse verschwand: Aragón. Überwachte ihn sein Kollege? Hatte Varela ihn geschickt? Juliano verabschiedete sich von Karim und schlenderte, ohne sich umzudrehen, die verwinkelten Gassen entlang zum Hafen herunter.

In dieser Nacht schleppte sich Juliano mehr die Treppe zu seinem Büro im Speicherturm hinauf, als dass er ging. Durch die schmalen Fenster sah er unter sich Sterne im dunklen Wasser des Hafenbeckens funkeln. Er verfluchte sich selber, so zur Untätigkeit verdammt zu sein. So viele Männer und Frauen kämpften für die Freiheit oder für das, was sie dafür hielten. Sie gaben ihr Leben für ihre Ideale. Ganz gleich, ob er selber gläubig war, oder nicht, Sultan Ben Jussuf jedenfalls glaubte nicht nur an die Freiheit seines Landes, sondern auch an Gott und versuchte, nach seinen Geboten zu leben. Natürlich würde Juliano die Marokkaner unterstützen und seine Kontaktmänner in Madrid informieren. Die wurden - wie er - eigentlich nur dafür bezahlt, den Überblick zu behalten, aber ihnen war es nebenbei gelungen, einen guten Draht bis ganz nach oben aufzubauen. Sonst würde er allerdings einmal mehr kaum etwas tun können. Außer seinen verrückten nächtlichen Ausbrüchen. Der Eimer mit der inzwischen angetrockneten Farbe stand noch im Wandschrank, aber schließlich konnte er ja nicht jede Nacht wie ein Halbwüchsiger durch die Stadt ziehen und Parolen malen. Tödliches Risiko für sechs Buchstaben. Bisher hatte ihn niemand entdeckt. Nur manchmal, da stieß er bei diesen Streifzügen auf einen unheimlichen Mann, der sein Gesicht verloren hatte. Wie glühende Kohlen starrten ihn dessen lidlose Augen an und verfolgten ihn, wenn er eilig in der nächsten Gasse verschwand. Wahrscheinlich war der Mann ein Räuber, ein Ausgestoßener, der wegen seiner Entstellung sich nur nachts auf die Straße wagte. Mit den Jahren spürte Juliano eine vage Vertrautheit mit dem Unbekannten, der, wie er, als jemand anderes auf ein vorbestimmtes Schicksal zu warten schien, alles verbergend. Was konnten sie auch anderes tun? Nur so entkam man den tausend Augen der Häscher, die die Stadt mit einem unsichtbaren Spinnennetz der Denunziation durchzogen. Fäden, die überall gespannt waren, aber immer in den Verließen des Polizeihauptquartiers in der Vía Layetana endeten. Sie beide hatten sich zur Tarnung in Monstren verwandelt und wie ein Kater den anderen auch in vollkommener Dunkelheit erkennt, so umschlichen auch sie sich, aber ohne jemals dem anderen zu nahe zu kommen oder das Wort an ihn zu richten.

Wie so oft saß Juliano zusammengesunken im Stuhl vor seiner Schreibmaschine und starrte nach draußen über die sich im Mondlicht sanft wiegenden, schwarzen Wellen. Er war müde, furchtbar müde. Glänzende, mächtige Schiffsrümpfe verschnauften von ihren dumpf ausgeführten Handelsreisen, kleine Boote dümpelten am Kai. Eine Kette schwarz-rußiger Wolken, ausgewürgt aus Fabrikschloten, zog triumphierend am Himmelsgestirn vorbei. Roter Mond kreiste über dunklem Meer. Das sollte es sein.

Bevor die Tasten seiner Schreibmaschine zu verschwimmen begannen, fühlte Juliano seine Haut zu einem grauen, staubigen und viel zu großen Mantel werden, der ihn umhüllte. Viel zu lange hier am falschen Ort. Gebannt, wie der auf einer Kaimauer vergessene Schatten eines Mannes, den ein einziger Augenblick des Verstehens auslöschen würde. Unsichtbar gefesselt, wartete er hier in seinem Büro auf seine Gehaltschecks, das süße Schafott, das jeden Monat hinabsauste und ihn immer von neuem tötete.

Die Ziffern auf den Tasten versanken in der Maschine, wurden zu Augen und Mündern, die undeutlich zu murmeln begannen wie zu leise geratene Bauchredner. Ihre Augen verfolgten seine Gedanken, die hinter der Iris umherirrten und jetzt hörte er die Tasten sprechen, mit Stimmen, die direkt hinter seiner Stirn Worte formten.

Das waren die Stimmen, die den Drachen riefen:
„Es sind nur Träume, nur Träume, aber vielleicht war es auch nur ein Traum, als mich damals die kalte Luft weckte, kalte Luft überm Wasser, die durchs offene Fenster strömte und mich auch noch unter der zerwühlten Decke zittern ließ. Da wusste ich, etwas Schreckliches war mit Rosa geschehen. Scharfes Messer Angst zerschnitt meinen Kopf, zertrennte mit einem einzigen Schnitt den Fluss der traurig wundervollen Melodie, die in Rosas Haaren gewoben war. Rosas Lied verstummte und konnte mir nicht mehr den Weg zurück ins Licht weisen. Was war mit dem Mädchen geschehen, mit dem ich als Kind in Ruinen kletterte, wenn wir von zu Hause fortgelaufen waren? Rosa, die so selten lächelte und die ich doch anbetete. Wenn sie damals nur ein Mädchen war, warum dann träumte ich schon bald nur noch als Frau von ihr, warum war sie da vollkommen, sie, die für mich am Tag nur ein Versprechen blieb? Wunderbares Versprechen von Glück und Apfel des Lebensbaums. Nein, diese Frucht verfaulte und schmeckte bald fad und bitter. Jetzt torkele ich nachts, starre den wegziehenden Sternen nach und bleibe verloren mitten im Nirgendwo stehen, greife ins Leere. Finde nichts. Warum nur sieht Portillos Tasche so aus, als wäre sie aus Haut hergestellt, aus Schlangenhaut oder der irgendeines anderen Reptils, das mich, verlorenen Sprössling Feuer speiender Könige, hier in meinem Verbannungsort aufsucht? Mir zuzischt. Mich aus der einzigen Zuflucht des ächzenden Bettes aufscheucht und sich stattdessen selber hineinlegt, zusammenrollt und blinzelt, ein dösender Drache, der auf den Zahltag wartet? Warum benutzt Varela Rasierwasser, das wie mein eigenes riecht

und bei dem es mir doch hochkommt, wenn es mir in die Nase steigt? Beide dirigieren meine Streifzüge, haben so viele tolle Einfälle dabei. Wirklich entzückende Ideen. Vor allem, wenn es darum geht, etwas als Zufall aussehen zu lassen. Zufällig die Treppe heruntergefallen, zufällig ertrunken oder vors Auto gelaufen. Und wir alle spielen mit. Da sind die unbeobachteten Augenblicke, das resignierte Seufzen, das im Hals stecken gebliebene Entsetzen der Ärzte, die Herzversagen feststellen und Varela dabei nicht ansehen können. Sie alle sind, nein wir alle sind Ungeheuer.

Oder gehöre ich doch nicht dazu? Bin nur Beobachter, der ihre Verbrechen aufschreibt, Zeugnis ablegend für das jüngste Gericht? Das wäre schön, und doch weiß ich: Das eigentliche Unheil geschieht durch Menschen wie mich, die von einer besseren Welt träumen, während sie durch Labyrinthe der Feigheit stolpern, nur, um zu den Seelenfressern zu gehören. Menschen wie ich, die sich vor jenen verbeugen, die alles in einen Sklavenmarkt verwandeln. Wer grinst mich da so höhnisch an? Nein, nicht schon wieder. Nehmt endlich eure Masken ab, sonst reiße ich sie euch von den rot funkelnden Dämonenaugen. Dreht euch um. Dreht euch doch endlich um. Ach so, ihr seid nur zum Vergnügen hier in diesem weitläufigen grünen Park? Deswegen zwitschern wohl die Vögel auch die ganze Zeit so laut in den Büschen, kleine hüpfende Meisen und - ja - ein Zaunkönig, der mir gut zuredet. Aber wer die Vorstellung dort hinten im geräumigen Zelt gibt, verrät er nicht. Lustig wehende Fahnen über der sechseckigen Kuppel erwarten die Gäste. Was steht da auf dem Schild über dem Eingang? Ich gehe näher heran. Ah, jetzt kann ich es entziffern: Zirkus Babelus, Eintritt für Jedermann. Was treibt mich zu dieser schrillen Vorstellung mit dem riesigen, bunt kostümierten Clown, der am Eingang steht und zur Begrüßung den Besuchern die Finger bricht? Wer hat mich hier hereingelockt? Unauffällig versuche ich, meinen Platz in der letzten Reihe einzunehmen. Vor mir ein Publikum ohne Gesichter. Stiernacken und schmutzige Hälse wippen vor und zurück.

Ja, womöglich war es der Zaunkönig. Lockte mich mit seinem fipsigen Herumgehüpfe. Wirft sich dabei mächtig in die Brust, hält sich wohl gar nicht für einen Vogel, sondern eher für eine Katze, für einen Partylöwen. – Aber nein, er kann es nicht gewesen sein, viel zu harmlos. Ohne den Lautsprecher im Schnabel, der sein Mitleid erheischendes Pfeifen in brüllendes Lachen verwandelt, würde ich ihn gar nicht hören. Schwups, gut gebrüllt Löwe. Ich werfe ein Netz und röste den Zwerg. Das ist mal ein Spaß. - Oder waren es etwa die in die

Manege herein springenden Balletttänzerinnen, die mich so verführerisch anlächeln? Versprechungen machen für einen einzigen bewundernden Blick. Elegant in kurzen Sätzen trippeln die besseren Töchter jetzt in lästigen Kreisen in der Arena. Hoppeln bedauerlich aufgezogen. Feenhafte Prinzessinnen, sanfter Spuk, hinterlässt nichts, als einige feuchte Tropfen in der Unterhose. Und die Hälse starren vor Dreck, die Nacken vor mir beugen sich weiter vor und fallen in ihre Dekolletés. Oder gibt es einen ganz anderen Grund für dieses Theater? Sengend brennt der Atem des Racheengels, meine Augen flackern in seinem Licht. Aber er verrät mir nicht seinen Namen, nicht ob er zu Luzifers gefallenen Heerscharen, oder zu denjenigen gehört, die Gottes Thron auf brennenden Rädern tragen. – Wahrscheinlich ist es Michael, der mir sein scharfes Feuerschwert reicht, um zuzuschlagen. Denn der Drache wurde hier geboren. In diesem Circus. Als junges Drächelchen war er der niedliche Schoßhund, der zu Füßen des Inquisitors saß und schnuppernd zusah, wie dem Opfer langsam der Hals umgedreht wurde. Ausgewachsen erhob er sich in die Lüfte, apokalyptisches Reittier der Kreuzritter, die auf seinem Rücken Moscheen, Synagogen und fremde Kirchen stürmten, die mit ihren Bomben die Städte in Brand steckten. Bin ich endlich in der Drachenhöhle?

Wer aber ist dann der Mann, der sich nun in das Zelt schleicht, geduckt, fast kriechend, der verheerenden Spur des Drachen folgend? Jetzt schlägt er den Vorhang beiseite. Ach, es ist nur ein Zirkusdirektor im Frack. Verbeugt sich höflich, zieht den Zylinder und kreist langsam mit überdimensional langer Peitsche vor dem Publikum. Lässt sie dann plötzlich knallen. Bannt so die Schatten, die durch meine Träume huschen. Wie heißt der Direktor? Negrín? Was ruft er? „Marschiert ihr Ärsche, und wenn ich ‚rechts rum' sage, dann meine ich ‚rechts herum', etwas mehr Respekt bitte. Und bitte keine Unruhe, das gilt auch für den Träumer dahinten. Ja, Juliano, dich meine ich, ich geb dir einen neuen, einen schönen Erlass, wenn du nur still hältst und das Schwert wegsteckst." Ich rufe: „Jesus sagte, er ist auf die Erde gekommen um Feuer und Schwert zu bringen." Aber der Direktor lacht nur und meint: „Aber er sagte auch: Selig sind die Sanftmütigen, haltet die andere Wange hin, bis sie euch blau geschlagen wird und abfault." „Du lügst", sage ich, aber ich flüstere es nur. Vor mir entsteht Unruhe. „Warum sind hier so viele Sitze leer?", rufen einige. „Wir haben für zwei bezahlt!", andere. Wieder knallt die Peitsche und der Mann mit dem gezwirbelten Schnurrbart brüllt: „Was ruft ihr? Ach so, ihr meint, die draußen, die, die nicht dabei sein wollen? Natürlich hab ich mich darum gekümmert, ja was denkt ihr denn? Was? Sie haben sieben Wochen gestreikt? Zwei Monate lang? Na und? Dann geb ich ihnen etwas mehr Geld und sie kommen auch hierher, ihr werdet sehen. Wie bitte, ihr sagt, sie wollen etwas anderes? Was wäre das denn? Sie wollen ... Freiheit? Hah? Nicht euer Ernst. Ja, wisst ihr denn nicht, was Freiheit ist? Freiheit ist eine Pferdewurst." Hastig, als ob er den Gedanken beiseite wischen will, kündigt er die neue Nummer an und dreht sich zum Eingang. Da wirbeln nur in Lendenschurz und Hemd gekleidete Politiker, Grazien der Hässlichkeit, um die eigenen Achsen herein, drehen sich in der Arena. Negrín herrscht sie an, „Ordnung, Ordnung sage ich", aber erst allmählich, nach und nach, nehmen sie Haltung an. In Reih und Glied führen sie ihre Tröten an die Wein gefärbten Lippen und schmettern drauflos, dass es in den Ohren heult. Das Geträller geht eine ganze Weile, bis der dickleibige, riesige Pausenclown, der vorhin am Eingang stand, durch die Manege schreitet, dabei die Lendenschurz Politiker beiseite schiebt. Langsam hebt er etwas hoch, nur bis zur Hüfthöhe. Dann rattert das Maschinengewehr los. Grinsend versenkt der Clown eine Salve nach der anderen im Publikum, Blut spritzt, bis der Sand in der Arena sich rot färbt. Wildes, wütendes Brüllen der Menschen vor mir, endlich erkenne ich schemenhaft einige Gesichter, aber dann stürzen die Körper auch schon zu Boden. Andere springen von der Tribüne herab. Zerzauste Haare, gebeugte Nacken verwandeln sich in einen Schwall halb wahnsinniger, empörter Lemminge, einige, bereits tot, werden vorwärts geschoben, erschossen von grässlichen Lachsalven. Und der Direktor im schwarzen Frack und den prächtigen golden Knöpfen? Erschrocken lässt er die Peitsche fallen und läuft jaulend davon, gefolgt von den noch immer trötenden Politikern, als letzter der Clown, dessen lachendem Maschinengewehr die Puste ausgegangen ist. Das wütende Publikum verfolgt sie, bis auch der letzte durch den Ausgang des Zeltes gerannt ist und ich allein zurückbleibe. Atemlos kauere ich zwischen den Opfern des riesigen Clowns, der Blut gefärbten Arena und den zerschmetterten Bänken. Einen langen Augenblick flimmert Stille im aufgewirbelten Sand. Aber dann, dann hebt sich der Vorhang erneut: Ein Mann steht im Eingang, kein Zweifel: Es ist wieder der Direktor, aber er hat sich umgezogen, trägt nun einen roten Anzug. Unsicher stolpert er ein paar Schritte vor, sieht sich um. Dann bückt er sich hastig und seine Hände scharren im Sand. Plötzlich richtet er sich auf, hebt triumphierend seine Peitsche hoch, schwingt sie stolz über seinen Kopf. In die Arena herein brodelt jetzt das Publikum zurück, schreit „Halleluja", und er lässt sie marschieren, links, zwo, drei, vier, links, links, links, einmal durch das ganze Zirkuszelt und am anderen Ende wieder heraus. Sogar von den Querulanten, die bisher nicht hereinkommen wollten, haben sich welche angeschlossen. „Los, los, die Republik verteidigen, wozu seid ihr alle nach vorne gerannt, nachdem ihr eure Sitze in Klump gehauen habt? Wozu, hä? Nun müsst ihr sie bezahlen." Und sie gehorchen. Und sie marschieren. Revolutionäre Lieder singend, ergießt sich die Masse aus dem Zelt. „Hier lang!", brüllt der Mann im roten Frack, weist ihnen den Weg über Hügel und Häusermeere. Die Menschen marschieren über die Weizenfelder, treten das Korn nieder. In der Ferne leuchtet ein sagenhafter Palast. Laut schwatzend, verschwitzt, voller Erwartung erreichen sie die Tore. Schimmernde, goldene Türme, selbst die Rüstungen der Palastwachen, die beiseite treten, schimmern golden. Aber in der Empfangshalle erstirbt das laute Tamm-Tamm der Manege, verwandelt sich nach und nach in andächtiges Staunen: Dort, wo die in Marmor erstarrte Mutter Gottes unter einem malerisch in Stein gehauenen Bogen lächelt, eine Grimasse zieht über die Massen, die auf jeden neuen Anzug des Mannes mit Zwirbelbart und Peitsche hereinfallen, in dieser Halle wird die Menge still, bleibt unschlüssig stehen. Da dreht sich Negrín plötzlich um und ruft: „Seht doch! Ich bin niemand anders als der stählerne Lenin eurer Blütenträume. Wartet hier, ich werde diese Leute, die uns nicht zum Lachen gebracht haben, absetzen." Spricht's und verschwindet geschwind mit den Palasteigentümern, mit König, Diktator und Präsident in deren von Fackelschein erleuchteten Privatgemächern. Dort wird mit Edelstein besetztem Zepter gehuldigt, wird in purpurne Taschentücher geschneutzt. Geduldig warten die Massen. Flüstern nur. Gottes Mutter lächelt mitleidig. Stunde um Stunde vergeht. Und schließlich, wo die Menschen bereits wieder unruhig zu werden drohen, da kommt er zurück. Zirkusdirektor Negrín tritt aus dem Saal heraus, begleitet von hundert aus dem Nichts aufgetauchten Sozialisten und Kommunisten. Feierlich stolzieren sie aus der prunkvollen Halle, vorbei an den an die Wand geschlagenen hundert Schildern mit den Wappen verblichener königlicher Ahnen. Und siehe: Negrín und sein Gefolge tragen goldene Schärpen. Sie heben die Hände und rufen voller Freude: „Genossen, wir haben eine gute, eine großartige Nachricht für euch. Genossen, wir haben gesiegt!" Unbeschreiblicher Jubel bricht aus. Negrín braucht lange, bis er die Masse soweit beruhigt hat, dass er weiter sprechen kann. „Fürwahr, ein überwältigender Triumph. Erfolg auf ganzer Linie. Alle unsere Forderungen wurden erfüllt. So und jetzt werden wir so lange *Freiheit* für euch buchstabieren, bis euch die Wurst aus den Ohren herauskommt. Seht her, wir sind es, denen ihr alles zu verdanken habt, für euch schneiden wir Scheibe auf Scheibe ab. Wohl bekomm's. Ach natürlich, unser Pausenclown wird nur noch mit Gummipfeilen schießen. Ja und ab heute bestimmt ihr, wer den roten Frack bügeln darf, wie lang die Peitsche sein soll und ob wir sie den Ungehorsamen auf den Rücken oder auf die Ärsche schlagen. Ist das nichts? Ein Plattenspieler, ein Motorroller, gebratene Pferdewurst bis spät in die Nacht. Ist das nichts? Sagt mal, ist das nichts?"

Hart schlug Juliano Kopfs auf die Schreibmaschine auf, als er im Schlaf vornüber vom Stuhl kippte. Sein Rücken schmerzte von der ungewohnten Haltung, in der er zusammengesunken war. Benommen rappelte er sich auf und taumelte vom Schreibtisch zu seinem Bett, kauerte sich dort zusammen, rieb sich stöhnend den Kopf, lauschte noch eine Weile in die Dunkelheit, hörte in der Ferne am Kai verebbende Stimmen, bevor ihn erneut Träume marschierender Massen heimsuchten.

Die Uhr über der Kochnische tickte monoton die Sekunden: Minute für Minute, Stunde um Stunde, bis sie den ganzen Morgen erledigt und er auch den letzten Espresso herunter gekippt hatte. Allmählich wurde es Zeit, das Büro zu verlassen. Obwohl, hier vom Fenster aus, konnte er bequem, ohne sich anzustrengen, einen wichtigen Teil der Hafenanlage überblicken. Heute waren es nur wenige Schiffe, deren Ladung gelöscht wurde. Laut gestikulierende Antreiber scheuchten Packer, die schwere Warenballen schulterten, über die Bretter. Selbst von hier oben aus konnte Juliano den schwitzenden Arbeitern noch ihre unausgesprochenen Flüche von den Lippen ablesen. Während er so stundenlang auf die Schiffe und den in der Sonne langsam zu kochen beginnenden Asphalt der Landungsbrücken starrte, grübelte er über das nach, was er bisher über den Mord herausgefunden hatte. Es war zu wenig. Nichts als vage Vermutungen, die seine Gedanken lähmten. Dabei musste er sich unbedingt auf seine eigentlichen Aufgaben konzentrieren, wenn er seine Kollegen nicht herausfordern wollte, die ihm offensichtlich bereits misstrauten. Jetzt nur nicht zu offensichtlich seine Arbeit vernachlässigen. Seit Wochen schon fahndete er nicht mehr, war nicht mehr die Frachtunterlagen der einlaufenden Schiffe und die Warenliste der Hafenmeisterei durchgegangen, um Unstimmigkeiten bei den Lieferungen zu finden. Beispielsweise hatte er keine Ahnung, ob die Guerilla Waffen über den Hafen in die Stadt schmuggelte. Sozusagen direkt unter seiner Nase. Wenn so etwas herauskommen würde, wäre er endgültig geliefert. „Wer weiß, was die inzwischen alles hier hereingebracht haben", dachte er und nahm sich vor, Rosa wenigstens für einen Tag zu vergessen.

Eine Möwe flog dicht am Fenster des Speicherturms vorbei, verschwand im strahlend blauen Himmel. Wohin würde sie fliegen? Aber ganz gleich wohin, immer würde sie an einem Morgen die Sonne erwarten. Träumten Vögel eigentlich auch? Unter der gleichen Sonne segelnd, die am anderen Ende der Welt, in Gebirgen, deren Namen er sich nie merken konnte, den Tod in leuchtend roten Feldern heranzog? Träumte die Sonne? Solange, bis der Wind die Blüten beugte und sie über Nacht in Kapseln des Schlafes verwandelte. Wertvolle Frucht, die unter ihrer Glut anschwoll, pralle Hülsen, bis Sensen barfüßiger Bauern sie schnitten. Schläfrig sah Juliano den weißen, am Vormittag vorbeisegelnden Seevögeln hinterher, während hier drinnen nach wie vor die Uhr die Sekunden im Espresso versenkte. Schweißperlen bildeten sich auf seiner Stirn. Er träumte vom Kuss der blonden Frau, die er einmal als Kind hier am Hafen gesehen hatte. Die Männer machten schmutzige Witze über sie und erzählten, sie wäre eine Reporterin, die aus Frankreich gekommen war. Damals gehörte die Stadt noch der Republik und es waren seine ersten heißen Träume gewesen. Er war ihr Geliebter, sie zog ihn mit ihrem Lächeln an, beugte sich zu ihm herab und ihr Kuss schmeckte ungeahnt süß. Sie hörte gar nicht mehr auf, ihn zu küssen, obwohl er zum Frühstück eine Zehe Knoblauch gegessen hatte. War sie vielleicht diejenige, die er immer gesucht hatte und nicht Rosa? Mit seinen leicht zitternden Händen rieb er sich unruhig über sein Gesicht. Sein Herz schmerzte, vielleicht hatte er es in letzter Zeit doch etwas übertrieben mit dem Kaffee. Aber wie sollte er sonst die langen Wanderungen durchhalten? Wie sollte er sonst den Drachen zur Strecke bringen? Zum ersten Mal betrachtete er den pechschwarzen, bitteren Trank misstrauisch, schwenkte die Tasse, so dass sich in ihr ein Strudel bildete, in dem er für einen Moment versank. Feindselig schien ihn die stehende Luft im Zimmer ersticken zu wollen. „Was soll's?", dachte er, nahm Hut und Jackett, zog letzteres über sein in den Achselhöhlen nass geschwitztes Hemd und trat in den von seinen Schritten widerhallenden Flur, dann ins Treppenhaus, das hinunter zum Landungssteg führte. Vom Summen der Ventilatoren begleitet, lief er los, spürte, wie ihn die Leere um ihn herum aufnahm. In einer Viertelstunde war er unten an den Lagerhallen und ließ die Vorarbeiter rufen. Wie immer händigten ihm die Sekretäre je nach Charakter äußerst zuvorkommend oder unwillig die Durchschläge der Warenlisten aus, bevor sie ihn durch die Warenlager führten. An diesem Nachmittag bestand er zu ihrer Verwunderung in der großen Halle darauf, einige schwere Kisten zu öffnen, aber als endlich die Deckel mühselig aufgeschraubt worden waren, warf er nur einen flüchtigen Blick auf die aus Hamburg hierher verschifften Werkzeuge, nickte kurz und schlenderte langsam den Gang mit den hohen Regalen weiter, die nur zur Hälfte mit Waren gefüllt waren. Schließlich setzte er sich an den Schreibtisch der Vorarbeiter und strich auf den Listen sorgsam die einzelnen Posten, die er kontrolliert hatte, durch.

Erst spät am Abend kehrte er in sein Büro zurück, das ihm gleichzeitig auch als zweite Wohnung diente. Er ging langsam, tastete sich fast an den noch von der Sonne erwärmten Wänden der Speicher entlang, ohne ihren Schatten zu verlassen. Einige frühe Fledermäuse stürzten aus den Dächern halb verfallener Lagerschuppen und begannen, zwischen Gebäuden und Kaimauer wild zu kreisen. Überrascht blieb Juliano stehen. Ihm den Rücken zukehrend lehnte ein einzelner Mann an der Mauer über dem Hafenwasser und starrte über die sanften, sich allmählich mit kühler Dunkelheit bedeckenden Wellen. Zunächst war da nicht mehr als ein Hinterkopf, der aus einem sorgsam gebügeltem Hemd ragte, leuchtende Halbglatze in der Abendsonne. Dann aber, als sich der Mann zur Seite wandte, sah Juliano die eingefallenen Wangen des Gesichts. Juliano atmete plötzlich heftig, machte ohne darüber nachzudenken einen Schritt zurück in den Schatten der Lagerhäuser. Er legte den schärfsten Pfeil aus dem Köcher der Erinnerung auf die Sehne seiner Seele und wartete. Gerade, als er noch einmal zu dem Mann herüber spähen wollte, kündigte das Geräusch eines Motors einen weiteren Eindringling in das Hafengelände ein. Hoher Besuch, denn nur wenige Geschäftsmänner und Offizielle besaßen die Erlaubnis am Nachtwächter vorbei hier vorzufahren. Der neue französische Citroen Traction Avant hielt vor dem hohen Kornspeicher. Zielstrebig schlenderte der Mann vom Wasser auf das schwarz glänzende Auto zu und beugte sich zum heruntergekurbelten Fenster hinab. Dann trat er einen Schritt zurück und der Fahrer stieg aus. Juliano erkannte ihn sofort, schlank, im leichten Sommeranzug, modischer Hut, General Vives in seiner ganzen Eleganz. Staunend beobachtete Juliano, wie die beiden zurück zur Kaimauer schlenderten. Da plötzlich zögerte der Fremde, setzte seinen Fuß auf die Mauer und schnürte seinen geöffneten schwarzen Schuh. Dabei starrte er über das Wasser. Juliano durchlief es abwechselnd heiß und kalt, als sich ein Bild aus seiner Erinnerung wie Säure in sein Gehirn ätzte. - Soldaten laufen einen Hang hinunter und ziehen zwei Halbwüchsige aus dem Unterholz. Der Mann, der sich den Schuh zubindet. - Jetzt, in der Dämmerung konnte er die Gesichtszüge nicht mehr deutlich erkennen, dennoch war er sich sicher: Diesen Soldaten würde er nie vergessen. Woher kam er nach dieser Ewigkeit und warum war General Vives hier? Mühsam zwang sich Juliano, ruhig zu bleiben, kontrollierte seinen noch ungläubigen Zorn. Er wartete, bis die beiden Arm in Arm zurück zum Wagen schlenderten. Dann ordnete er Hemd und Jackett, atmete tief durch und bog wie zufällig um die Ecke. Juliano stutzte scheinbar, als würde er die Männer gerade erst erblicken und grüßte dann. Es war ganz gleich, ob Vives sich jetzt an einen unbedeutenden Mitarbeiter erinnerte. Der andere Mann beachtete ihn gar nicht. Aber Juliano kannte ihn, so wie man den Teufel kennt, wenn man verflucht wurde und ihm immer wieder in seinen Träumen begegnet. Man erkennt ihn dann von Weitem am Schwefelgeruch, mehr noch als an seinen Hörnern und Pferdeschweif. Da, ein Anhaltspunkt: Golden glänzte in der untergehenden Sonne die Nadel der Blauen Division am Hemd des Mannes. Nach außen hin teilnahmslos schlenderte Juliano weiter, aber aus den Augenwinkeln beobachtete er, wie sich Vives nach dem kurzen Gespräch schon wieder verabschiedete und den Teufel alleine am Hafen zurückließ. Warum beeilte sich heute die Sonne besonders, um sich im fernen Westen, hinter den Säulen des Herakles, in den Atlantik zu stürzen und Barcelona alleine unter den starrenden Augen des Mörders zurück zu lassen; tote Augen, die wenn auch noch so viele Fledermäuse ihn begleiteten, den wandernden Mondmann nicht erkennen würden?

„Irgendetwas passiert?", Aragón musterte Varela skeptisch, der heute seine sonst gerne zur Schau getragene Überlegenheit gänzlich verloren zu haben schien. Sein Gesicht war merkwürdig verquollen und gerötet, fast, als wäre er schnell gelaufen.
„Nein, nichts." Er zögerte: „Das heißt, meine Frau hat mir heute wieder ihren Lieblingssalat gemacht", meinte er leichthin. „Hühnerherzen. Jedes Herz ein Vogel." Er lachte schmutzig: „Ekelhaft das Zeug. Ich sage zu ihr, ,damit kannst du das Schwein füttern gehen.' ,Welches Schwein?', fragt sie. 'Ist doch egal, irgend so ein Schwein eben.' ,Irgend so ein Schwein?' ,Ja doch!'"
- Die knochigen Finger greifen nach der Schüssel, sie schleudert ihm die heißen Hühnerherzen vor die Brust, über die Hose, auf den Boden. Er springt auf, schiebt den Tisch weg, brüllt. Sie aber ist schon hinausgehuscht, gelangt schneller als er in das Zimmer mit den bestickten Vorhängen, in dem sie alleine schläft, verriegelt die Tür. Seine Fäuste hämmern gegen das Holz. „Mach sofort auf, du Schlampe, ich hätte dich in der Gosse verfaulen lassen sollen." „Lieber in der Gosse verfaulen, als bei dir in diesem Haus", kreischt sie. Seine Fäuste ermatten. Er machte einen Schritt weg von der Tür, taumelt benommen. So hat sie sich schon seit Jahren nicht mehr aufgeführt. Was ist nur in sie gefahren? Wird sie wieder vor dem Gemälde stehen, auf dem die Frauen dünne Blusen tragen, und auf die Rundungen unterhalb der Halsausschnitte starren? Schließlich wird seine Stimme ganz weich. „Antonia, mein Häschen. Ist schon gut, dein Junge ist nicht mehr böse, hörst du? Ist doch lecker dein Salat, schmeckt vorzüglich, ein Herz besser als das andere." Wieder kreischt sie von drinnen, es ist ein entsetzliches, hohes Kreischen. Panisch verlässt Varela das Haus. Aber als er in einer halben Stunde mit dem Arzt zurückkommt, begrüßt seine Frau die beiden mit höflichen Worten an der Tür. Der Arzt erkundigt sich nach ihrem Befinden, um sich dann schon gleich wieder zu verabschieden. -
„Also du antwortest: ,Ja doch!'", erinnerte Aragón Varela, als sein Chef nichts mehr sagte.
„Wie? Ach, so ja und ich erklär ihr, das sie das Zeug nie wieder machen soll, nehme die Schüssel vom Tisch und schütte sie in den Abfall, sie gibt Widerworte, da knall ich ihr halt eine."
„Und das tut dir leid?"
Varela schüttelte den Kopf. „Entschuldige, dass ich davon angefangen habe", meinte er und sah flüchtig zu seinem Kollegen herüber. Aber zum ersten Mal, seit sich Aragón erinnern konnte, lag etwas Wärme in seinem Blick.

„**Und** Sie sind wirklich vom Informationsministerium?" Misstrauisch beobachtete der Fahrer, wie Francisco das eigenartige Gerät auf dem Sonnendach des Taxis aufbaute. Er bekam erst eine Antwort, nachdem der stämmige Mann sorgsam die drei Füße des Mörsers verkeilt hatte.
„Was? - Ja natürlich. Ein großer Tag für General Franco. Eine Gelegenheit, Frieden zu schließen mit einer Stadt, die so lange Zeit abseits der nationalen Bewegung stand."
„Hm."
Francisco stellte sich an das Dachgeländer des Wagens und beugte sich zu dem Taxifahrer herunter, der zu seinen Füßen vor der geöffneten Fahrertür auf der Straße wartete. „Wir haben lange daran gearbeitet. Dieses Gerät", Francisco zeigte stolz auf seinen umgebauten Mörser, „ersetzt hunderte von Flugblattverteilern. Deswegen ist das Ministerium auch nicht kleinlich mit der Entlohnung. Das Doppelte des normalen Tarifes." Der Fahrer hob eine Hand über die Augen, damit er nicht direkt in die Sonne hinaufsah.
„Und wie soll das gehen?"
„Ganz einfach, mein Kollege hier wird Ihnen die Fahranweisungen geben." Er zeigte auf einen jungen Mann in einer adretten Uniform, der von dem Eingangsbereich des teuren Hotels zu ihnen herüber kam. Er trug zwei große Koffer, in denen die Flugblätter sein mussten. Einige Hundert Meter entfernt patrouillierten zwei Polizisten der Urbana und sahen zu ihnen herüber. „Also", meinte Francisco, „Sie fahren natürlich langsam und ich bediene den Informationsverteiler." Er kletterte vom Dach, um seinem Kollegen dabei zu helfen, die Koffer auf die Plattform zu stemmen. Der Taxifahrer, der ihnen nachdenklich dabei zusah, zögerte einen langen Augenblick. Aber die strahlenden Uniformen der beiden Beamten vom Ministerium und vielleicht auch das leicht verdiente Geld verwischten das anhaltend unwirkliche Gefühl, das ihn überkommen hatte, als der Mann ihm seine Absicht erklärte. Lächelnd schlug er nun in die dargebotene Hand Sabatés ein.

Schließlich fuhren sie los, Francisco auf dem Dach. Der Fahrer lenkte sein Taxi, das er sonst für Stadtrundfahrten mit ausländischen Touristen benutzte, langsam an den sie interessiert beobachtenden Verkehrspolizisten vorbei in Richtung Innenstadt.

Es sollte eine Siegesparade werden. Spanien wurde wieder aufgenommen, wo es hingehörte: In die Reihen der zivilisierten Nationen. Offiziell mit Amerika verbündet und bereit, seine Ansprüche in

Marokko fallen zu lassen, war die Aufnahme in die UNO nur noch Formsache. Selbst in Barcelona war es in den letzten drei Jahren ruhiger geworden. Die Polizei hatte hart durchgegriffen und Dutzende von Guerilleros getötet oder ins Exil getrieben. Zwar wussten Francos Geheimagenten, dass Staatsfeind Nr. 1, Francisco Sabaté, seit einigen Monaten in die Stadt zurückgekehrt war, aber durch ein Aufbieten aller Kräfte und ein sorgfältiges Planen der Route war ein Attentatsversuch während der Feierlichkeiten so gut wie ausgeschlossen. Zivile Beobachter standen an jeder Ecke, die Polizei kontrollierte alle Häuser an den betreffenden Straßen, durchkämmte stundenlang jedes mögliche Schussfeld. Trotz dieser Vorbereitungen stand den verantwortlichen Beamten die Anspannung ins Gesicht geschrieben. Viel hing von dieser Parade durch Barcelona ab. Schließlich wollte sich der Caudillo endlich als Vater aller Spanier zeigen. Vielleicht war er ja wirklich etwas zu grob gegenüber den abtrünnigen Katalanen gewesen und nun war der Zeitpunkt für eine noble, verzeihende Geste gekommen, schließlich war er ja ein Ehrenmann durch und durch, das sah man ja schon an der Uniform. Ein Ehrenmann, genau wie seine Untergebenen Portillo und Varela, die an diesem Tag höchstpersönlich am Rande der Parade nach verdächtigen Subjekten Ausschau hielten.

General Franco saß in seinem Wagen, links und rechts von ihm seine Leibwächter. Die Dächer des Rambla de Las Flores waren mit Scharfschützen von der Polizei besetzt, die die Fenster der hohen Häuser im Auge behielten und auch die Fähnchen schwenkenden Anhänger der Falange, die den Autokonvoi erwarteten. Hinter den Schaulustigen ging eine große Anzahl von Menschen ihren normalen Tätigkeiten nach. Wenn es Attentäter gab, dann würden sie von hier kommen und versuchen, sich unter die Patrioten zu mischen.

Langsam näherte sich Francos Wagen der Rambla de Las Flores. Wie die Polizei es sich erhofft hatte, blieb alles blieb ruhig. Varela lächelte stolz, als ihn Portillo, der in seiner Nähe geblieben war, anerkennend zunickte. Gerade in diesem Moment flog ein unbestimmbarer, dunkler Gegenstand im hohen Bogen über ihre Köpfe, zerbarst hoch im Himmel. Kurz darauf kam erneut etwas aus Richtung des fünften Distrikts geflogen, danach ein drittes und ein viertes Geschoss, sie alle explodierten lautlos über den Ramblas. Und dann geschah ein kleines Wunder: Taumelnd regneten tausende antifaschistische Flugblätter über dem Autokonvoi Francos und auf die Schaulustigen herab, blieben auf Dächern liegen, verfingen sich in den Ästen der Platanen, segelten auf die Straßen und in die Cafés hinein. „*Nieder mit Franco, nieder mit der faschistischen Diktatur"*, stand dort zweisprachig, Sabatés Antwort auf das Verbot des Katalán. Das Regime wurde angeklagt, mit seiner ganzen Brutalität nur die Interessen der Kirche, der Großgrundbesitzer und der Unternehmer zu verteidigen. Aber auch die westlichen „Demokratien", die heute Franco unterstützten und deren Politik gleichfalls dem Profit der Unternehmer galt, wurden angegriffen. Die Flugblätter waren mit „Komitee zur Kontaktpflege" unterschrieben, aber jedem, der sie ungläubig staunend, geschützt durch den entstehenden Tumult, rasch einsteckte und zuhause las, war klar, dies war das Werk der FAI. Selbst die beiden Kriminalpolizisten waren beinahe mehr erstaunt als zornig. Portillo schickte zunächst seine Männer in die Richtung, aus der die Flugblattgeschosse abgefeuert worden sein mussten. Dann überflog er ein Blatt kopfschüttelnd und zerknüllte es mit grimmigem Gesicht. Eins musste man dem Fuchs lassen: Immer wieder hatte er eine Überraschung für sie parat.

„**Wann** sollen wir drei uns denn nun wieder treffen?", fragte Antonia, nackt wie die Erde, in der verbotenen Sprache.

Unglücklich und ratlos sah die zarte Felicitas sie kurz an. Dann wich ihr Blick den bohrenden Augen der Freundin aus, die nun fragend zu Senona schweiften, die hinter ihr lag. Voller Verwunderung betrachtete Felicitas die Warze auf der Wange der ausgemergelten Frau, dann den gigantischen Kehlkopf, der, einem Stein gleich, trotz größter Mühe nicht hinuntergeschluckt werden konnte und im Hals stecken geblieben schien. Vorsichtig berührte Felicitas das Geschwulst, ganz leicht, wie um einen schlafenden Vogel zu wecken.

„Ich weiß nicht", antwortete sie schließlich und flatterte mit den Augenlidern, wartete darauf, das Senona etwas vorschlug, drehte sich zu ihr um.

Die seufzte und krallte noch einmal ihre Hand in die zerwühlten Laken ihres Traumlands. Kinderlos geblieben fühlte sich Senona nur hier ganz Mensch. Mit der Schönheit Felicitas und der tiefen Traurigkeit von Antonia schmiedete sie ihren Pakt. Für alle drei war es ein langer, steiniger Weg gewesen, hinauf in die Falten und Täler des Lakens, in die unter ihnen nachgebenden festeren Berge der Kissen, in deren Schatten sie ihre Bögen spannten, Amazonen auf der Jagd, stöhnend ihr Sehnen loslassend. Ein weiter Weg, gefahren auf einem geheimnisvollen Schiff, dessen Segel aus frisch gewaschenen Leinen sich mit glücklichem Atem füllen musste, um vorwärts zu gelangen. Gemeinsam befuhren sie so einen Ozean, in dessen Tiefen sie durch strudelnde Wirbel aus Haar und Haut versanken und auf dessen Grund sie sich schließlich in ein vielarmiges Fabelwesen verwandelten. Hier rieben sie die Erbsenbrust der einen wild an die schwer wippenden Früchte der anderen, kraulten einander die Ohren, die im Rauschen des Wassers das Flüstern ihrer Namen aufsogen, hielten sich beim Tauchen die Nasen zu, verloren sich in der Dämmerung des Verborgenen, in den Korallentälern ihrer geheimnisvollen, leuchtenden Augen. Begierig tranken sie Muscheln, die für Poseidon bestimmt waren. Und dann, wenn sie aus dem Wasser stiegen, nass, aus allen Poren leuchtend, dann sprachen sie in der verbotenen Sprache und lächelten dabei gewissenlos. Matt saugte der dämmernde Abend fahles Licht durch die zugezogenen Gardinen, während unten auf der Straße eine Tram vorbeifuhr. Vom Park herüberschwebend klopfte Hibiskusduft an die Scheibe, wollte sich mischen mit dem Geruch aus Schweiß und Glück, den diese Frauen in ihrem geheimen Reich zusammenbrauten. Felicitas Arme suchten sich ihren Weg unter den Kissen, bis die Köpfe ihrer beiden Geliebten auf ihnen ruhten.

Erschöpft und glücklich wie ihre Schwestern, sagte sie leichthin: „Mir ist es egal, ob Männer oder Frauen, - nur, von den Männern lasse ich mich bezahlen." Senona kicherte. Verschwörerisch fügte Felicitas hinzu: „…Es sei denn ein Mann hat das gewisse Etwas."

„Was?", Antonia sah sie wütend an.

„He, he: Wenn ich gebe, dann gebe ich ganz, wenn ich nehme, dann nehme ich ganz, also worüber wollt ihr euch beklagen", lachte Felicitas und küsste die hässliche Frau auf den Mund.

Senona kitzelte ihre Geliebte mit ihrem großen Zeh an der Fußsohle und flüsterte: „Wollt ihr hören, wovon ich geträumt habe?" Rasch löste sich Felicitas von Antonia und wandte sich ihr zu. „Oh ja, bitte." „Nein", sagte Antonia und fühlte mit geschlossenen Augen den abgebrochenen Kuss nach. „Davon werd ich nur müde." Aber Felicitas setze sich auf. „Ich denke, unsere Mütter hätten gewollt, dass wir erzählen", sagte sie mit Nachdruck. „Unser Katalán ist der Minnesang fahrender Barden, Sprache der Poesie, das Erbe unbeugsamer Königinnen. Erzähl uns deinen Traum, Senona, du Schöne. Ich will mehr hören von schlingernden Tangwäldern! Von lauernden Moränen, die den Unachtsamen in die Ferse beißen!", bedrängte sie die Freundin und strich ihr erwatungsvoll über die Schenkel. Antonia, gestört in ihren Landschaften des Fühlens und Schmeckens, seufzte viel sagend. Senona starrte ins Leere, versuchte sich zu erinnern. „Es ist ein Traum inmitten der Schatten. Eine endlose Ebene aus kaltem, grauem Stein. Dort steht verloren, einsam und verlassen ein mit Eis bedeckter Berg. Zu seinem Fuße, entlang eines dunklen Flusses, der den Berg kreisförmig umfließt, Festungen. Eisschollen treiben im Wasser unterhalb mächtiger Mauern, hinter denen auf hohen, eisernen Türmen Ungeheuer hocken. Sie sind ganz Wurm, nur ihre Gesichter sind menschlich oder doch fast: Dämonisches, gelbes Licht flackert in ihren Augen. Ihre Nasen sind Ambosse, sie tragen Bärte aus eisernen Nägeln. Kaum können sie ihre schwarzen, wurstförmigen Körper auf der Wachplattform bewegen, so unförmig sind sie. Keine Treppe oder Leiter führt zu ihnen herauf, aber aus ihren Nasen tropft giftiger Geifer, um Eindringlinge abzuwehren. Glupschend wachen die Drachen, kullernde Augäpfel, rollende Wagenräder, kalt spiegelt sich der Berg in ihren Pupillen. In ihren Türmen gefangen, können sie zusammen nicht kommen, aber da beschließt ein Ungeheuer, ein anderes einzuladen."

„Wie soll ich mir denn das vorstellen?", kicherte Felicitas. „Da hast du's!", zischte Antonia sofort. „Langweilig!" Aber Felicitas, deren

Stimme in verführerisches Flüstern umschlug, beachtete sie nicht, strahlte stattdessen Senona an, während sie verspielt eine ihrer Locken um die Finger wickelte: „Eine Einladung? Hab ich euch noch gar nicht erzählt. Morgen soll es wieder ein Bankett geben. Warum gehen wir nicht zusammen hin? Unter all diesen steifen Militärs will ich endlich mal wieder lachen können."
„Zu gefährlich", meinte Senona trocken und lächelte wehmütig. Von hinten fuhr Antonia Felicitas schlanke Arme entlang, bis sie zur Hand gelangte, in der Senonas Locke gewickelt war. „Wir sind feige", meinte Antonia bitter. Zögernd wie zuvor Felicitas berührte nun Senona den Kehlkopf des hässlichen Nachtvogels und erzählte weiter: „Sie kommen nicht zusammen, aber sie telefonieren den ganzen Abend hindurch. Ihr müsst wissen, die schnaubenden Ungeheuer verstecken im Berg einen Schatz, den sie in Jahrtausenden zusammengeraubt haben. Aber das lange Gespräch ermüdet sie, die leere Ebene brennt ihnen in den Augen, allmählich werden sie schläfrig. Seit Ewigkeiten schon halten sie ein Mädchen gefangen. „Geh in den Berg!", rufen sie ihr zu. „Zähme die Schneestürme, verschlinge die Gletscher, wärme die Höhle. Du! Setz dich vor den Eingang und sieh zu, dass die Wolken nicht hereingelangen! Dafür geben wir dir einen Harnisch aus feinstem Gold. So nun geh endlich, wir müssen schlafen!" Das Mädchen zieht das goldene Hemd an, zittert an allen Gliedern, Tag um Tag, Jahr um Jahr, lehnt sie am Eingang zum Berg, starrt in den Himmel. Kennt keine Mutter, außer der Höhle, keinen Vater, außer eisigen Winden. Die Frau trägt ein bekanntes Gesicht. Manchmal tappt sie in der ewigen Nacht der Höhle umher. Dort, nur geleitet vom Lichtstrahl, der in den Eingang fällt, sucht sie nach Verborgenem, folgt einer unbestimmten Ahnung, findet aber nichts außer kaltem Fels. Aber dann funkelt doch einmal etwas in der Dunkelheit auf. Zögernd greift sie danach, umklammert verwundert den Griff eines achtlos liegen gelassenen Schwertes. Obwohl es sehr schwer ist, hebt sie es auf und hält es dicht vor ihre Augen. Matter Stahl bricht Licht vom Höhleneingang. „Gefangen", flüstert sie heiser und klingt dabei fast wie ihre Kerkermeister auf den Türmen. Ihre sich weitenden Augen spiegeln sich im Metall. Grell hallt ihr Schrei entlang den Wänden der Höhle, dringt durch schmalen Felsenriss, durch berstendes Eis, läuft hinunter zu den Türmen am Fuße des Berges, reißt ihre Wächter aus dem Schlaf. Schnell streift sie den goldenen Panzer ab, verhasstes Geschenk der Ungeheuer. Sie häutet sich, goldene Schuppen gleiten klirrend zu Boden. Schon bricht das Mädchen Stein um Stein, kämpft sich durch Eiswüsten, wälzt klam-

me Felsen beiseite, versinkt im hohen Schnee. Ihre Haare werden zu Eiszapfen, ihr Atem gefriert in der Luft, aber sie läuft weiter den Hang hinab. Unten vor den Festungen angelangt, fordert sie die Wächter mit einem zweiten, durchdringenden Schrei heraus. Ungläubig starren diese sie über den dunklen Fluss hinweg an. Die Würmer raunen sich zu, murmeln böse: „Was ist denn jetzt los? So lange gehorchte uns das Gör, stand brav in der kalten Höhle. Und jetzt brüllt sie so herum. Zeigt uns die Stirn, nackt, wie Gott sie schuf. Unverschämtes, blasses Ding. Sag mal, was hält es denn da in der Hand?" Die Würmer geben sich einen Ruck, mehr ungläubig als zornig wälzen sie sich die unsichtbaren dreitausend Stufen ihrer hohen, eisernen Türme zum Fluss hinab. Ihre gelben Augen funkeln wie gewaltige, sich drehende Feuerräder, ihre dampfenden Nüstern schnauben zornig. Lange, unter der Vorderlippe herausstehende Zähne geifern böse. Unten angekommen reißen sie mit ihren Eisenbärten die kalte Erde auf. Aber noch ehe die wütenden Drachen die Frau erreichen, springt sie ihnen entgegen, schwingt das alte, mit rätselhaften Zeichen verzierte Schwert und schlägt ihnen ritsch – ratsch, mit kräftigen Streichen die grässlichen Köpfe von den fleischigen Hälsen. Blutfontänen spritzten aus den wild zuckenden Rümpfen. Zwischen den noch bebenden Kadavern tanzt sie lachend, badet im Blut der Dämonen, bevor der Wurmsaft hinab zum dunklen Fluss rinnt, wo sich das schwarz kochende Drachenblut zischend ins kalte Wasser ergießt. Das Eis, das der Fluss mitführt, schmilzt, gefrorene Schollen zerbrechen. Schäumend tritt das Wasser über die Ufer, bricht aus, verlässt verwirrt seinen kreisenden Weg und beginnt, in den Berg einzudringen, frisst sich in den knirschenden Stein. Dröhnend bersten die Felsen, die Erde bebt. Alleine steht die Frau am einstürzenden Berg. Golden vom einstmals Verborgenen flutet das Wasser zurück, reißt den Schatz mit sich fort. Sie lacht noch immer. Dunkel ist ihre Haut geworden vom Dämonenblut und wild funkeln ihre Augen, während um sie herum die Welt versinkt. Da erkenne ich mich endlich selbst. Voller Freude beginne ich zu laufen, rudere mit den Armen, weise dem Wasser den Weg, den Wellen, die allmählich die ganze unermessliche Ebene fluten. Verlassen bleiben die Türme inmitten der entstehenden See immer weiter zurück, bevor auch sie unterspült werden und einstürzen. Ich lausche dem Rauschen der Fluten und etwas wie Pochen, wie Herzschlagen. Das Pochen sind meine langen Schritte auf grauem Stein. Es ist, als ziehe ich den Ozean hinter mir her. Da taucht am Horizont ein grüner Streifen auf, von dort ergreift warmer Wind mein Haar, schließlich sehe ich einen

Wald mit mächtigen, erstaunt wispernden Zedern, in deren Zweigen die Vögel in einer Sprache singen, die ich verstehen kann. Sie rufen mir zu, schneller zu rennen. Mit weiten Sätzen, mit denen ich vor den brodelnden Wellen fliehe, nähere ich mich dem Wald. Aber das Wasser umfasst schon die ganze Welt, verwischt meine Spuren. Dann wird alles dunkel. Und doch höre ich mich noch immer rennen. Höre einen Klang, den nur unschuldige Schritte machen können. Dann sehe ich es. Meine Sohlen sind weiß. Weiß wie die Blüten mancher Kirschen im Frühjahr."

Senona stockte, als es plötzlich gegen die Tür hämmerte es. In der rauen Frauenstimme der Wirtin schwang Angst: „Haut ab. Schnell, die Guardia Civil macht eine Razzia in der Puerta del Angel! Sie wird bald hier sein!"

„Sie liebt mich, mich und sonst niemanden. Schon gar nicht Antonia." Ärgerlich zupfte Senona ihr Kleid zurecht, als sie die verwinkelte Treppe des alten Hauses im Barrio Chino hinaufstieg. Jetzt, wo sie endlich ein festes Zimmer gefunden hatten und halbwegs in Sicherheit waren, tauchte Antonia immer öfter auf, wie ein hagerer Geier, der von dem lebte, was andere übrig ließen. Aber sie gehörte nicht so in diese Welt wie Felicitas und sie selbst. Oh ja, Senona verstand, was Antonia fühlte. Nur zu gut verstand sie. Sie war eine Leidensgenossin, verlorener und haltloser noch als sie selber. Manchmal, da huschte etwas über das Gesicht der hageren Frau, was Senona anzog, eine Art Verletzlichkeit und der Hauch von Weichheit, aber meistens und gerade, wenn es am schönsten war, da verdarb Antonia alles. Sie roch nach Staub, nach Moder und Gefängnis, nach den Zigarren ihres rohen Mannes Varela und das, obwohl er sie seit Jahren nicht mehr anrührte. Sie roch nach Faschismus, nach allem, was sie alle drei verabscheuten. Gerade erst seit einigen Monaten fand Senona selbst die Kraft, diese starre Welt ganz hinter sich zu lassen. Nur durch die verzweifelte Liebe zu Felicitas war es so weit gekommen. Aber da war Antonia ihr Schatten geworden, eine Raupe, die sich in aller Ruhe auf die Schwelle zu ihrer neuen Welt legte und sich in ihrer grotesken Hässlichkeit einspann. Senona aber hatte ihren Kokon schon lange fertig, wartete ihrerseits und hoffte auf ein neues Leben mit Felicitas. Vielleicht würde die Verwandlung aber auch nie geschehen und sie war genauso ausgedorrt wie Antonia. Aber noch gab es Hoffnung. „Ich liebe euch beide", hatte die Fee in ihrer schlichten Einfachheit gesagt. Da konnte sie zunächst nichts machen. Felicitas war die jüngste von ihnen und doch war sie wie eine Mutter. Eine Zauberin, die Geheimnisse des Fleisches offenbarte. Eine Priesterin, die nach Jahren des eigenen Lernens Meisterin geworden war und nun Novizinnen suchte, um mit ihnen zusammen die schlimmsten Verbrechen zu begehen, die man nicht beschreiben konnte, immer auf der Flucht, immer in der Angst, entdeckt und aus der Welt, die ihnen ihre Stellung und ihr Ansehen gab, herausgeschleudert und davon gejagt zu werden. Was wusste Antonia, die wahrscheinlich nur ein Abenteuer suchte, schon darüber, was diese Liebe für sie bedeutete. Gut, sie schien genauso süchtig nach dem pulsierenden Leben Felicitas zu sein wie sie selbst. Doch es ging Senona um weit mehr, als darum, die vertrockneten Blutbahnen dieser Mumie wieder in Wallung zu bringen. Hier war ihr ureigenes verborgenes Reich, in dem sie ihre Geliebte in den Armen hielt, diese sinnliche Hexe mit ihren weichen Rundungen. Bei ihr konnte sie sich

fallen lassen. Hier fühlte Senona ihr Herz schlagen und konnte darauf warten, dass es stehen blieb, bis im Raum nur noch Felicitas war und der zarte, über sie beide schwebende Duft der Verführung.

Für ihr neues Zimmer hatte sich Felicitas zu ihrem alten Radio einen modernen Plattenspieler gekauft. Deswegen wollte Senona die Freundin heute mit Mozart überraschen und ihr eine Platte mit der wundervollen Musik des Wieners schenken, die überirdischen Melodien aus der Zauberflöte. Wolfgang Amadeus fing für die Menschen göttliche Klänge ein, Geschenke himmlischer Heerscharen. Aber Felicitas sah kaum auf, als ihre Freundin in das Zimmer rauschte und beinahe andächtig die Platte mit dem Bild des weiß gelockten, engelhaften Mozarts neben sie, auf den unteren Teil des Bettes legte. Wie betäubt saß sie da und drehte mechanisch an den Knöpfen des Radios. „Freust du dich nicht?", fragte Senona leise, unsicher geworden.

Jetzt erst lächelte Felicitas, etwa traurig zwar, aber immerhin, öffnete die Arme und zog sie an sich. „Doch natürlich. Danke, mein Schatz. Komm, lass sie uns gleich hören", meinte sie scheinbar leichthin und griff nach der Platte.

„Was ist denn los?", fragte Senona. „Irgendetwas bedrückt dich doch." Aber anstatt zu antworten, machte Felicitas das Radio aus, stand auf, und schritt langsam durch den Raum zu der kleinen Kommode, auf der der Plattenspieler stand. Bevor die Musik einsetzte, drehte sie sich um und sagte: „Hast du denn die Nachrichten nicht gehört? In Le Mans sind mehr als 80 Menschen bei einem Autorennen ums Leben gekommen." Das war es also. Senona schüttelte den Kopf. Manchmal war Felicitas stark, gerissen wie eine Füchsin, aber manchmal so wie jetzt, da war sie zart, zerbrechlich und hilflos wie ein kleiner, gelber Kanarienvogel im Frühjahrssturm. „Ja, ich habe es auch gehört. Hawthorn bremst einen anderen aus und ein Wagen rast in die Zuschauer."

„Er ist explodiert."

„Aber Hawthorn ist weiter gefahren und hat das Rennen gewonnen."

„Das ist es ja. Immer fahren sie weiter", sagte Felicitas und starrte die Freundin fassungslos an.

„Um zu gewinnen! Hör mal, die Welt machen Männer in rasenden Maschinen. Wir Frauen dürfen sie dabei beklatschen, wenn wir nicht gerade von aus der Bahn geschleuderten Autos oder falsch geworfenen Bomben zerrissen werden. Das war's. Aber auch die Männer verlieren bei diesem Wahnsinn. Antonias Mann zum Beispiel gehört eigentlich zu den Gewinnern, und doch ist er innerlich schon lange abgestorben, so wie ich, bevor ich dich fand und wieder Atmen, Lachen und Hoffen gelernt habe. Aragón in seiner Einsamkeit mag ich nicht einmal mehr ansehen, so sehr schäme ich mich, glücklich zu sein. Aber auch er spielt ja weiterhin mit. Sieger und Besiegter, das ist die Welt der Generäle und Rennfahrer. Und diese Welt beginnt schon jenseits dieser Tür. Wir können es nicht ändern. Wir müssen die Tür fest verschließen. Vielleicht werden wir sie eines Tages öffnen, wenn wir uns auf offener Straße küssen können. Aber das wird noch lange dauern. Immerhin sind wir jetzt hier zusammen." Sie strich ihr übers Haar. „Wir brauchen nicht auf Antonia zu warten." Ihre Augen weiteten sich.

Der Vogelfänger begann. „Du hast Recht, meine Taube, ich bin ganz dumm", flüsterte Felicitas und küsste sie.

Es war Nacht und Marias tastende Hände im Dunklen wurden ihre Augen, ihre Haut zunächst nur geahnte, dann nachgebende Zärtlichkeit, die seine Finger fanden, bevor sie die tiefe Narbe an ihrem rechten Arm entlangliefen, von der sie behauptete, sie rühre aus einem Unfall. Er räusperte sich und sagte. „Du meinst, die Kommunisten hätten gegen die Revolution gekämpft. Du sagst, sie hätten sich alle Waffenlieferungen bezahlen lassen und der spanische Goldschatz wäre beschlagnahmt worden?" „Ja. Und?" Sie lagen nebeneinander geborgen in der Schlafnische ihres kleinen Hauses, eng umschlungen unter der Decke aus grober Wolle und Maria fand es merkwürdig, dass er, nachdem sie es getan hatten, wieder von so etwas anfangen konnte. „Warum konnten eure Leute denn nicht selbst an den Schatz kommen?", fragte er schließlich in die Dunkelheit hinein. „Dieses verfluchte Gold", flüsterte sie. „Die spanischen Könige stahlen es den Indianern, nachdem sie Millionen umgebracht und die Überlebenden versklavt hatten und Stalin stahl es der Bank von Spanien. Oder nein, er lieferte Waffen dafür. Nur waren diese Waffen in erster Linie dazu da, die Revolution zu ersticken. Die Faschisten zu bekämpfen wurde für ihn zweitrangig. Du fragst, warum wir uns nicht einfach das Gold geholt haben? Wir wollten. Dann hätten wir uns selber Waffen besorgen können und wenn die Welt uns schon keine Gewehre gegeben hätte, dann wenigstens die Maschinen, mit denen wir sie selber hätten herstellen können." Sie schwieg lange. Er lauschte ihrem Atem und wartete. Dann sagte sie: „Durruti war deswegen im Spätsommer in Madrid. Sie wollten zwar nicht alles, aber doch einen großen Teil des Goldes mit der Bahn nach Barcelona schaffen. 3000 Milizionäre der Kolonne „Land und Freiheit" standen bereit. Aber wir machten den Fehler, die Bürokraten in den Führungsgremien der CNT einzuweihen. Die setzten Himmel und Hölle in Bewegung, damit der Plan fallen gelassen wurde. Durruti gab nach. Ein verhängnisvoller Fehler. Wenige Wochen später wurde das Gold über Cartagena nach Russland verschifft." Aragón überlegte: „Die CNT-Führer haben kalte Füße bekommen. Wollten es sich wohl nicht mit ihren antifaschistischen Genossen verscherzen, auch nicht mit den Stalinisten." Maria kuschelte sich an seine Schulter: „Du siehst, es ist nicht egal, mit wem man ins Bett geht. Irgendwie wird man doch immer versuchen, es dem Partner recht zu machen." Sie spürte sein Lächeln, dann nahm er ihre Hand und küsste sie. „Sag mal, woher weißt du das eigentlich alles?", fragte er.

Wieder schwieg sie lange. Dann flüsterte sie ganz leise, so dass er erst meinte, er hätte sich verhört: „Von meinem Mann. Er kämpfte in der Kolonne ‚Land und Freiheit'. Er erzählte es mir, als er mich bald darauf in Barcelona besuchte. Zum letzten Mal." Aragón schob Maria sanft von sich, richtete sich halb im Bett auf und versuchte, sie anzusehen, aber in der Nacht waren nur Schatten. Dann legte er seinen Kopf auf ihren Busen, verbarg ihn vor einer Welt, die er nicht verstand, vor einem Krieg, der ihn zerrissen zurückgelassen hatte und vor dem er nur hier bei ihr Zuflucht finden würde.

19. Juli 1936

„Juliano?" Fassungslos starrte Fernando, Polizist der Guardia de Asalto, zu seinem Neffen herüber, dann brüllte er: „Bleib, wo du bist!" Geduckt lief er hinter der Barrikade an seinen Kameraden und den bewaffneten Arbeitern vorbei zu dem Achtjährigen, der an der Straßenecke mit einem anderen Jungen eine kleine Kiste heranschleppte.

Es war der längste Morgen aller spanischen Sommer, denn die Erhebung der Faschisten begann hier mit dem ersten Strahl der Sonne, noch bevor die Schwalben sich aufmachten, zwitschernd durch die Häuserschluchten der Innenstadt zu segeln und selbst die Vögel in den Büschen entlang der wartenden, lang gestreckten Fabrikhallen der Vorstädte begannen gerade erst zu singen. Die Menschen aber waren wach. Übernächtigt, blass, schlaflos, fieberten sie diesem Morgen entgegen, manche schon seit vielen Jahren, einige ihr ganzes Leben. Die Anarchisten lauerten, verteilt in kleinen Gruppen, in zentral gelegenen Wohnungen und in der Nähe der entscheidenden Straßen, damit sie möglichst schnell Barrikaden bauen konnten. Um jeden Preis mussten sie die Generäle aufhalten, die sich gegen die Republik verschworen hatten, und sie daran hindern, ihre Diktatur zu errichten. Die Arbeiterinnen und Arbeiter wussten: Diesmal gab es kein Zurück und sollten sie im Sturm, der an diesem wolkenlosen, warmen Julimorgen aufzog, untergehen, wäre alles verloren.

Aber auch für ihre Feinde, für die schneidigen Offiziere, die angespannt dem Befehl zum Losschlagen entgegenfieberten, stand alles auf dem Spiel. Ihr Traum galt einem Spanien, in dem sie die Herren und Gottes Wort Gesetz sein würden. Ein Staat, der fähig wäre, gegen jeden, der sich ihm in den Weg stellte, eine Armada mit tausend Segeln auszusenden, die nicht untergehen würde. Sie träumten von einer Nation, so stark wie Mussolinis Italien oder Hitlers Deutschland, errichtet von kräftigen, hart trainierten Soldaten mit stählernen Armen und eisernem Willen. Dafür warteten sie auf das vereinbarte Signal, saßen in Gruppen zusammen in den eleganten Kommandostuben der Kasernen und in der Marinebasis am Hafen. Letzterer Ort war der Anflugplatz für General Goded, dem Anführer der nationalen Erhebung, der sich zurzeit noch auf den Balearen auf seinen großen Auftritt vorbereitete.

Die Offiziere, angefangen bei den Hauptleuten bis hin zu den Generälen, tranken Kaffee und rauchten. Viele Anarchisten, in ihren engen Wohnungen dicht zusammengedrängt, rauchten ebenfalls ununterbrochen. Unmengen von Zigaretten gingen in Qualm auf, der die Wartenden auf beiden Seiten in dichten Schwaden umhüllte. Auch einige der Arbeiteraktivisten tranken große Mengen Kaffee, den sie für besondere Gelegenheiten aufbewahrt hatten. Schweigend sahen sie sich an, wissend, dass dies für einige von ihnen ihr letzter Morgen sein würde. Sie warteten. Bis endlich das Telefon klingelte und eine halblaute Stimme aufgeregt berichtete: „Die Soldaten verlassen die Montesa Kaserne, sie rücken ins Stadtzentrum vor." Der Sturm brach los. Wie vereinbart, begannen in den Vororten die Fabriksirenen zu heulen. An verabredeten Plätzen trafen sich die Gewerkschaftsmitglieder, verteilten untereinander Waffen, die einige von ihnen zum Teil erst in dieser Nacht aus den Jagdgeschäften geholt hatten. Dann stiegen sie in die beschlagnahmten Autos und Lastwagen und fuhren ihrerseits in Richtung Stadtzentrum, um den Arbeiterinnen und Arbeitern dort zur Hilfe zu eilen. Die strömten bereits auf die Straßen und errichteten aus zuvor bereitgelegten Steinen Barrikaden, eine der längsten quer über der Plaza de España. Aber diejenigen, die hinter dieser schnell errichten Mauer lauerten, den Atem anhielten und die Soldaten erwarteten, konnten nicht ahnen, wie uneinig ihre Feinde, Militär und Polizei, diesmal waren.

In der Montesa Kaserne hatte der Hauptmann der Guardia Asalto seine Bereitschaftspolizisten antreten lassen, ihnen fest in die Augen gesehen und gebrüllt: „Kameraden, heute geht's ums Ganze. Wir müssen die Roten aufhalten, die sich überall in der Stadt zusammenrotten! Fürs Vaterland!" Niemand jubelte, ernst sahen sich die Männer an, unschlüssig, sie ahnten, dass ihr Befehlshaber sich mit den Generälen gegen die Republik erhob. Viele von ihnen waren Anhänger der katalanischen Esquerra Republicana, die schon seit Monaten vor einem Militärputsch warnte. Der Hauptmann gab den Befehl, auszurücken und einen Befehl musste man ausführen, aber sie fragten sich, ob dies auch dann gelten konnte, wenn sie dabei waren, ein Verbrechen zu begehen. Aber zunächst gehorchten sie noch und rückten aus der Kaserne aus.

Sähe ihnen aber jemand in ihre finsteren Gesichter, wie sie da in Augenhöhe zu den regulären Militäreinheiten die Straßen zum Stadtkern hinuntermarschierten, er würde es mit der Angst bekommen. Noch warfen die Polizisten sich nur immer wieder gegenseitig wilde Blicke zu, warteten ab. Aber als sie an der Plaza de España anlangten und sahen, wie hunderte einfacher Männer und Frauen sich hinter die rasend schnell entstandene Barrikade warfen, um die Kolonnen schwer bewaffneter Soldaten mit nichts anderem als ein paar Pistolen und alten Jagdgewehren aufzuhalten, blieben sie stehen. Und als die Scherben von den von Balkonen geschleuderten Blumentöpfen ihnen um die Ohren flogen und die Frauen ihnen „Mörder, Mörder" hinterher schrieen, da wussten sie, in diesem Augenblick mussten sie sich entscheiden. Schnell entwaffneten sie ihren verblüfften Hauptmann, ließen ihn alleine vor sich hinfluchend mitten auf der Straße zurück. Dann stürmten sie los und noch während sie losrannten, warfen sie ihre Mützen weg und ihre Abzeichen, die sie sich von ihren Uniformen rissen, hinterher. Einige Soldaten, die sich nur wenige hundert Meter von ihnen entfernt sammelten, begannen auf sie zu schießen und die Polizisten erwiderten das Feuer. Während die Männer der Guardia Asalto am Rande der Plaza España in Richtung Barrikade zum Volk überliefen, drehten sie sich um und schossen im Laufen auf die Soldaten, die nun Deckung suchen mussten. Als die Bereitschaftspolizisten sich hinter die Steinmauer warfen und sich unter die Arbeiter mischten, brachen diese in unbeschreiblichen Jubel aus. Ein wildfremder, außergewöhnlich großer, bärtiger Mann stürzte sich auf Fernando und umarmte ihn stürmisch. Mühsam befreite er sich aus den kräftigen Armen des Hünen. Dann stimmte Fernando begeistert in den allgemeinen Ruf der Arbeiter ein. „Es lebe die FAI! Es lebe die CNT!"

Aber inzwischen hatten die Soldaten am anderen Ende der Plaza de España hinter eilig herbei gekarrten Sandsäcken eine Kanone aufgebaut und begannen, die Barrikade der Arbeiter zusammenzuschießen. Einige lange Minuten lang sah es so aus, als würden sie mit diesem mörderischen Beschuss den Platz leer fegen. Aber die Verteidiger der Barrikade ließen sich nicht einschüchtern. Mit grimmigen Mienen bargen sie ihre Opfer und begannen verbissen, die Mauer erneut und besser zu befestigen, ließen das Regiment nicht durch. Hielten die Plaza de España. Zwei Stunden später, lieferten sich hier die Soldaten aus der Kaserne, die das Zentrum besetzen wollten, immer noch ein heftiges Feuergefecht mit den Militanten der CNT, unter ihnen auch einige Frauen und den zu ihnen übergelaufenen Polizisten. Inzwischen wurde allerdings überall in der Stadt gekämpft. An einigen Stellen war es den Arbeitermilizen bereits gelungen, die Militärs zurückzuschlagen, an anderen stand es unentschieden wie hier. Fernando versuchte gerade, den Schützen der Kanone mit einem gut gezielten Schuss auszuschalten, als er seinen Neffen rufen hörte. Zunächst dachte er, er habe sich getäuscht, aber dann sah er den Jungen am Ende einer der Gassen stehen, die zum Platz führten, und aufgeregt winken.

Ungläubig setzte Fernando das Gewehr ab, starrte hinüber, warf dann seine Waffe über die Schulter und rannte so schnell er konnte zu Juliano. Gezielt nahmen ihn die Montesa Soldaten unter Beschuss, feuerten aus ihrer Deckung hinter den Sandsäcken heraus. Ein Maschinengewehr ratterte los, versuchte, ihn zu erwischen. Beim Laufen achtete er nicht darauf, dass sein Kopf einige Male über der Steinmauer auftauchte. Dumpf schlugen die Kugeln in die hinter der Barrikade liegende Fassade des Rathauses Hostafranca ein.

Atemlos warf sich Fernando in den Schutz des ersten Hauses der Gasse. Der verschwitzte Mann legte sein Gewehr zu Boden, kniete nieder, um mit den beiden Kindern in Augenhöhe zu sein. Mühsam beherrscht rief er: „Juliano, was machst du hier in der Stadt? Warum verdammt noch mal bist du nicht zu Hause auf dem Hof?"

Im Hintergrund krachten ununterbrochen Schüsse, weiter entfernt wieherte ein Pferd, schrill und durchdringend. Überrascht rieb sich Juliano die Augen. Kaum erkannte er seinen Onkel wieder: Fernando hatte sich seiner Uniform entledigt und trug als Erkennungszeichen eines der schwarz-roten Tücher der CNT um den Hals. Sein Hemd war an der rechten Schulter zerrissen und unter den Stofffetzen zeichnete sich deutlich der dunkle Fleck vom Rückschlag des Gewehres ab. Auch die Jungen waren völlig außer Atem, ihre Köpfe vor Anstrengung gerötet. „Was macht ihr hier?", wiederholte Fernando. „Wie hast du mich überhaupt gefunden?" Juliano schnappte nach Luft: „Wir haben die Männer vor der Kaserne gefragt. Die meinten, ihr wäret hier zum Platz marschiert."

Im Stillen verfluchte Fernando denjenigen, der die Auskunft gegeben hatte. „Hör mal, Juliano, hör mir mal genau zu! Ihr lauft jetzt sofort zu Tante Josefa, sie wohnt ja nicht weit von hier! - Und ihr müsst umkehren und einen anderen Weg suchen, wenn ihr irgendwo Soldaten oder Gruppen von Bewaffneten seht. Wenn gekämpft wird."

„Schau doch mal, was wir mitgebracht haben!", rief Juliano und schob den Deckel der Kiste beiseite, unter dem ein halbes dutzend Handgranaten zum Vorschein kamen. In diesem Augenblick lief, eine Pistole in der Hand, ein untersetzter, älterer Arbeiter an ihnen vorbei zur Barrikade, warf dabei Fernando einen bösen Blick zu und rief: „Bring die Kleinen hier weg!" „Was meinst du, was ich hier mache", brüllte der zurück und wandte sich dann wieder an die Jungen: „Woher habt ihr das?" Juliano, der Fernando noch immer in einer Mischung aus Verblüffung und Begeisterung anstarrte, wies vage in eine Richtung.

„Da drüben, da sind viele erschossen worden, die Kiste stand in einem Hofeingang."

Fernando griff sich den Jungen und begann, ihn leicht zu schütteln: „Hör zu! Ich kann nicht kämpfen, wenn du hier in der Gegend herumläufst und Waffen aufsammelst. Ich muss dann immer an dich denken und irgendeiner von den Schweinehunden da drüben auf der anderen Seite des Platzes erwischt mich. Ganz bestimmt! Das verstehst du doch, oder?"

Der andere Junge, den Fernando nicht kannte, und der etwas älter war als sein Neffe, sagte: „Aber die Granaten könnt ihr doch gut gebrauchen, oder?"

„Darum geht es nicht!", fuhr ihn Fernando an. „Ihr lauft jetzt sofort nach Hause. Ich sehe, ihr zwei seid sehr mutig. Aber ihr helft uns am meisten, wenn ihr tut, was ich sage. - Also, was ist jetzt, versprecht ihr es mir?" Eingeschüchtert nickten die beiden. „Also denn", er umarmte Juliano kurz, bevor er ihn wegschubste und die Jungen zu laufen begannen. „Beeilt euch!", rief er ihnen hinterher. Als er sah, dass sie wirklich in Richtung von Josefas Wohnung liefen, schulterte er sein Gewehr, klemmte die Kiste unter den Arm und suchte sich wieder einen Platz hinter der Barrikade. Als die Arbeiter die Handgranaten unter sich aufteilten, lächelte er grimmig. Was hatte er nur für einen Neffen! Er betete, dass den beiden Jungen nichts passierte. Dann wandte er sich wieder dem Kampf zu, lud sein Gewehr nach, legte an, zielte und wartete, bis der gegenüberliegende Schütze an der Kanone unvorsichtig wurde...

Gegen Mittag brachten die Verbindungsmänner der FAI ermutigende Nachrichten.

Überall in der Stadt siegten die Arbeitermilizen, die meisten Armeeeinheiten hatten sich ergeben oder waren zum Volk übergelaufen. Nur die Plaza de España, die Telefonzentrale, das Hotel Colon und die Atarazana Kaserne befanden sich noch in den Händen des Militärs.

Trotz der Erschöpfung und Anspannung lächelte Fernando zufrieden: Es würde nicht mehr lange dauern und der Putsch war gescheitert, zumindest hier in Barcelona.

„*Sieh* mal, die schmeißen alles auf die Straße!" Verblüfft blieben Juliano und sein Freund Gustavo stehen und sahen den Frauen zu, jungen und alten, die Stühle und Tische aus der zerschlagenen Eingangstür einer Bank heraus schleppten und sie mitten auf die Calle de Mallorca warfen. Einige andere trugen lachend Papierkörbe hinterher und leerten sie über den größer werdenden Haufen aus. Banknoten flatterten im milden Wind des Sommertages. Ein kleines Vermögen. Irgendjemand schien etwas Benzin aufgetrieben zu haben und ehe sich die Kinder versahen, brannte alles, was zuvor in der Bank gewesen war, lichterloh. Ein angesengter Geldschein wehte zu ihnen herüber. Juliano hob ihn auf und betrachtete kurz die Glut, die das Papier versengte. Dann ließ er ihn wieder in den Staub der Straße fallen. Die Frauen lachten die Kinder an, die ihnen aus einiger Entfernung zusahen. „Warum machen die das?", fragte Juliano erstaunt. „Na, jetzt brauchen wir kein Geld mehr, jetzt wird uns bald alles gehören", meinte Gustavo im Brustton der Überzeugung.

„Komm", rief Juliano plötzlich begeistert, „da ist Tante Josefa."

20. Juli 1936

„**Wo** sind eigentlich Martin, Gambion, Gille, Ronaldo? Wo sind die denn alle?" Verwirrt liefen die Jungen durch die Ställe, in denen die Pferde ohne Futter standen, unwillig schnaubten und gegen die Holzverhaue traten. „Das gibt es doch nicht, die müssen in der Nacht in die Stadt abgehauen sein. Wenn ich doch auch nur dageblieben wäre, aber meine Tante hat mich ja nicht gelassen", jammerte Juliano. Pablos Augen weiteten sich. „Du meinst sie sind wegen der Revolution weg? Das muss ich Vater sagen, komm." Im Staub des Stallbodens wirbelten sie herum, über ihnen die flitzenden Schwalben. So schnell sie konnten liefen sie über den Hof ins Gutshaus, das heute allein und sehr verwundbar den Morgen erwartete.

Die Schritte von Juliano und Pablo hallten im gekachelten Empfangsraum, bevor sie überrascht stehen blieben. Auch hier war niemand, weder das Kindermädchen Juana, noch der alte Cardoso, der Schatten des Herrn, der hier sonst Gäste begrüßte. Aber dann hörten sie eine vertraute Stimme aus dem Salon. Als sie hineinstürmten, beachtete Pablos Vater sie zunächst nicht. Zusammengesunken saß er im Korbstuhl, hing kraftlos am Telefonhörer. Juliano wusste, der Herr hatte oben im Büro noch einen zweiten Apparat, aber von hier unten aus war er schneller erreichbar, wenn er von den Ställen kam, wo er gewöhnlich die Tagesanweisungen erteilte. Seine normalerweise energische und forsche Stimme klang jetzt fast ängstlich und ungläubig:
„Cardoso, was redest du da für einen Unsinn. Wie meinst du das, die Soldaten haben aufgegeben?"
„Die Kasernen sind gestürmt, die Offiziere erschossen, die Mannschaften sind zu den Arbeitern übergelaufen", sagte der Verwalter am anderen Ende der Leitung.
Señor Gonzales schwieg lange. „Herr, sind Sie noch da?", fragte Cardoso.
„Ja", flüsterte er, „noch bin ich da, aber womöglich nicht mehr lange. Das ist das Ende." Schweißtropfen bildeten sich auf Gonzales Stirn.
„Und es ist kein Zweifel möglich?", fragte er noch einmal tonlos, obwohl er die Antwort bereits kannte.
„Hören Sie denn nicht den Jubel von der Straße. Ich bin froh, dass ich Sie noch erreiche, ehe hier nichts mehr funktioniert. Die Stadt gehört den Anarchisten."
„Wann kannst du hier sein?"

„Kümmern Sie sich nicht um mich. Mir wird nichts geschehen. Aber Ihnen kann jetzt niemand mehr Sicherheit garantieren. Vor allem: Die Miliz beschlagnahmt alle Autos."

Gonzales sah auf und nahm zum ersten Mal die Gegenwart der beiden Jungen wahr. Sorgenvoll betrachtete er seinen Sohn und Juliano, die wie zu Stein erstarrt, zwischen den meterhohen kostbaren Vasen und Statuen mitten im Raum standen und dem Telefongespräch lauschten. In die Stille, in der sich der Mann und die Kinder ansahen, brach das Wiehern der aufgebrachten Pferde.

„Gut. Cardoso, du weißt, wo du uns findest und dass in unserer Familie immer ein Platz für dich da sein wird."

„Danke Herr. Ihr müsst sofort fahren. Packt nichts, in ein, zwei Stunden weiß ganz Spanien, was hier geschehen ist. Ich danke euch für alles."

„Nein, mein alter Freund, ich habe dir zu danken. … Leb wohl."

Langsam legte Gonzales den Hörer auf. „Pablo, hol Mama, sie wird noch schlafen. Sag, ihr sie soll sich beeilen und nur das Nötigste packen. Ich komm gleich nach." Pablo erbleichte und sah sich nach Juliano um, während sein Vater Gonzales in sein Jackett schlüpfte und zum Kamin ging, über dem zwei Pistolen aus dem Marokkokrieg hingen. „Ich fürchte, ihr müsst euch verabschieden", sagte er zu den Jungen. Verwirrt und ängstlich sah Pablo seinen Freund noch einmal kurz an und sauste dann die Treppe nach oben. Gleichzeitig verließ auch sein Vater mit langen Schritten den Salon. Bereits in der Tür, drehte er sich noch einmal um und betrachtete Juliano traurig, aber nicht unfreundlich. „Lauf nach Hause, Juliano. Euch werden sie nichts tun." Unschlüssig stand der Junge inmitten des Raumes und rührte sich nicht. „Nun geh schon", drängte Gonzales.

„Aber die Pferde, Señor?"

Der Gutsbesitzer stutzte, dann lächelte er bitter. „So, sind sie schon alle gegangen, was? Deswegen ist auch Juana verschwunden. Nun sie werden bald zurückkommen. Solange müssen die Pferde wohl warten."

Juliano rührte sich nicht vom Fleck.

Gonzales seufzte. „Also, gut, wenn du willst, dann gib ihnen Wasser, danach mach aber, dass du fort kommst", sagte er und wandte sich dann eilig ab, lief aus seinem mächtigen Haus zum Schuppen, um den Wagen vorzufahren.

So kam es, dass Juliano mühsam einen für ihn viel zu schweren Eimer Wasser vom Brunnen zum Stall schleppte, als Pablo und seine

Mutter hastig mehrere Koffer die Stufen zum Haus herunterzerrten, auf den sandigen Platz zwischen den Gebäuden stehen blieben und sich verwirrt umsahen. Schon fuhr Señor Gonzales seinen ganzen Stolz, einen gelben Hispano-Suiza, vor. Vom berühmten Schweizer Ingenieur Marc Birkigt in Barcelona konstruiert, war er ein kleines Vermögen wert, war *das* Statussymbol der hiesigen Aristokratie. Nachdem Gonzales die wild gestopften Koffer auf den Rücksitz seines Wagens geworfen hatte, half er seiner jungen Frau hinein, hob Pablo hinterher und setzte sich hinter das Steuer. Während der Gutsherr den Motor startete, rief Pablo verzweifelt seinen gezähmten Hund, der verschwunden zu sein schien. Doch dann schoss das struppige Tier plötzlich, wie von einer Wespe gestochen, aus dem Stall und begann bellend, um den abfahrbereiten Wagen herum zu springen. Immer wilder sprang der Hund, das Bellen steigerte sich zum hysterischen Kläffen. Juliano sah, wie Pablo zu weinen anfing. Sein Vater drehte sich zu ihm um und sprach zornig auf ihn ein. Dann schlug er wütend die Hände aufs Lenkrad, stieg wieder aus, packte den Hund, öffnete die Tür zum Rücksitz und warf ihn grob zu Pablo in den Wagen. Dann fuhren sie los. Juliano stellte den Eimer vor den Ställen ab, sprang auf den Weg und lief so schnell er konnte ein kurzes Stück neben dem Wagen her. Wie versteinert saß Pablos schöne Mutter auf dem Vordersitz neben ihrem Gatten. „Sie scheint noch zu schlafen", dachte Juliano, während ihm langsam die Puste ausging. Mit seinem vom Weinen verquollenen, nun aber wieder gefassten Gesicht drehte sich Pablo zu ihm um und winkte traurig, der Hund hatte den Kopf unter seinen Arm geklemmt und sah ebenfalls Juliano hinterher, der allmählich zurückblieb. Señor Gonzales hupte noch einmal. Dann verschwand das Auto in einer Staubwolke, die sich nach Norden bewegte. „Jetzt sind sie fort", murmelte Juliano mit leisem Bedauern. Gerade wollte der Junge sich wieder zum Stall wenden, da tauchte wie eine Erscheinung, noch im gerade aufgewirbelten Sand der Straße, seine Mutter auf. Verschwitzt klebten ihre dunklen Haare unter dem schwarzen Kopftuch und das sonst so sorgfältig gebundene Kleid war vom schnellen Lauf aufgegangen. Normalerweise war für Juliano seine Mutter Dolores die schönste Frau, noch viel schöner selbst als Señora Gonzales, auch wenn ihr Kopf kugelrund war und ihre Wangen gewöhnlich wie Pfannkuchen glänzten. Oder vielleicht gerade deswegen. Jetzt aber zuckte er zusammen, als sie sich mit verzerrten Zügen auf ihn stürzte wie ein Habicht auf die Beute, ihn wütend an sich riss und ihn auf den Arm stemmte. Ihre Augen sprühten vor Empörung. „Da bist du ja. Mein Gott, danke, ich dachte schon, du wärst schon wieder in die Stadt ausgerissen. Es reicht, wenn sich Josefa gerade um Kopf und Kragen bringt. Du kommst sofort mit ins Dorf."

„Müssen wir auch weg?", fragte Juliano. Die Mutter zögerte, starrte einen Moment auf die Straße, auf der eben der Hispano-Suiza verschwunden war. „Nein, aber heute bleiben wir im Haus, heute ist kein Tag, um herumzurennen, nicht zwischen diesen elenden Mannsbildern, die versuchen, sich gegenseitig umzubringen. Komm jetzt!"

„Ich muss aber den Pferden noch Wasser geben."

„Du musst gar nichts. Die Verrückten werden bald genug hier sein, um sich die Pferde zu holen. Und wenn sie auch sonst nichts zustande bekommen werden, die Tiere lassen sie nicht zugrunde gehen."

Noch vor Mittag fuhr ein Auto auf den Hof, das fast so schön war wie das von Herrn Gonzales. Nur dass in ihm schmutzige, verschwitzte Männer saßen. Männer mit von der Sonne verbrannten, von schwerer Arbeit zerfurchten Gesichtern und Händen. Zu neunt hatten sie sich in den von ihnen beschlagnahmten Citroen gequetscht. Zwei der Jüngeren, mit ihren Gesäßen über den Hintertüren, klammerten sich so gut es ging am Dach fest, schienen aber jeden Moment in Gefahr zu sein, heraus zu fallen. Als der Wagen hielt, schulterten sie die Gewehre, sprangen ab, das Metall der Pistolen und Messer in ihren Gürteln glitzerte im Sonnenlicht. Einige der Männer waren verwundet, Gille trug einen von Blut durchtränkten Verband um den Kopf. Trotzdem strahlte der Landarbeiter wie ein Honigkuchenpferd. „Jetzt wird Gonzales aber ein Auge reißen."
„Den ausstehenden Lohn soll er uns auch sofort auszahlen", rief Martin. Dann stutzten sie, sahen sich ungläubig um. Kein Kindermädchen und kein Cardoso, die sie schimpfend in Empfang nahmen. Die Türen des Schuppens waren offen, der Wagen fehlte. Die Arbeiter fluchten und spuckten aus. Das Haus hinter der einen Spalt weit geöffneten Eingangstür war verwaist. Gonzales war abgehauen!

Aber vielleicht war es auch besser so, schließlich waren sie sich nicht einig gewesen, was mit dem Gutsherren geschehen sollte. Einige wollten kurzen Prozess machen, andere meinten, so schlimm sei der Mann nun auch wieder nicht gewesen.

Aber jetzt, wo Gonzales von alleine geflohen war, würde das Gut ihnen gehören. Noch am gleichen Tag holten die Arbeiter ihre Familien aus den Baracken unten am Hügel und teilten sich die Räume des Herrenhauses auf. Auch die Zimmer der Köchin und des alten Dieners Cardoso, der verschwunden blieb.

Wenn Juliano in den folgenden Tagen noch vor Sonnenaufgang aufwachte und sich in das Zimmer seiner Eltern schlich, ihre von Sorgen selbst noch im Schlaf gezeichneten Gesichter betrachtete, dann konnte er förmlich ihre Angst vor der Zukunft spüren, vor der nicht einmal die Nacht sie erlöste. Im Gegenteil, in der Nacht hallten Schüsse, drang der Klang der Feiern aus den Arbeitervorstädten bis hinauf zum Landgut. Etwas zu laut, um seine Eltern mitfeiern zu lassen. Ganz anders als der Vater von Gustavo, Martin, der als ehemaliger Knecht jetzt stolz zu Pferd durch das Dorf ritt. Eines Morgens, als Juliano und Gustavo gerade dabei waren, im Schatten einer Scheune Holzsäbel zu schnitzen, kam Rosa um die Ecke gerannt. Ihr Gesicht war verschwitzt und strahlte geheimnisvoll. Energisch stemmte sie die Arme in die Seiten und baute sich vor den beiden auf. „Kommt mal mit, ich will euch was zeigen!"

Seit dem zwanzigsten Juli trug Rosa immer ein rotes Kopftuch über ihre schwarzen Locken und wurde deswegen von den anderen Kindern nur noch Rosa Revolutionare genannt. Sie war einige Jahre älter als die beiden Jungen und einen ganzen Kopf größer. „Kommt mit", befahl sie wieder. Das hübsche Mädchen duldete keinen Widerspruch. Also warfen Juliano und Gustavo die halbfertigen Holzsäbel an die ausgeblichene Bretterwand der Scheune und rannten hinter Rosas fliegenden Locken her. Zielstrebig steuerte sie die Mitte des Ortes an und das hieß: Die Kirche.

Johlend rannten die Jungen hinter Rosa mitten auf den Kirchenvorplatz und blieben wie angewurzelt stehen. Groteske, ausgedorrte Monster erwarteten sie.

Jemand hatte die Gewölbe unter den steinernen Platten des Gotteshauses geöffnet und die uralten Leichen der vor Jahrzehnten, ja vor Jahrhunderten verstorbenen Mönche und Nonnen in die gleichgültigen Strahlen der Morgensonne gestellt. Eingefallene, zahnlose Münder, leere Augenhöhlen aus schwarz-braunen zu Leder gewordenen Mumien starrten den Kindern entgegen. Erschrocken schrieen Juliano und Gustavo auf und rannten unwillkürlich ein ganzes Stück zurück in den Schutz der Gassen.

Auch drei alte Frauen, die Obst und Gemüse in die zum Lagerhaus umfunktionierte Kirche bringen wollten, stellten abrupt ihre Körbe ab und schüttelten heftig die Köpfe. „So geht das nicht!", riefen sie und liefen aufgebracht zu Miguel, dem Schuster, und als sie den nicht zu Hause antrafen, zu José, dem Schlachter, der in seinem Laden in seiner ganzen männlichen Massigkeit gerade dabei war, das Fleisch einiger Kaninchen zu zerlegen, die ihm sein Schwager am

frühen Morgen gebracht hatte. Wie üblich redeten alle durcheinander:
„Hör mal José, die Toten müssen wieder in ihre Gräber zurück." „Schlimm genug, dass die jungen Burschen diese Schweinereien in Barcelona machen, dann müssen das die Dorftrottel hier nicht auch noch nachtun." „Jeder Pfarrer gehört in die Hölle", warf der Schlachter ein. „Was? Vielleicht haben sie den Tod verdient, ja." Die verrunzelte Älteste wackelte heftig mit dem Kopf. „Sie segnen die Unternehmer, während die uns aushungern. Bespritzen Polizisten mit Weihwasser, bevor sie unsere Demonstrationen zusammenschießen. Sie segnen die Gutsherren auch, wenn die unseren Mädchen Gewalt antun. Aber diese Leichen, sie sind schon tot." „Wer weiß, vielleicht sind ja einige darunter, die in ihrem Leben anständig geblieben sind." „Sag mal ehrlich, José, du willst auch nicht ausgestopft und angegafft werden, wenn du hinüber bist, gerade du nicht." – „Wieso gerade ich nicht?", fragte der Angesprochene, der umringt von den drei Marktfrauen langsam ins Schwitzen geriet. Keine antwortete. „Also, was soll der Spuk?", begann die Wortführerin wieder. „Ja, die Kirche betrügt uns von vorne bis hinten. Das wissen wir. Aber deswegen muss man ja nicht Kadaver ausstellen, oder? Außerdem sind die Pfarrer ja nicht alle gleich schlecht. Ich hab sogar von einem gehört, der seine Kirche verlassen und ein Mädchen geheiratet haben soll. Selbst Durruti soll einen früheren Pfarrer in seine Kolonne aufgenommen haben. Und dann" – der Alten kam der rettende Einfall – „hat mal jemand daran gedacht, was aus dem neuen Lagerhaus werden soll, he? Wie sollen wir denn da frisches Obst verteilen? Saftiges, gesundes Leben, wenn uns der faulende Tod über die Schultern dabei zusieht?" Eine andere schimpfte: „Gibt es denn jetzt, wo überall gekämpft wird, nicht schon genug Tote, müssen da noch die alten Leichen ausgebuddelt werden? Lass mich nur mal die Witzbolde in die Hände bekommen: Denen werd ich schon ihre missratenen Ohren lang ziehen." „Also bitte José, schaff die Toten wieder unter die Gruft und zwar am besten sofort. Die Ärmsten zerbröseln ja schon in der Sonne." José seufzte, deckte das Fleisch in der Theke zu, zog seine Blut bespritzte Schürze aus und verließ mit den drei Alten im Schlepptau seinen Laden. Mürrisch stapfte er zum Haus seines Nachbarn, erklärte ihm kurz, worum es ging, bevor sie sich gemeinsam an die Arbeit machten. Und so kam es, dass noch bevor der Betrieb im neuen Lagerhaus „Kirche" richtig losging, die Leichen wieder in die Gruft gebracht worden waren und ein schwerer Stein über

den Eingang geschoben wurde und noch ein weiterer oben drauf, damit die unter der Erde da auch bleiben würden.

Juliano aber träumte noch viele Monate von eingefallenen Leichen, deren Kleider in Fetzen über ihren Knochen hingen. Diese Toten sahen nicht gerade so aus, als ob sie im Paradies sehr glücklich wären und das ließ dem Jungen keine Ruhe. Ließ seine Gedanken abschweifen, wenn er mit Mama zusammen zu Gott sprach, ließ ihn sich ängstlich unter die Decke kauern, wenn nachts von der Stadt her wieder Schüsse das melancholische Zirpen der Grillen zerrissen, die um ihr kleines Haus herum im dürren Gras herumkrochen.

Rosa aber, der Wirbelwind, der Schatz und Abgott ihres Vaters, der irgendwo da draußen in der Kolonne Durruti kämpfte, sie schien die toten Mönche noch am gleichen Tag wieder vergessen zu haben. Sie war unüberwindbar, nichts konnte sie aufhalten. Ja, selbst bei den Piratenspielen mussten Gustavo und er alle Geschicklichkeit aufbringen, um gegen ihre Fechtkünste mit dem hölzernen Säbel anzukommen.

Erst ein knappes Jahr später, als die Kämpfe zwischen Anarchisten und Kommunisten in Barcelona abflauten und zwischen vierhundert und fünfhundert Toten und dreimal so viele Verwundete zurückließen, verschwand Rosas Kopftuch von den Straßen. Ihre Mutter hielt sie zurück. Immer öfter tauchten jetzt Kommissare der wieder mächtig werdenden Generalität auf, der alten republikanischen Regierung Kataloniens, und hielten den Arbeitern Vorträge, sie würden alles falsch machen, vor allem müssten sie das Eigentum achten.
„Gonzales hätte gar nicht zu fliehen brauchen", sagte Julianos Vater jetzt immer öfter. Einmal, als er in einer seltenen Gefühlswallung seine Frau, die am Herd stand, von hinten umarmte, flüsterte er: „Die von der FAI hätten ihn nicht getötet, genauso wenig wie sie uns ein Haar gekrümmt haben, obwohl wir gute Katholiken geblieben sind." Sie drehte sich zu ihm um und sah ihn fragend an. „Mir geht das nicht aus dem Kopf", sagte er. „Eigentlich hat Gonzales die Leute immer gerecht behandelt. Glaube nicht, dass sie ihn getötet hätten, oder? - Jedenfalls, wenn das so weitergeht, dann wird er bald sein Gut zurückbekommen. Mit allem Drum und Dran. Nur die Pferde, die sind weg. Haben sich die Milizsoldaten geholt, damit die Burschen an der Front 'n bisschen was hermachen können, ehe sie dran glauben müssen. Aber die Äcker und die Aprikosenbäume und die Olivenhaine, denen ist es egal, ob sie von einer Kommune oder von Gonzales Leuten bearbeitet werden, das kannst du mir glauben, Dolores." Und Dolores, die nicht viel von Politik verstand, die nur froh darüber war, dass ihr schöner, schlanker Mann seit einigen Monaten in der kollektivierten Kleiderfabrik unten in der Stadt Arbeit gefunden hatte, schwieg. Zufrieden, dass die sorgfältige Arbeit ihres Mannes sowohl vom alten Herren als auch von den einfachen Arbeitern geschätzt wurde, zuckte sie mit den Achseln und rührte die Suppe weiter, mit der sie heute ihren Juliano überraschen wollte, den sie viel zu mager fand.

Ende Januar 1939 Barcelona

Die Menschen fliehen. In der Nacht haben sie in ihren Wohnungen alle Schubladen aufgerissen und nach Dokumenten und Papieren gesucht, die sie belasten könnten. Verbrannt flattern nun deren verkohlte Reste auf den Straßen, bis sie im Rinnstein liegen bleiben. Autos rasen durch die Stadt. Als erstes haben sich die Anführer aus dem Staub gemacht, auch Präsident Negrín. Ihnen folgen Zehntausende der verschiedenen antifaschistischen Parteien und die Reste der anarchistischen Gewerkschaften, sie alle fliehen. Es kommt zu hässlichen Szenen: Bewaffnete Männer halten Lastwagen an, zwingen Frauen und Kinder abzusteigen, um sich selbst in Sicherheit zu bringen. Eine Hoffnung bleibt: Es heißt, im Nordwesten leiste als einzige noch die 26. Division, die ehemalige Kolonne Durruti unter der Leitung von Ricardo Sans Widerstand gegen die vorrückenden Truppen Francos. Tatsächlich gelingt es ihnen, die Faschisten gerade lange genug aufzuhalten, damit der ungeheure Flüchtlingsstrom von über zweihunderttausend Menschen, der sich durch Katalonien wälzt, die französische Grenze erreichen kann.

Auch auf der Kommune Tierra libre, dem ehemaligen Besitz Gonzales, bleibt nur die Hälfte der Menschen, die das Land als Kollektiv weiter bebaut haben. Aber auf ihrem Vormarsch schenken die Militärs dem Dorf vor der Stadt keine Beachtung. Die Soldaten wissen, was der Caudillo erwartet: Die Fahnen der Falange auf den Regierungsgebäuden Barcelonas. Niemand stellt sich ihnen entgegen. Nur zwei Jungen liegen hinter einem umgestürzten Baum und beobachten die lange Reihe vorbeimarschierender Soldaten.
„Wir müssen doch etwas machen. Wir müssen doch etwas machen!", Gustavo beißt sich auf die Lippen.

Juliano neben ihm schüttelt den Kopf. „Keine Chance."
„Aber wir haben doch noch Waffen. Warum holen wir sie uns nicht und greifen sie von hinten an?"
„Hast du nicht gesehen? Alle fliehen! Niemand glaubt daran, dass noch was zu retten ist."
„Du hast gut reden, deine Familie wartet auf dich, aber mein Vater ist in Teruel verreckt, um die da aufzuhalten", Gustavo nickt mit dem Kopf in Richtung der Soldaten. Juliano schweigt, immer mehr Truppen kommen auf der Straße den Hügel hinunter. Ein Flugzeug donnert über ihnen in Richtung der Stadt. „Komm, lass uns hier verschwinden", flüstert er seinem Freund zu. Aber es ist bereits zu spät. Von der anderen Seite des Hügels dringen Stimmen zu ihnen herüber

und dann erscheint ein Stoßtrupp der Falange auf dem Kamm hinter ihnen. Vorsichtig sehen sich die Soldaten um, bis einer von ihnen die beiden Jungen im Gebüsch entdeckt, er winkt zwei Kameraden heran und die drei Soldaten steigen den Hang hinab. „Auch das noch", flucht Juliano und richtet sich langsam auf. Sein Freund macht es ihm nach. Die Männer rufen: „Nehmt eure Hände schön hoch und kommt langsam aus den Büschen raus." Die beiden Jungen gehorchen. Einige Soldaten aus der Kolonne unten auf der Straße nach Barcelona bleiben stehen, zeigen zu ihnen herauf und verfolgen kurz das Geschehen, aber als sie sehen, dass ihre Kameraden alles im Griff haben, wenden sie sich wieder ab. Der große Mann, der die beiden zuerst gesehen hat, baut sich vor ihnen auf. Das Gewehr im Anschlag mustert er sie misstrauisch. „Was macht ihr hier? Philippe, sieh mal nach, ob sie Waffen weg geworfen haben." Der Angesprochene dringt ins Gebüsch ein und schreitet langsam über die Stelle, wo die Jungen gelegen haben. Als er nichts findet, sieht er zum Anführer herüber, schüttelt den Kopf und zieht die Mundwinkel nach unten. Inzwischen hat der Soldat den anderen Gefährten sein Gewehr gereicht und die beiden Jungen durchsucht. Die Jungen, die noch immer die Hände hinter ihre Nacken gefaltet haben, erwarten das Schlimmste. „Ihr seid Späher, nicht wahr?", fragt der Anführer. Nervös runzelt Juliano die Stirn. „Nein", ruft er. „Wir leben hier, wir wollten nur sehen, was passiert."

„Und dazu müsst ihr in den Büschen herumkriechen, oder was?"
„Wir hatten Angst", sagt Juliano. Verächtlich schüttelt der Soldat den Kopf und spuckt aus. „Und du, was ist mit dir", wendet er sich an Gustavo, der die Soldaten die ganze Zeit feindselig anstarrt. „Es stimmt, wir sind keine Späher", antwortet Gustavo gepresst. Der große Soldat wendet sich ab. „Na ja sei's drum. Ihr könnt die Hände runter nehmen ... Haut schon ab, aber wenn wir euch noch einmal sehen, dann knallt's." Wie betäubt gehen die Jungen einige Schritte zur Straße hinab. Plötzlich dreht sich Gutsavo um und ruft: „Fresst Scheiße, Faschisten!" Da geschieht es, fast noch im gleichen Augenblick. Es ist eine einzige Bewegung, ähnlich der, wenn die Jungen sich in den Gassen den Ball zuwerfen: Der große Soldat legt sein Gewehr an und schießt Gustavo mitten ins Herz.

Einen langen Moment steht Juliano versteinert an diesem Hügel. Die Soldaten starren zornig zu ihm herüber. Mordlust liegt in den Augen des Schützen, der das Gewehr noch immer angelegt hat. Juliano wird sein Gesicht nie vergessen. Überflüssigerweise beginnt irgendein kleiner Vogel zu zwitschern, die Töne kommen aus dem

Gebüsch, das sie eben verlassen haben. Gustavo liegt im Gras auf dem Rücken, sein Hemd färbt sich rot, der Blick geht leer in den grauen Winterhimmel.

„Na, findest du auch, dass wir „Scheiß-Faschisten" sind?", ruft der Soldat. Juliano sagt gar nichts, steht nur da, starrt abwechselnd zu seinem toten Freund und zu dessen Mörder. Zu dem geht nun langsam einer der anderen Männer und legt ihm beruhigend die Hand auf die Schulter, redet leise auf ihn ein, Juliano kann die Worte nicht verstehen. Der Schütze lässt das Gewehr sinken, dann bückt er sich und schnürt seinen Stiefel, bevor er sich aufrichtet und abwendet. Ohne einen weiteren Kommentar steigen die drei Soldaten den Hügel wieder herauf, den gleichen Weg, den sie gekommen waren. Lassen am Hang neben dem toten Freund einen zitternden Jungen zurück. Der steht allein oberhalb Francos marschierendem Heer, das sich siegesgewiss auf das einstmals stolze und nun wie ausgestorben daliegende Barcelona zu bewegt.

Als alles vorbei war und am Ende Gonzales wirklich zurückkehrte, blieb nur Bitterkeit. Die Suppe wurde dünner, bis sie nur noch Wasser war, auf dem wenige Fettaugen schwammen. Verbissen achtete Dolores darauf, dass Juliano wenigstens diese Fettaugen bekam. Niemand hatte ahnen können, dass der Blutzoll so hoch werden würde. Es schien, als habe sich der Tod höchstpersönlich auf Barcelonas Dächern niedergelassen. Besonders in den Vorstädten begann mit dem Einzug der nationalen Armee von einem Tag auf den anderen die Maschinerie der Erschießungen anzulaufen, Orgie des Mordens. Die Mörder, als Phalanx in die Stadt marschiert, richteten ein Massaker an, als wollten sie es den von ihnen bewunderten antiken Vorbildern des Römischen Imperiums gleichtun. Die stellten vor zweitausend Jahren entlang der Straßen zu Rom tausende Kreuze auf, um rebellierende Sklaven qualvoll zu töten. Immer schon war die Wut von Tyrannen, die um ihre eigenen Leben gezittert hatten, grenzenlos und so gaben die Generäle keine Gnade. Jeder aus dem Volk war ihr Feind und deswegen genügte jetzt ein Fingerzeig, um einen Arbeiter in den Tod zu schicken. Und aus dem faschistischen Exil, aus der nationalen Zone, aus jenem anderen Spanien, das zweieinhalb Jahre weiter entfernt gewesen war als ein Kontinent, flatterten riesengroße, zerrupfte Geier nach Katalonien, kehrten diejenigen der alten Herren und Fabrikbesitzer zurück, die der Revolution entkommen waren. Auch Gonzales fuhr eines Morgens im späten März mit seinem Hispano-Suiza auf den Hof seines Gutshauses vor und hupte. Pablo sprang als erster aus dem Wagen, gefolgt von seiner schönen Mutter, die einen Säugling auf dem Arm trug. Am Tag nach seiner Rückkehr ließ Gonzales alle, die sich noch auf dem Gut befanden, zu sich kommen. Als sich die kleine Gruppe vor den Ställen versammelt hatte, schweifte sein Blick nachdenklich über die verwirrten und angespannten Gesichter seiner ehemaligen Arbeiter. Es fehlten viele, zu viele, fand Gonzales. Der Krieg macht Männer hart und erbarmungslos, aber ihm war bei dem, was er gesehen hatte, Grauen unter die Haut gekrochen, fraß an seinen Nerven und an dem, was er fühlte, wenn er seine Frau nachts in den Armen hielt. Er räusperte sich einige Male und sagte dann nicht viel, nur: „Der Krieg ist vorbei. Es soll hier keine Abrechnungen mehr geben. Mir ist egal, was ihr in den letzten Jahren gemacht habt, jeder hier kann bleiben, wenn er die Ärmel hochkrempelt und anpackt." In der Folge hielt Gonzales seine schützende Hand über die Menschen, die für ihn arbeiteten, selbst über die ehemaligen Unruhestifter der CNT, die in den heißen Augusttagen vor drei Jahren kurz davor gewesen waren, ihm eine Kugel zwischen die Augen zu feuern.

Wochen und Monate verstrichen. Und noch immer erschossen unten in der Stadt Tag für Tag die Kommandos die Franco Gegner, mittlerweile leidenschaftslos. Viele der Arbeiter, die vor die Wand gestellt wurden, verfluchten in ihrem letzten Augenblick sich selbst, fragten sich bitter, warum sie nicht bis zuletzt gekämpft hatten. Sie kannten doch den Schlachtruf der Generäle, „Es lebe der Tod", und nun war es ihr Tod tausendfach, zehntausendfach, allein in Katalonien.

Aragón verfolgte den hageren Mann von der Plaza Real bis in die Ramblas, wo die hektische Geschäftigkeit der Menschen durch die Ruhe der Platanen ausgeglichen wurde, die die breite Straße begleiteten und ihr einen Hauch von Frieden und Schönheit verliehen. Er musste aufpassen, damit er den Mann im Gedränge nicht verlor und gab sich alle Mühe, mit dem Unbekannten mit der albernen Soldatenmütze Schritt zu halten. Es gab Zufälle, aber im Grunde genommen auch wieder nicht. Was wollte dieser alternde, abgezehrte Soldat in dem Haus, in dem das Mädchen ermordet worden war? Er sah nicht wie jemand aus, der sich auf der Suche nach käuflichem Sex hierher verirrte. Aber das mochte nichts bedeuten. Aragón wusste: Vorher gab es kaum jemandem, dem es anzusehen war, dass er es wollte und hinterher verriet die braven Ehemänner höchstens das scheele Flackern im Blick, wenn sie nach Hause kamen und ihren Frauen für einen viel zu langen Atemzug nicht in die Augen sehen konnten. Egal. Womöglich war dieser bärtige Uniformierte nur ein alter Kunde der Roten, aber Aragón verwarf den Gedanken wieder, ohne sich über den Grund so recht klar zu werden. Schließlich atmete Aragón auf, als der Soldat an einem Kiosk anhielt, um eine Zeitung zu kaufen. Aber bevor der Mann, der Aragón plötzlich merkwürdig vertraut vorkam, dem einarmigen Zeitungsverkäufer die Céntimos auf das abgegriffene Brett der Bude zählte, sah er sich um und musterte mit seinen tief in den Höhlen liegenden Augen kurz die Passanten. Sein brennender Blick fiel auch auf den sich nähernden Aragón, der schnell wegsah. Hatte der Soldat Verdacht geschöpft? Wenn ja, dann musste er unauffällig an ihm vorbei gehen. Während der andere *La Vanguardia* auffaltete, um einen ersten Blick hinein zu werfen, machte Aragón, als er sich hinter ihm vorbei schlich, eine merkwürdige Entdeckung: Etwas blitzte im Sonnenstrahl auf und Aragón riskierte einen halben Blick über die Schulter, um die stolz vom Jackett strahlende Ehrennadel genauer betrachten zu können. Eine Auszeichnung. Wenn Varela im Büro nicht häufig über die verschiedenen Orden schwärmen würde – vor allem über die, die ihm seiner Meinung nach vorenthalten worden waren - dann hätte Aragón wohl nicht gewusst, was die Nadel mit der blauen Verzierung am Ende zu bedeuten hatte. So aber war er sich ziemlich sicher: Der Mann trug eine Auszeichnung der blauen Division. Das erklärte einiges. So, wie der Soldat hier auftrat, beinahe wie ein Tourist, war er wahrscheinlich einer der wenigen Rückkehrer, die, wie man hörte, Moskau noch nach zwölf Jahren Kriegsgefangenschaft hatte ziehen lassen.

Wenn das stimmte, dann konnte er unmöglich ein Bekannter Rosas sein, die ihr Leben lang nie aus der Stadt herausgekommen war.

Aragón bog in die nächste Gasse und drückte sich an eine Häuserwand. Vorsichtig lugte er um die Ecke. Im Schatten der Platanen stand der Soldat noch immer in *La Vanguardia* vertieft am Kiosk, aber hinter ihm, aus dem Barrio Chino kommend, strömte eine Gruppe lärmender Fußballfans auf die Rambla. Fußball, das war das Ventil der Katalanen für ihren Zorn und jedes Mal, wenn Barça die Königlichen aus Madrid schlug, war das wie eine kühle Dusche nach den Jahren der Demütigungen. Ein Sieg gegen Real Madrid bedeutete Genugtuung für die vielen Schikanen und Benachteiligungen, die Francos Regierung im Namen Gottes und im Namen eines Vaterlandes, das nicht das ihre war, den Menschen in dieser Stadt auferlegte. Jedes Wochenende füllten die Arbeiter das Stadion *Les Corts*. Hier jubelten sie und schimpften. Ja, selbst ihren Hass auf die Guardia Civil konnten sie herausbrüllen, es gab nicht genügend Verräter in der Fankurve, als das die ihnen gefährlich werden konnten. Jetzt allerdings, als sie Aragón lauernd in der Seitengasse entdeckten, sahen einige der vorbeiziehenden Fans misstrauisch zu ihm herüber. Ruhig zündete sich der Polizist eine Zigarette an. Aus irgendeinem Grund erscheint jemand, der wartet und raucht, weniger verdächtig als ein Mann, der nur herumsteht und wartet. Vielleicht, weil die Zigarette die Wirklichkeit in Qualm verwandelt, dachte Aragón. Immer mehr der jugendlichen Fußballfans sprudelten an seiner Ecke vorbei. Wenn einmal jemand lachte in dieser Stadt, dann waren sie es. Und das, obwohl Barcelona seit dem Bürgerkrieg nicht mehr aus der Hölle herausgekommen war. Aber die Barça Fans rüttelten wenigstens an der Höllenpforte, um sie irgendwann einmal aufzustoßen. In ihrem Stadion konnten sie die blauen und roten Fahnen schwenken, manch Älterer unter ihnen hatte ähnliche Flaggen im Krieg getragen, nur dass das Blau dunkler war. Das waren ihre Farben gewesen: Schwarz wie das Meer in der Nacht, bevor die faschistischen Flugzeuge es mit gekauften Söldnern überflogen, Rot wie das Blut der Anarchisten und Sozialisten, ehe es an die Wände spritzte, verteilt von Francos Erschießungskommandos.

Mittlerweile füllten die lärmenden Fans die ganze Rambla. Zielstrebig steuerten sie auf die Straßenbahn zu, die sie in ihr mittlerweile beinahe zu klein gewordenes Stadion *Les Corts* bringen würde. Im letzten Jahr hatte die Stadtverwaltung begonnen, ein neues Stadion zu bauen. Ein katalanisches Stadion. Bei der Grundsteinlegung begrüßten es die Katalanen mit ihren Sardanas, sie sangen in ihrer Sprache und beschworen so den Stolz ihrer Nation. Es rumorte beim FC Barcelona, nicht nur weil sich der Verein über das Verbot des Katalán hinwegsetzte. Aragón wusste, seit einem Jahr etwa, kurz nach Baubeginn des neuen Stadions, bis jetzt, wo die Meisterschaft sich ihrem Ende näherte, braute sich bei den Fans von Barça etwas zusammen. Der wichtigste Grund waren die ominösen Vorgänge um die Verpflichtung des Südamerikaners Di Stéfano, einen der besten Spieler der Welt, im Sturm gefürchtet wie kein zweiter.

Die Fans schimpften: „Mit Di Stéfano klauen die Madrilenen uns die Meisterschaft. -- Die stecken doch so tief in Francos Hintern drin, dass ihnen die Kacke schon aus den Ohren rauskommt. Ich sag dir, die von Real warten sogar in der Toilette auf den Caudillo, um ja als erste reinkriechen zu können. Real beschissen. So nehmen sie uns die besten Spieler. -- Warum ist Di Stéfano wohl aus Argentinien raus? Bestimmt nicht, weil er Militärs liebt. Er wollte zu uns, aber die haben ihn ja nicht gelassen. – Ja, er wollte zu uns, aber die aus Madrid haben uns ausgetrickst. Wenn die mal Meister werden, dann nur durch ihre Tricksereien. -- Hatten wir nicht schon die Verträge mit River Plate unterschrieben? Da sind sie bei Real ganz blass geworden vor Neid, haben sich die Hosen nass gemacht. -- Der ganze verdammte Fußballverband lief herum wie ein aufgescheuchter Hühnerhaufen: „Ein Verbot, schnell ein Verbot, sonst sind wir erledigt. Di Stéfano nach Katalonien? Niemals. Wir müssen Barça aufhalten." Und wie bekommen sie es hin? Na klar doch, indem sie per Gesetz Ausländern verbieten, in unserer Liga zu spielen. Das ginge nicht, nationales Spanien und so. Aber dann, als klar wird, dass Stéfano unbedingt nach Spanien will? Da heißt es auf einmal: „Ach was, falscher Alarm. Di Stéfano ist natürlich willkommen, hat irgendjemand jemals daran gezweifelt? Willkommen bei Real Madrid! Das ist selbstverständlich etwas anderes. Keine Ausländer - außer Di Stéfano zu Real. Für Real streichen wir sogar den Himmel gelb-rot, wenn es sein muss." -- Kubala haben sie uns ja auch nur gelassen, weil er für Barça Spanier geworden ist. Und was haben sie zuvor Kubala in den Dreck gezogen. -- Da sieht man mal wieder wie dumm die sind, Kubala soll Kommunist sein, ist ja schließlich eigentlich ein Ungar. Dabei ist er vor dem Regime dort geflohen. -- Was hat er noch vor kurzem im Interview gesagt? „Vielleicht wollen die Menschen in Ungarn wirklich eine Art Sozialismus, aber nicht von Moskaus Gnaden, sie wollen frei sein." -- Wie auch immer: Kubala und Di Stéfano zusammen auf dem Platz und Real hätte einpacken können, ach was, gar nicht mehr antreten brauchen. -- Aber jetzt haben ihn ja die Königlichen verpflichtet. Den großen Wurf gemacht. -- Die Meisterschaft in diesem Jahr, die holt Madrid nur wegen Di Stéfano. -- Ohne ihn und ohne ihre bezahlten Schiedsrichter sind sie nichts. – Nein. Gar nichts sind sie. ---"

Während Aragón darauf wartete, dass sich die aufeinander einredenden und Gesänge anstimmenden Fans an ihm vorbei schoben, erinnerte er sich an einen Abend vor einigen Jahren im Stadion *Les Corts*.

Möglichst unauffällig hatte er sich damals unter die Fans gemischt, um aufzupassen, dass sie keine Dummheiten machten. Barcelona spielte in der Meisterschaft gegen Racing de Santander. Es war an einem Tag, an dem schon mittags dunkle Gewitterwolken den Frühlingshimmel verfinsterten. Dann, während der zweiten Halbzeit des Spiels setzte strömender Regen ein. Zu dieser Zeit befolgte Aragón noch strikt seine Anweisungen und so blieb er während des gesamten Spiels im Barça Fanblock. Das Gewitter entsprach der dumpf grollenden Stimmung der Massen, die die jetzige Unruhe unter den Fans noch in den Schatten stellte. Durch den Boykott der öffentlichen Verkehrsmittel war die öffentliche Ordnung damals mehr als angekratzt, tatsächlich schien die Lage in der Stadt kurz davor, außer Kontrolle zu geraten. Bei Polizei und Zivilverwaltung lagen die Nerven blank, denn seit der Preiserhöhung der Fahrkarten zwei Wochen zuvor stieg niemand mehr in die Tram ein. Seitdem quälten sich ihre leeren Wagen wie verlassene, verirrte Geister durch die Stadt. Wütend pfiffen die Arbeiter den missmutigen Fahrern hinterher und riefen: „Sollen die Faschisten doch alleine mit euch fahren. Die Tram kann uns gestohlen blieben. – Aber wartet nur ab. Der Fuchs wird den Blutsaugern schon Feuer unterm Hintern machen. - Wie dreist wollen sie noch werden? In ganz Spanien kosten Fahrkarten 50 Céntimos, bei uns jetzt 70. Zufall, das sie nur bei uns erhöhen oder was? - Wir fahren nicht mehr, bis sie uns unsere Bahn zurückgeben. - Und wenn wir uns Blasen an die Hacken laufen, wir gehen zu Fuß. – Auch, wenn wir mitten in der Nacht aufstehen müssen, um den Weg zu schaffen. Es reicht! Seit Jahren haben wir kaum genug zu essen. Sie bestehlen uns. – Immer! Erst haben sie unsere Männer, Söhne und Brüder abgeschlachtet oder nach Frankreich getrieben und jetzt wollen sie uns Übriggebliebenen noch das letzte Hemd ausziehen. Aber die werden sich noch umsehen! - Irgendwann reicht es mal. - Es reicht schon lange. – Du sagst es. Es reicht schon seit dem verfluchten Mai. Seitdem haben wir nur Eisen gefressen. Aber irgendwann ist genug! - Schon lange! - Verdammte Schweine! – Scheiß auf Franco. Es lebe Sabaté!"

Und dennoch rieb sich gerade an jenem Nachmittag des Santander Spiels, am 4. März 51, der ehrwürdige Bürgermeister Barcelonas die Hände. Wie immer würde das Spiel im abseits gelegenen Stadion *Les Corts* stattfinden. Dafür wenigstens würden die Fußballfans wieder die Tram nehmen müssen. Endlich kam wieder alles ins Lot. Die wütenden Anrufe der Generäle aus Madrid wegen des Boykotts würden aufhören und auch das hektische Treiben im Polizeihauptquartier würde sich beruhigen. Der Bann wäre gebrochen. Würde. Wäre... Die Ärsche gingen zu Fuß. Die meisten von ihnen liefen eineinhalb, zwei Stunden, manche noch länger. Und doch kamen sie alle, füllten das Stadion bis auf den letzten Platz. Aber dann, während des Spiels, brachen die drohenden schwarzen Wolken auf und die zunächst noch vereinzelten schweren Tropfen im Sprühregen fielen dichter, bis es auf Zuschauer und Spieler wie aus Kübeln hinabprasselte. Es schüttete Katzen und Hunde, der Rasen wurde zu Schlamm und die Welt zu Wasser. Zwei Männer triumphierten: Bürgermeister und Zivilgouverneur telefonierten, bis die Finger vom Wählen wund wurden und ihnen die Ohren abfielen: „Sofort alle verfügbaren Einsatzwagen der Tram zum Stadion. – Ja, wenn ich ‚alle' sage, meine ich auch alle. Jetzt haben wir sie, wenn sie schon nicht hingefahren sind, zurück werden sie fahren. Kein normaler Mensch setzt bei diesem Unwetter einen Fuß vor die Tür." Und so umzingelten nach und nach wartende Trams mit ihren leeren, trockenen Wagen das Stadion. Und dann war das Spiel aus, kurz bevor die Spieler auf dem Rasen absoffen. Eilig verschwanden die Stars in ihren klatschnassen Trikots in den Katakomben ihrer Kabinen. Die Fans begannen, aus dem Stadion auf die Straße zu strömen. Waren da Trams? War da überhaupt irgendetwas? Stur zogen die Fußballfans an den auf sie wartenden Straßenbahnen vorbei, strebten nach Hause. Aragón blieb alleine im verloren wirkenden Eingang des Stadions stehen, nass bis auf die Haut wie alle hier. Verblüfft sah er den davonziehenden Massen nach. An diesem Abend verdienten die Barça Fans sich einmal mehr ihren Namen, den sie seit Urzeiten trugen, seit sie damals im allerersten Stadion *L' Escorpidora* immer dicht gedrängt bis hoch hinauf zum Geländer gesessen hatten und von der Mauer aus mit nie versiegender Begeisterung das Spiel verfolgend ihre Hintern baumeln ließen: *„Die Ärsche."* Allmählich verloren sie sich im strömenden Regen, ließen Aragón und eine Bahn zurück, die man ihnen gestohlen hatte. Schweigend marschierten sie in die Stadt, ein nass triefender Lindwurm in Blau und Rot. Stundenlang liefen sie, tausende und abertausende, als hätte es nie eine Straßenbahn gegeben.

Kurz darauf wurde die Fahrpreiserhöhung zurückgenommen und der Caudillo persönlich setzte wütend Zivilgouverneur und den Bürgermeister Barcelonas ab.

Während Aragón jetzt an der Häuserecke wartete, erinnerte er sich voller Sympathie an diesen vier Jahre zurückliegenden Marsch in hinabstürzende Wassermassen hinein. Gleichzeitig versuchte er angespannt durch den sich ständig verschiebenden und bewegenden Pulk der lärmenden Fans hindurch die Zeitungsbude im Auge zu behalten. Hin und wieder tauchte der Rücken des eigenartigen Soldaten hinter den vorbeiziehenden Fußballanhängern auf. Aber dann plötzlich war der Platz vor dem Bretterstand leer. Von einem Augenblick auf den anderen schien sich der Fremde geradezu in Luft aufgelöst zu haben. Ärgerlich trat Aragón die Zigarette aus und hastete auf die Rambla zurück. Aber in dem Durcheinander der sich vorbeidrängenden Passanten konnte er den Mann nicht mehr finden.

Im Schatten der mächtigen Kathedrale stand ein Soldat und beobachte unruhig, wer über den Platz eilte, der unterhalb des gotischen Kirchenportals lag.

„Und was jetzt?", fragte er sich. Es würde nicht funktionieren. Die Verabredung im Schatten der Kathedrale – ein Reinfall. Und das, obwohl der ehemalige Offizier der blauen Division sie sehr sorgfältig in seinem Notizbuch eingetragen hatte.

Oder der Kontaktmann des Heimkehrers aus russischer Kriegsgefangenschaft wartete hier schon längst irgendwo und beobachtete ihn. Seinem unbequemen Verfolger nur knapp entkommen, tastete Juliano nervös nach dem Revolver, den er unter seinem Anzug verbarg und nach dem Klappmesser im Hosenbund. Er musste auf alles gefasst sein. Vielleicht kannte dieser Mann den Faschisten Horatio Carrasco gut genug, um die Maskerade zu durchschauen. Aber andererseits machten Juliano die Brille und der struppige falsche Bart mindestens um zwanzig Jahre älter. Genau das Alter Carrascos. Nicht einmal Aragón hatte ihn erkannt. Gewöhnlich sahen die Menschen das, was sie zu sehen erwarteten.

Es war eine verrückte Idee, aber er hatte nicht widerstehen können, den Platz des Soldaten einzunehmen. Die Aufzeichnungen in dessen Notizbuch ließen ihn nicht los. Anscheinend war Gustavos Mörder nur unter ganz bestimmten Auflagen aus der Kriegsgefangenschaft entlassen worden. Bedingungen, die Juliano hier und jetzt einen sehr gefährlichen Mann erwarten ließen. Es war nicht klar, auf welcher Seite er stand, aber das wusste man bei Agenten ja nie so genau. Schließlich war das ja auch der Grund, warum Julianos arabische Freunde ihm selbst noch nach Jahren gemeinsamer Arbeit stets nur die halbe Wahrheit sagten. Aber wen auch immer Horatio zu treffen beabsichtigt hatte und ganz gleich, welche dicke, hässliche Spinne jetzt nach Stalins Tod ins angestaubte Netz der Geheimdienste gekrabbelt kam, um neue Fäden zu spinnen, eins war entschieden: Horatio Carrasco würde nicht mehr mitspielen. Stattdessen schaukelten Algen über seinem Körper zwischen den mit Seepocken bewachsenen Steinen des Hafenbeckens und Fische knabberten an seinen Zehen. Juliano hoffte, die Stricke an den schweren Eisenstangen würden ihn noch einige Zeit am Meeresgrund halten. Lange genug für die ganz ordinären Mittelmeer Fische, um die Überreste dieses stolzen Kriegers verdauen zu können. Des Soldaten, der einst ausgezogen war, um - über Leichenberge hinweg - einer selbsternannten Herrenrasse „Lebensraum" im Osten zu verschaffen.

Auf dem Platz vor der Kathedrale schossen Kinder einen Ball hin und her, spielten Kubala und Di Stéfano. Warum kam die Verabredung nicht? Waren die Zeiten in dem Notizbuch verschlüsselt? Dann konnte er hier noch stundenlang umsonst warten. Unruhig mustere Juliano wieder die unterhalb des Kircheneingangs vorbeihastenden Frauen und Männer. Niemand beachtete ihn. Er war nur ein Toter unter Menschen, die sich tot stellten.

Bis doch noch ein bekanntes Gesicht hinter den Kindern auftauchte, die hier einen der wenigen Spielplätze in der Altstadt fanden, - jedenfalls solange die Streifenpolizisten sie nicht davonjagten. Das Gesicht gehörte zu jemandem, den Juliano am allerwenigsten sehen wollte. Offensichtlich sah sich der schlanke Mittfünfziger nach dem echten Carrasco um. Schnell machte Juliano einen Schritt in den Schatten des gotischen Bogens und steckte die Ehrennadel und das Tuch ein. Dann nahm er das Schiffchen von den grau gefärbten Haaren, so dass er nicht mehr gleich als Soldat auszumachen war. Er drehte sich so um, dass er Portillo den Rücken zuwandte und machte einige Schritte zurück auf die Stufen der Treppe, betrachtete scheinbar beeindruckt wie ein Tourist das größte Haus Gottes in dieser Stadt. Schließlich setzte er sich seitlich ab und verschwand, ohne sich noch einmal umzudrehen. Er versuchte bei seinem Rückzug ruhig und gelassen zu wirken, doch seine Gedanken rasten und nach einer Weile stellte er fest, dass er am ganzen Körper zitterte. In seinem Nacken lauerte ein Höllenhund: Portillo. Es war Portillo. Warum Portillo. Warum?

Aragón las wie ein Besessener. Er hatte sich in seinem Zimmer eingeschlossen, las über den Heften am Schreibtisch gebeugt, stand auf, lief unruhig im Raum auf und ab, bevor er sich auf sein Bett setzte, ins Leere starrte und nachdachte. Dann kehrte er zum Schreibtisch zurück, stand nach einer Weile erneut auf, lief wie eine eingesperrte Katze im Kreis. - Wie hatte er jahrelang nur so blind sein können? Warum hatte er nie einen Blick in die anarchistischen Zeitungen geworfen, als er es noch konnte - bevor die Welt im Bürgerkrieg in Blut und Asche versank. Gut, er war damals jung, seine Gedanken bewegten sich weit entfernt von Politik und dem flüchtigen Tagesgeschehen. Und gerade die Anarchisten erschienen ihm damals als eine beängstigend angewachsene Armee der Finsternis, die mit ihren schwarz-roten Fahnen auszog, um jede Ordnung umzustoßen, um die Kirche, ja um Gott selbst zu vernichten. Während des Bürgerkrieges drohten ihre Ideen Wirklichkeit zu werden: Kommunisten und Anarchisten steckten Kirchen in Brand, lauerten in den Schützengräben und versuchten, ihn und seine Kameraden zu töten. Aber die patriotischen Generäle gaben den Soldaten das Versprechen, diese Ketzer zu vernichten und sie hielten es. Während des erbarmungslosen Feldzugs war Aragón nie der Gedanke gekommen, vielleicht auf der falschen Seite zu kämpfen. Obwohl gerade in den ersten Monaten beim Morgenappell immer wieder mit Zwang eingezogene Soldaten fehlten: Die Söhne von Arbeitern aus Saragossa etwa oder einfache Bauern aus der Extremadura. Nachts schlichen sie sich alleine oder in kleinen Gruppen aus dem Lager. Aragón wusste: Wenn es den Deserteuren gelang, sich bis zu den feindlichen Linien durchzuschlagen, würden sie mit Begeisterung gegen Franco und damit auch gegen ihn kämpfen. Und trotzdem brachte er es einmal, als in einer sternklaren Nacht an der Front vor Huesca ein junger Überläufer vor ihm auftauchte, um sich in Richtung der republikanischen Stellungen davonzumachen, nicht über sich, ihm in den Rücken zu schießen. Zwar riss er reflexartig seine Waffe hoch, legte an, aber er konnte den Abzug nicht drücken. Fluchend setzte er das Gewehr wieder ab und starrte verständnislos dem Burschen nach, der eilig in der Dunkelheit des Niemandslands verschwand.

Und nun, fast zwanzig Jahre später, verstand er endlich. Als Mann, der vieles gesehen, aber dabei immer nur an der Oberfläche geblieben war, war er heute endlich bereit, sich den Schatten zu stellen, die ihn seit den letzten Kriegstagen verfolgten. Schuld, die er auf sich nahm, als er die armen Hunde tötete, die seine Offiziere zum Erschießen aus den Häusern zerren ließen. Die Erkenntnis war so bitter, dass er es kaum noch wagte, in den kleinen Spiegel neben den Schreibtisch zu schauen: Hatte er tatsächlich sein Leben auf einer Lüge aufgebaut? Für einen Moment betrachtete er sich wieder mit den Augen Varelas: Ein gebrochener, gescheiterter Mann, der mittlerweile weit genug heruntergekommen war, um ernsthaft Schriften der Anarchisten zu lesen. Und doch: Gab es denn heute keine Unterdrückung und Not? War Spanien jetzt etwa christlicher als vor dem Krieg? Wenn man den Einfluss der Kirche als Maßstab nahm, bestimmt. Sie herrschte in den Schulen und im Bündnis zwischen Papst und Franco war schwer auszumachen, wer von beiden im Land die größere Macht besaß. Was war das aber für ein Papst? Verlangte Jesus denn nicht etwas ganz anderes, verlangte, der Mensch solle dem Menschen ein Bruder sein? Aß er denn nicht zusammen mit Sündern, mit Huren und Zöllnern, teilte mit ihnen Brot und Wein? Wie konnten die Gutsbesitzer denn dann die Armen verfolgen, nur weil sie am gleichen Tisch sitzen und essen wollten wie die Herren? Die Reichen, gestriegelt, in ihren eleganten Anzügen, sahen die zerlumpten Landarbeiter, den Pöbel, wie sie das einfache Volk nannten, nur verächtlich an: „Wie? Ihr wagt es, Forderungen zu stellen? Sieh einer an: Ihr stellt euch gegen uns. Wessen Brot esst ihr denn? Wem gehören denn eure Hütten? Ihr sprecht mit uns wie mit Euresgleichen und seid nicht einmal wert, uns die Stiefel zu putzen."

Aber es waren nicht die Herren, sondern dieser Pöbel, der das Land bestellte, pflügte, säte, erntete und doch kein Land besaß und deshalb beschloss, es sich zu nehmen. Keine Frage, zu wem der Zimmermann aus Nazareth gehalten hätte. Wahrscheinlich würden ihm sogar die selbstverwalteten Dörfer und Fabriken mit ihren Komitees gefallen, wie sie in den Berichten beschrieben wurden, die auf seinem Schreibtisch lagen. Womöglich lebte Christus während der Revolution sogar in einem dieser Dörfer, unerkannt, und Aragón selber hatte ihn getötet, als er und seine Kameraden auf die vor einer Scheune zusammen getriebenen jungen Männer und Frauen feuerten. Die jungen Menschen hatten nicht einmal um ihr Leben gefleht, sondern in ihren letzten Augenblicken ihren Mördern stolz und voller Verachtung Flüche entgegengeschleudert. Nur in den Augen eines einzigen Mannes lag etwas wie Verstehen und eine unendliche Traurigkeit. Er wurde als letzter vor dieser Scheune erschossen. Was, wenn *er* es gewesen war? Aber nein, die Hinrichtung war als Vergeltung für den Mord an einem Priester angeordnet worden, den die Bauern noch im Juli erschossen hatten. Alles hatte seine Richtigkeit gehabt. Aber Jesus? Wenn er wirklich in diesem Dorf gelebt hatte, dann wäre er dafür gewesen, den Geistlichen laufen zu lassen, überlegte Aragón, aber niemand hatte Gottes Sohn beachtet. Ja, bestimmt bat Jesus darum, dem Pfarrer zu vergeben und ihn seiner Wege ziehen zu lassen, aber die anderen Dorfbewohner sahen Jesus an, als legte er sein Wort für ein besonders grässliches Insekt ein, das einmal verjagt, immer wiederkehren würde, um sich von fremdem Blut zu nähren. Aber vielleicht hatten die Leute im Dorf ja Recht und Jesus und er hatten Unrecht. - Aragón musste jetzt einige Fragen beantworten. Auch die nach Senona. Er musste seine Ehe beenden, irgendwie, gegen alle Verbote, das heilige Sakrament brechen. Es war bitter: Obwohl er Senona als guten Freund betrachten konnte, ließ sie ihn seit langer Zeit im gemeinsamen Bett zu Eis erstarren. Eigentlich, da war er sich ziemlich sicher, hatte sie im Laufe der Jahre die Welt der Polizei und des Militärs verabscheuen gelernt. Wie würde sie reagieren, wenn er seinen Beruf, sein Einkommen, ihre ganze gemeinsame Existenz aufgab, einfach so, wegen des Verlangens nach Maria und wegen einigen lächerlichen, zerknitterten Zeitschriften? Möglicherweise würde sie einfach mit den Achseln zucken und ihm vorschlagen, gemeinsam nach Frankreich zu gehen. Ja, vielleicht würde sie ihn sogar verstehen. Nie würde sie ihn anzeigen. Die meisten Frauen würden immer zu ihren Männern halten, dachte er und vielleicht lag darin der größte Verrat.

Während er fieberhaft überlegte, lief es ihm abwechselnd heiß und kalt den Rücken hinunter. Was würde Maria machen? Er erschrak: Seine Ehe mit Senona war derart tot, dass sie nicht einmal zum leichtesten Anflug von Eifersucht bei ihr geführt hatte. Maria glaubte mehr an ihn, an ihre neue Liebe, als er an sich selbst. Marias Ängste schienen an jenem magischen Nachmittag mit den Meeresvögeln über die Felsklippen gesegelt zu sein, um nicht wiederzukehren. Vielleicht - ja, wenn er wirklich endlich er selbst werden würde, vielleicht könnte er dann ja mit *ihr* neu anfangen? Sie liebte ihn - seit ihrer Begegnung unter den Kirschbäumen gab es keinen Zweifel. Er konnte sich kaum offiziell von Senona scheiden lassen, eine Ehe war praktisch unauflöslich, aber wenn er trotzdem mit Maria zusammen irgendwohin ginge, wo sie keiner kannte? Alle würden sie für ein Paar halten. Es gab immer einen Weg. - Mit *ihr* nach Frankreich. Einen Augenblick leuchtete sein Gesicht auf, nur um gleich wieder in sich zusammenzufallen. So einfach war das nicht. Wenn er heute gehen würde, heute, wo es klare Sieger und Besiegte gab, dann musste er alle Brücken abrechen. Was gäbe er darum, jemand anderes sein zu können? Aber wer wäre er dann? An was würde er dann noch glauben können. – Immer schon war Jesus seine Hoffnung gewesen. Und doch hatte er ihn einmal getötet. Aber jetzt fühlte er sich wie Josef aus Arimatäa, der den Leichnam des Messias von Golgatha, der Schädelstätte, in die Grabhöhle bringen ließ, die eigentlich für ihn selbst bestimmt gewesen war. Dort im Felsengrab sollte der Heiland zusammen mit dem Glauben an eine gerechtere Welt gesalbt und bewahrt werden. Nur, wenn er, Aragón, wirklich ein neuer Josef wäre, dann wusste er von der Auferstehung und würde warten, bis Jesus gemeinsam mit der Hoffnung erwachen und den Stein kraftvoll zur Seite sprengen würde. Einen Stein, den dieser neue Josef am Abend zuvor nur mit schelmischem Lächeln vor den Eingang der Höhle gerollt hätte: Am nächsten Morgen würde Jesus den Fels zerbrechen und in der Sonne blinzeln, eingehüllt im Gewand des Lebens. Aber andererseits: Josef von Aramtäa war ein alter Mann, der damals ein reines Leben hinter sich hatte, sein Herz mit Weisheit und Güte gefüllt, Aragón hingegen fühlte sich schmutzig, angefressen von vielen, nicht wirklich gelebten Jahren. Er lag ja bereits im Grab seiner Arbeit und Ehe.

Wem aber glich er dann? Vielleicht Lazarus, dessen Festtagskleidung lange zerrissen war. Ja, er fühlte sich eher wie ein Toter, als wie ein Heiliger. Einmal, da hatte er geträumt, Jesus würde Maria Magdalena lieben, Lazarus Schwester. Es war einer dieser Träume gewesen, aus denen man mit Verlangen erwacht, wenn die Grenzen zwischen Traumbildern und Wirklichkeit verwischen. Die schöne Magdalena war es, die Jesus mit ihren Haaren die Füße trocknete, bevor sie das Lager mit ihm teilte. Lazarus war ihr Bruder und der lag stumm in seinem Grab, fing schon an zu faulen, während er auf den Ruf des Erlösers wartete, auf seinen Freund, der ihm nicht in Stich lassen würde. Jemand, auf den man sich verlassen konnte.

Aragóns Gedanken schweiften ab: Was war eigentlich mit Juliano los? Möglicherweise hatte sein Kollege schon lange den Boden unter den Füßen verloren. Aber es konnte auch sein, das sein geistesabwesender Blick nur eine Maske war, ein simpler Trick, um hinter seiner Stirn einen uneinnehmbaren Rückzugsraum zu schaffen. Seitdem Aragón ihn eher zufällig zusammen mit dem Araber gesehen hatte, nahm er an, dass Juliano ganz eigene Pläne verfolgte. Ein Polizist, der mit einem offensichtlich wohlhabenden Muslim sprach, das war ungewöhnlich genug. Kehrte der Araber aber dann anschließend noch zu einem Schiff im Hafen zurück, das aus Madagaskar kam, jenem Land, wohin der rechtmäßige Sultan Marokkos inzwischen verbannt worden war, war es überdeutlich: Juliano arbeitete noch für jemand anderen als für ihre Abteilung. Die Frage war nur, für wen. Jedenfalls brachte Aragón für Juliano mit seinen verschiedenen Gesichtern, für diesen Meister der Masken, mehr Verständnis auf, als er für einen Verräter übrig haben dürfte. Im Raum war es heiß. Aragón öffnete den Kragen seines Hemds. Fiebrig kramte er die Schriften zusammen und versteckte sie unter der Matratze des knarrenden Bettes. Senona rumorte im Haus.

Zögernd öffnete er die Tür und schritt zur Küche, wo wie eine böse Erinnerung seine Frau am Tisch saß und in einem Kochbuch blätterte. Daneben lagen ein Füllfederhalter und ein halbbeschriebenes Blatt Papier. Vielleicht hätte er Senona lieben können, dachte er, als sie vom Buch aufsah. Aber das hin und wieder auftauchende Verstehen, das sich auch jetzt gerade wieder in ihren Augen spiegelte, wurde von Leere verschluckt, von einem in sich zusammenfallenden Krater des Zwangs, der zwischen ihnen immer weiter ausferte. Es waren nicht die zerschellenden Tassen, die sie als noch junge Frau nach ihm warf. Eher waren es die Sprungfedern der Matratze, von der Schwiegermutter vermacht. Denn ihre Mutter hinterließ Senona ausgeleierte Spiralfedern im Bett, in dem sie sich lieben sollten, und im unsagbaren Raum zwischen ihren mit goldenen Ringen geschmückten Ohren pflanzte sie mit diesen Federn etwas Düsteres. Was war es denn, was die alte Dampfwalze bei ihrem Tod unerledigt auf dieser Welt zurück ließ und das ihre Tochter Senona nicht hergeben wollte, um es ihr in das noch immer offene Grab hinterher zu werfen? Inzwischen wusste er es. Es waren diese quietschenden Bettspiralen. Das Grab der Mutter blieb offen, tiefer als der atlantische Graben. Sie stand von Anfang an zwischen ihnen, trennte sie voneinander und würde sie immer trennen. Ihre Ehe war auch für Senona eine große Enttäuschung. Nie hatte er ihr sagen können, was er wirklich dachte und fühlte. Nie hatte er ihr vom Massaker im Dorf erzählt, an dem er beteiligt gewesen war und wo er auf diesen jungen Mann, auf Jesus, geschossen hatte. Irgendwo hatte er einmal gelesen, Wunden würden sich schließen, wenn man sie zuerst bespricht, dann heilen lässt und schließlich noch einmal bespricht. Aber er hatte nie Worte für seine Gefühle gefunden, wenn er vor den Leichen stand, im Krieg oder später bei seiner Arbeit: Erkaltete Körper von Menschen, die am Tag zuvor noch geatmet, geredet, vielleicht sogar gelacht hatten. Ermordet. Gab es Worte für diesen namenlosen Hass, der sich stets neue Nahrung verschaffte? Waren es fehlende Worte, die die ausfernde Dunkelheit zwischen ihnen schwärzer werden ließ? Jedenfalls war die Leere angewachsen, hatte sich nach einigen Jahren in Ödnis verwandelt, in denen die neuen Gardinen wie Dornen nach ihnen griffen und selbst der Kaffee nicht mehr schmeckte. Nur in dieser Ödnis hatte Maria durch einen einzigen Moment des Erkennens diese Macht über ihn gewinnen können, die ihr das Recht gab, alles von ihm zu verlangen. Maria war die in der Sonne blau leuchtende Oase in seiner Wüste, die er, fast verdurstet, taumelnd erreichen wollte. Ohne sie gab es ihn nicht mehr. Bevor sie kam, hatte er geglaubt, alles in ihm sei verdorrt und tot. Gestorben auf der alten quietschenden Matratze im greifenden Wühlen und Nichtfinden der Nächte. Für Senona war es nicht mehr als eine Pflicht, notwendiges Übel. Nicht unbedingt besonders unangenehm, aber doch nur ein verzweifelter, nie erfüllender Ersatz für, ja, für was eigentlich? Eine Zeitlang war es anders gewesen, da wollte sie auf neue, abenteuerliche Weise geliebt werden und es schien ihr besser zu gefallen. Das war kurz nachdem Varela in ihre Abteilung versetzt worden war und Senona dessen Frau Antonia auf dem Markt kennen gelernt hatte. Die Frauen freundeten sich an. Grauen befiel ihn, als sie ihm davon erzählte. Was fand seine Frau nur an diesem abgründigen Geschöpf, das bereits vor Jahrhunderten gestorben zu sein schien und nur durch ein grässliches Missverständnis noch herumlief? Aber keine Frage, zu jener Zeit veränderte sich Senona, froh, wenigstens eine Freundin gefunden zu haben, und sei es eine Untote. Ja, sie begann sogar, ihren Gatten neu zu erforschen, ihn zu beobachten und um ihn herumzuscharwenzeln, neugierig, als wäre er ein ihr unbekanntes Tier. Aber dann, plötzlich, von einem Tag auf den anderen, weigerte sie sich, mit ihm zu schlafen. Es hatte ihm nicht viel ausgemacht. Einige Monate lebten sie nur noch neben einander her, Fremde, die sich irrtümlich im gleichen Haus wiederfanden. Die erschrocken hörten, wie die Tür, durch die sie hereinstolperten, hinter ihnen krachend ins Schloss fiel und sie so gemeinsam einschloss. Beide drehten sich um und begannen daran zu rütteln. Dann traf er Maria.

„Du strahlst ja so", sagte Senona und klappte das Buch zu.
„Muss der schöne Tag sein."
„Bist du weitergekommen mit denen von der CNT?"
„Du weißt, eigentlich sind sie nur verblendet. Hassen kann ich sie nicht für das, was sie tun."
„Und doch jagst du sie."

Er zuckte die Schultern. Nur um etwas zu tun, nur um seine rasenden Gedanken zu beruhigen, vielleicht auch, um Senona abzulen-

ken, machte er einen langen Schritt durch die Küche auf sie zu und stelle sich neben ihren Stuhl: „Was schreibst du da eigentlich?"
„Ach das, das sind nur Rezepte für Felicitas."
Er las. „Rosenblätter, schwarzer Pfeffer. Hm. Wer ist sie eigentlich? Du verbringst ganze Nachmittage bei ihr."
„Hab ich dir doch schon erzählt. Ihr Mann ist im Krieg umgekommen. Sie bekommt nur eine kleine Rente. Wir kochen zusammen."
Er zwang sich zu einem Lächeln. „Schön. Du, ich muss noch einmal zur Arbeit. Es kann länger werden, warte nicht auf mich mit dem Schlafengehen."
Sie sah ihn auf einmal voller Wehmut an, fast mitleidig.
Überrascht runzelte er die Stirn.
„Es macht dir doch nichts aus?"
Sie nahm wieder das Kochbuch und blätterte eine Seite weiter.
„Natürlich nicht, mein Schatz."
Als er auf die Straße trat, atmete er auf. Als erstes musste er zu Maria. Sie würde ihm glauben. Sein Herz raste. Er war viel aufgeregter als damals, als sie ihn als jungen Mann zum Militär holten. Diesmal war er es, der ging. Er entschied. Kaum bemerkte er die vorwärts drängenden Menschen, als er in die gefüllte Rambla einbog. Die Leute waren an diesem Tag nur blaue Hemden und weiße Blusen tragende Planeten, die einen Mond wie ihn, der seine alte Umlaufbahn gerade für immer verlassen hatte, nicht interessierten. Er wollte nur zu seiner neuen Erde, der wahrhaftigen Mutter des Lebens. Maria zog ihn, den so viele Einschläge des Schicksals wüst und staubig hinterlassen hatten, unwiderstehlich in ihren Bann. Wie wunderbar, in eine neue Umlaufbahn einzuschwenken und nur noch um dieses neue Leben zu kreisen. Er würde bei ihr sein. So vertieft war Aragón in seine ganz neuen, merkwürdigen Gedanken, dass er das gellende Warnsignal der Straßenbahn gar nicht hörte, die sich in seinem Rücken näherte.

„In manchen Nächten, in denen ich mich bemühte, die Waffe im Arm und angestrengt horchend, in die Tiefe des Landes ringsherum und in die Geheimnisse der Dinge einzudringen, fand ich wie in einem Alptraum kein anderes Hilfsmittel, als mich hoch aus der Deckung aufzurichten, nicht weil meine Gelenke steif geworden wären – sie sind aus Stahl, denn sie sind durch die Feuerprobe des Schmerzes gegangen - , sondern um noch wütender meine Waffe zu packen, während ich die Lust fühlte zu schießen: Nicht nur auf den Feind, der weniger als hundert Meter von mir versteckt lag, sondern auch auf den anderen Feind, auf den, der sich neben mir versteckte und der heute noch Genosse ist und mich Genosse nennt, während er mich gemein verkauft, denn es gibt kein feigeres Verkaufen als das, welches sich vom Verrat ernährt. Und ich verspürte Lust, gleichzeitig zu lachen und zu weinen und schreiend durch die Felder zu laufen und Hälse zu zerdrücken zwischen meinen Eisenfingern, so wie ich zwischen meinen Händen den des dreckigen Dorfbonzen zerdrückt habe."

Ein „Unkontrollierter" der Eisenkolonne

„*Nein.* Roberta, es ist sehr gut, dass du mich anrufst. Hör mal, sprich mit niemandem darüber, ich komm und hol es mir ab." Nachdenklich legte Juliano den Hörer auf, lehnte sich zurück; starrte lange auf die Decke seines Büros, von der die einzelne Glühbirne ihr schwaches Licht versprühte. Ein Tagebuch mit Namen, das war der Schlüssel. Roberta hatte lange gewartet. Er schätzte, dass über all die Wochen ihre Habgier einen harten Kampf mit der Angst, sich mächtige Feinde zu schaffen, ausgefochten haben musste, aber am Ende hatte doch die Habgier gesiegt. Oder die Not. Die Alte war bettelarm. Natürlich versprach er ihr, gut zu zahlen und sie aus allem herauszuhalten. Und er würde sein Versprechen halten. Er kannte Roberta noch von der Zeit her, als sie in der Nähe von Josefa wohnte, aber er hatte sie fast vergessen und viele Jahre nicht gesehen, bis er sie an diesem entsetzlichen Tag im Zimmer mit den Blutlachen traf. Rosas Blut. Es war gut gewesen, der Alten den Zettel mit seiner Telefonnummer zuzustecken. Jetzt erfüllten sich seine düsteren Hoffnungen.

Noch in derselben Nacht ging er zu dem halb verfallenen Haus im Barrio Chino, wo ihm Roberta mit dem kleinen Buch den Schlüssel zu allem gab. Ein einfaches Buch, in Leder eingeschlagen und die Seiten zerknittert, als ob jemand sie herauszureißen versuchte, es aber nicht geschafft hatte. Die Alte sah ihn traurig an, als er ihr das Bündel Pesetenscheine in die Hand drückte, sie zählte nicht nach, schlurfte zurück in ihr Zimmer, schloss leise die Tür. Später, zurück in seiner Felsennische des Speicherturms über dem Hafen las Juliano bis tief in die Nacht in Rosas unbeholfener Krakelschrift über ein Leben, das sich Tag für Tag in ein bisschen mehr Sterben verwandelt hatte.

Der Vollmond wanderte himmelwärts, knallte sein Licht durch den dünnen Vorhang auf Julianos Bett und ließ ihn nicht schlafen. Aber auch der Habicht, der sich auf das Kaninchen hinabsenkt, winkelt im Sturzflug die Flügel an und kann seine Lider nicht schließen. Erst recht nicht, wenn das Kaninchen ein Ungeheuer, ein bedrohlicher Drache ist, der das Leben verschlingt wie die Nacht den Tag. „Immerhin fliege ich noch", dachte Juliano. Er hatte mehr Glück als Verstand gehabt. Auf seiner Suche entlang der grauen Nachtwände war er Aragón nur gerade so eben entkommen. Diesem unglücklichen Mann, der nach und nach alte Leichen ausgraben würde und vielleicht, wer wusste das schon, am Ende auch auf den roten Drachen gestoßen wäre. Aber jetzt hatte er ihn zuerst gefunden.

Den Mörder. Die Eminenz, die tötete. Seine ganze Eleganz war Lüge, selbst seine klare und bestimmte Stimme verschleierte die Abgründe, die sich hinter der Stirn dieses Mannes verbargen. Wer hätte das gedacht? So Vertrauen erweckend, so überlegen, so Welt erfahren wie er auftrat, der Drache. Juliano stöhnte. Halb im Traum gelangte er gegen seinen Willen zurück in die aufregende Welt dreier Menschen, bevor sie in den Abgrund stürzte. Begann noch einmal seinen einsamen Weg, seine Wanderung zu den Sternen, die aber schon bald über der trostlosen Hölle, in der er zurückgelassen wurde, verblassten. Ganz gleich, wie sehr er sich bemühte, er kam ihnen nicht näher und doch waren die Sterne die Einzigen, die ihm im neuen stickigen Leben auf der weißpulvrigen Straße Licht gaben. Erst spät hatte er verstanden: Ihr Flackern galt nicht nur ihm, sondern ebenso all den anderen enttäuschten Hoffnungen, die zerbrochen waren, zerschellt an den vielen Lügen der Bosse und der Gewalt der Generäle.

Nur Juliano verstand, dass auch der Drache mit jeden Raub immer weniger bekommen hatte, anstatt mehr. Denn Hoffnungen sind Sternenschiffe, die von weißen Tauben in den Nachthimmel gezogen werden. Aber der Drache verschlang sie alle, die Schiffe und die Vögel und die, die er übrig ließ, erschütterte er mit seinen mächtigen Schwingen, so dass sie taumelten und schließlich abstürzten. Juliano selbst war wie ein Habicht, der am leergefegten Himmel verlassen seine Kreise zog. Tagelang hatte er an Bahnhöfen herumgelungert, um die einzelnen Teile der zerschlagenen Schiffe wieder aufzuklauben, um sie vielleicht später irgendwie wieder zusammenzuflicken. Am Ende umsonst, aber das wusste er damals nicht, damals, als er anfing, gegen Wände zu laufen, während er den heißen Atem des schemenhaften Ungeheuers im Nacken spürte. Vergeblich versuchte er, zu entkommen und begriff so allmählich, dass die Sterne nicht seinetwegen verblassten, sie hatten ihn ja nie kennen gelernt, sondern wegen der weißen Tauben, die mit gebrochenen Flügeln in ihrem Blut lagen und denen es nicht mehr gelang, die Schiffe zu ihnen herauf zu ziehen. Und so zwang er sich, die Sterne zu vergessen und nur der Mond blieb. Immer der Mond. Er war es, der ihn durchhalten ließ, als er Rosa in ihrem Blut auf dem Bett erkannte. An diesem Morgen schraubte ein wahnsinniger Druck seinen Kopf zusammen. Aber er hielt durch. Es ging nicht anders. Zum ersten Mal seit Jahren musste er stehen bleiben, aufhören im Kreis zu laufen, im Hamsterrad des Süchtigen, in dem er gefangen war. Er musste anhalten, Luft holen und springen. Und er hatte Glück, in diesen Tagen ließ ihn in einem Anflug von Barmherzigkeit die unsichtbare Wand, gegen die er jahrelang angerannt war, zum ersten Mal durch. Überrascht stolperte er auf eine weite Ebene, verwirrt und voller Zorn, weil jemand das, was für ihn im Leben am Kostbarsten war, zerstört hatte. Er erinnerte sich, wie bei dieser Frau gestandene Ehemänner wie Chorknaben erröteten, wenn sie ihr vorgestellt wurden und Jugendliche, denen gerade mal der erste Bart wuchs, in der Straßenbahn beinahe eine Halsstarre bekamen, während sie sich umdrehten, um sie anzustarren, schmachtenden Blickes von einer Liebe träumend, die sie ihnen nie gewähren würde. Er erinnerte sich, wie diese Frau sagte: „Vielleicht ist Liebe immer egoistisch", und sich auf ihn schwang, sein vor Verlangen schmerzendes Fleisch in das ihre gleiten ließ wie ein vertrautes Kleid. Ihr wippender fülliger Körper im silbernen Licht des heute Entferntesten aller Sterne, der Venus, flüsterte ihm die Geheimnisse der Nacht zu. Als unnahbare Königin des Firmaments sah der Abendstern hinab auf die beiden sich im Rhythmus ihrer Begierde Wiegenden. Huldvoll allgegenwärtig und doch fast unsichtbar beobachte Aphrodite, wie Rosa ihm zwei Monde reichte, Himmelskörper, an denen seine Lippen zu saugen begannen. So verursachte Juliano in Rosas Blut Erschütterungen und Schauer, dann Beben, bevor endlich im plötzlichen Aufschrei die elliptischen Bahnen der Venus um die Sonne ins Schleudern gerieten und jäh abbrachen. Abstürzten in das Leben spendende Licht, gebannt vom Stillstand des Fixsterns, hinein ins brennende Nichts, in den roten Tod zum Ende des magischen Hexenritts.

„Ist es nicht merkwürdig, dass die Menschen dies suchen, den Tod? Seltsam, das Ende ihrer Leidenschaft ist Erlösung", dachte er, während sie taumelte, verloren zwischen der glühende Schwaden aufwerfenden Venus und dem neuen, dunklen Staub atmenden Mond, während sie sich dann auf den Rücken drehte, ihn empfangend, seiner neu erwachenden Begierde mit ihrem Keuchen antwortete, seinem aufsteigenden Suchen mit Schreien und Stöhnen den Weg weisend, bis auch er ins Nichts geworfen wurde und brüllte, als er den Halt verlor und hinabstürzte in die Nacht wie der tödlich getroffene Vogel.

Sie hielten sich fest umklammert, als einzigen Halt. Bis langsam und sanft neues Licht in den Tod einfiel, sie allmählich durchdrang, bald den ganzen Raum ausfüllte und auf die Straße strömte. Licht, das sich hinüber zum nächtlichen Park schlich, getragen vom Wind in den Ästen der Bäume. Sie lächelte ganz tief innen, irgendwo zwischen Bauchnabel und schnell schlagendem Herzen, durch das ihr pulsierendes Blut jagte und sie langsam wieder ins Leben zurückkehren ließ.

„Nein, diese Liebe war nicht egoistisch, diese Liebe war wie der Tod", dachte er jetzt auf seinem einsam zerwühlten Bett. Das war es, was ihn zum Drachenfürsten und Mondmann machte, Wanderer, dessen Verstand sich weigerte, in die gefrorenen Bahnen zurückzukehren, die unerbittlich auf alle zu warten schienen. Wege, aus denen er nur bei ihr heraus katapultiert worden war, weswegen er heute immer noch alleine in der Leere schleuderte.

Es gab einen Freund, von dem er wusste, dass er ihm helfen konnte. Als er sprang, hatte er ihn stehen lassen, aber jetzt brauchte er ihn noch einmal. Und er sollte sich nicht irren. Weiße Linien liefen auf den Mond zu: Der Schmerz, die Leinen seines Bettes, die Tür, das Wasser, all das wurde aufgesogen, wurde weiß, zerfloss, verbrannte. Seine Nase, sein Kopf wurde Säure und die Ellbogen und Knie schmerzten, als hätte sie jemand umgedreht. Aber dann floss die silberne Härte des alten Freundes in seine Adern – wie stets hatte er nicht untersucht, womit es gestreckt war, ließ es darauf ankommen, dabei draufzugehen: Alles war gut, wenn es nur zu einem neuen gewaltigen Sprung zurück in die Hölle reichen würde, wenn diese Härte seine Angst auslöschen würde und sei es auch nur für diese eine letzte Nacht. Am Abend des Tages, der sich mit matten Farben über der See ankündigte, würde er zum roten Drachen gehen und er würde ihn in das Meer glühender Flammen treiben, aus dem er gekrochen war.

Vorsichtig tastete er sich an der Wand entlang, schritt langsam und unhörbar an in Gold gerahmten Bildern vorbei, die schwermütige Landschaften zeigten. Im hinteren Teil des Ganges brannte ein Licht. Verfolgt von den Glasaugen eines ausgestopften Bussards, der in seinem Rücken unerlöst und verzweifelt, mit unnatürlich erhobenen Flügeln über der Eingangstür hing, durchkehrte er den langen Korridor. Jemand nieste.

Juliano zuckte zusammen, außer ihm und seiner Beute war also noch jemand im Haus. Wieder Husten im nahen Raum, die Klinke der Zimmertür bewegte sich. Juliano blieb keine Zeit zu überlegen: Rasch verdrückte er sich in einen Seitengang, hielt den Atem an, als eine Frau auf den Flur schlurfte. Mit einem Auge um die Ecke spähend, sah Juliano Haarschopf und Rücken einer älteren, dicklichen Dame im Morgenmantel, die offenbar das Bad des Hauses ansteuerte. Sie ließ die Tür einen Spalt weit geöffnet und so hörte er, wie sie die Schublade des Toilettenschrankes aufmachte und darin herumkramte. Wasser rauschte. Dann erschien die Frau wieder mit einem Becher in der Tür, den sie nachdenklich schwenkte, offensichtlich darauf wartend, dass sich die Tabletten auflösten. Schließlich setzte sie das Gefäß über ihr Doppelkinn, schüttete die Flüssigkeit mit einem langen gierigen Zug hinunter, machte einen Schritt zurück und stellte den leeren Becher weg. Dann taumelte sie wie eine Schlafwandlerin in ihr Zimmer zurück. Juliano wusste, sie war eine Gefangene des Drachen. Erst, als sie lautlos die Tür hinter sich schloss, war der Weg frei.

„*Wie* seid ihr hier herein gekommen?"

„Vorne an den Wachen vorbei!"

Portillo musterte Juliano die Stirn runzelnd, bis plötzliches Erkennen in seinen Augen aufblitzte.

„Ich verstehe. Varela schickt dich."

„Nein, ich selbst will dich sprechen", sagte Juliano und zog seine Pistole, richtete sie langsam auf den schlanken, ihn ungläubig anstarrenden Polizeichef, der jetzt mit einem Ruck hinter seinem Schreibtisch aufsprang.

„Was soll das, Capitano?"

„Setzen!", befahl Juliano ruhig. Portillos düsteres Gesicht erbleichte zum farblosen Grau der Nacht, die alle Konturen auflöst und die Körper mit schweren Träumen durchwirkt. Im Schatten, den Juliano zwischen ihn und den erleuchteten Flur warf, schien Portillo in sich zusammenzuschrumpfen. Nervös sah er zur Tür, sollte er rufen? Wahrscheinlich würden ihn die Wachen hören, aber dann …?

Benommen kauerte er sich wieder in seinen modernen Ledersessel. „Also, was ist?", fragte er nervös.

Juliano biss sich einen Moment auf die Lippen, ehe er antwortete. „Du hast sie getötet, die kleine Rote, sie hat dich wiedererkannt", sagte er gepresst und spuckte auf den sauberen Boden aus. „Dieser Tisch, an dem du Urteile schreibst, die kostbaren Vasen, dein monströses Haus. War es das wert?"

„Wovon sprichst du, Mann?"

„Das weißt du genau, du kanntest sie gut, die Rote. Aber sie, sie wusste nichts von dir. Sie dachte, du wärest ein Geschäftsmann, bis sich deine Zunge im Bett löste. Zunächst, als es noch möglich schien, dass Franco scheitert, warst du Kommunist. Dann ein Kommunist, der die Republik an die Faschisten verriet. Schließlich ein Faschist, der sich als überlebender Kommunist ausgab, um mit der GPU zusammenarbeiten zu können. Die letzten Gefangenen der blauen Division in Moskau, sie waren nur Spielfiguren im Schacher mit Stalins Männern. Aber ich komme heute nicht, weil du ein Verräter bist, Portillo, ich komme nur wegen Rosa."

Portillo lehnte sich langsam zurück und sah Juliano offen an. Lediglich die zuckenden Falten unter seinen Augen verrieten seine Anspannung. Es gelang ihm sogar, einen Hauch seiner eleganten Lässigkeit zurück zu gewinnen: „Wenn du auf den Mord an der Prostituierten anspielst. - Der Fall wird bald aufgeklärt. Was regst du dich so auf? Weißt du, ich habe viel Verständnis. Immer. Soviel Ver-

ständnis, dass ich sogar beide Augen zudrücken werde, wenn du mir vernünftig erklärst, was du hier eigentlich machst."
„Sei still. Du hast sie getötet." Der Mondmann holte tief Luft. All die Bitternis, die ihn zu seinen langen, nächtlichen Wanderungen getrieben hatte, stieg wieder in ihm auf, zusammen mit flüchtigen, kaum bewussten Erinnerungen. Das immer wieder aufflackernde Begehren und der Blick in ihren Augen als sie ihn, Juliano, ihren einzigen wirklichen Geliebten, eines abends zurückwies. Der Moment, als sie ihm sagte, dass sie es mit anderen Männern tat. Der Freiwillige der Blauen Division. Das Wiedererkennen am Hafenbecken. Sein Pakt mit dem Mond. Er sprach jetzt schnell und leise.

„Ich war nur ein Kind. Aber ich weiß noch, wie die Arbeiter der CNT euren Marsch für ein verlogenes Vaterland mit ihren Barrikaden aufhielten. An diesem Tag lief ich morgens zu der Plaza de España und sah, wie einfache Männer, die kaum lesen und schreiben konnten, die Freiheit mit ihrem Leben verteidigten. An dieser Stelle kämpften die meisten Polizisten zusammen mit den Arbeitern gegen das Militär. Aber ich erinnere mich auch, wie auf Geheiß der Regierung die gleichen Polizisten später erneut die Seite wechselten, um die Revolution zu zerschlagen. Die Tage wurden dunkler. Die Väter kamen nicht mehr von der Front zurück, mein Onkel kam nicht mehr von der Front zurück. Schließlich zitterten die Hauswände, als Francos Panzer über die Ramblas rollten. Und da, als nicht nur die Revolution, sondern auch der Krieg verloren war, tauchte wie aus dem Nichts die fünfte Kolonne Francos auf. Verräter schlenderten an der Spitze von neu gebildeten Patrouillen durch Barcelona, sie wurden von Offizieren der Falange begleitet und denunzierten bei ihnen Hunderte von Männern und Frauen, die nicht geflohen waren. Ein feines Spiel hast du da gespielt, Portillo. Dann später hast du dich für einige Jahre zurückgezogen, hast mit den Silberlingen von Franco einen Fernhandel aufgebaut. Aber die Faschisten brauchten deine Hilfe und als sie dir anboten, wieder Polizist zu werden, aber diesmal in einer gehobenen Stellung, konntest du nicht widerstehen. Da hat Rosa dich verlassen. Sie verstand endlich, was du warst. Einer, der seine Mutter verkaufen würde, wenn ihm das einen Vorteil bringt. Die Kommunisten haben die Revolution verraten. Bist du nicht eigentlich Mörder im Auftrag Stalins gewesen? Aber das allein reichte dir nicht, nein, sogar noch in der Hölle wolltest du schlauer sein als der Teufel selbst. Und du bist dabei reich geworden. Du hast sogar deine eigenen Genossen, die Kommunisten, verraten. Du warst ein Überläufer, lange vor Ende des Krieges. Wie oft hast du deinen Verbindungsmann bei Franco angerufen, Kommunist Portillo? – Mit jedem Anruf hast du Verhaftungen, Folter und das Erschießungskommando für Menschen gewählt, die dir vertraut haben. Kann man so etwas vergessen? Ich denke nicht. Als sie es erfuhr, wollte sie dich nicht mehr, nicht für alles Geld der Welt."

Einen langen Moment saß Portillo zusammengesunken in seinem Ledersessel, dann plötzlich straffte er sich, verzog die Lippen zu einem spöttischen Lächeln, richtete sich herausfordernd auf und fragte:

„Woher weißt du das alles?"

„Von ihr. Sie hat es mir gesagt."

„Das kann nicht sein."

Schnell machte Juliano einen Schritt auf Portillo zu und betrachtete ihn kalt.

„Sie war eine Hure", flüsterte Portillo und starrte den Mann an, der ihm die Pistole an die Schläfe drückte. Einen schrecklich langen Augenblick wusste er nicht, wen er mehr verabscheute, diesen Wahnsinnigen, der sich zum Richter über Dinge aufschwang, von denen er nichts verstand, oder sich selbst. Dann griff die Angst nach ihm.

Der Schuss hielt die Welt an.

Portillo stürzte vom Stuhl und Gehirnflüssigkeit spritzte auf die eben noch blitzsauberen Steinkacheln des Arbeitszimmers.

Nebenan erwachte seine Frau stöhnend aus ihren chemischen Träumen.

Heftig riss Juliano die Verandatür auf, milde Nachtluft strömte an ihm vorbei und füllte den Raum. Mit langen Schritten setzte er durch den Garten, hastete an den im Dunklen duftenden Zitronenbäumen und Rhododendren vorbei zur Mauer, hielt sich am Efeu fest und zog sich hinauf. Währenddessen rannten die Wachen von der Vorderseite des Hauses durch den Flur und stürmten in Portillos Arbeitszimmer, dann auf die Veranda Juliano hinterher, sahen seinen Schatten am Wall hängen und feuerten. Dumpf schlugen die Kugeln in das lose Mauerwerk ein, aber der Mondmann war bereits auf der anderen Seite. Die Soldaten, die die Rückseite des Anwesens bewachten, sahen eine Gestalt auf die Straße springen und auch sie schossen, verfehlten ihn aber im Halbdunkel der Nachtschatten. Juliano floh, hastete davon, lief in Richtung der engen Gassen der Altstadt. Eine Weile noch verfolgten sie ihn, doch bald hatte er die Soldaten abgehängt, die keuchend an einer dunklen Ecke stehen blieben und fluchend versuchten, in der plötzlich wieder leeren Dunkelheit seine Spur wieder zu finden. Nur als schmale Sichel hing der Mond am Himmel. Ein neuer Mond, der noch wenig Licht gab. Und doch fühlte Juliano sich so frei wie vielleicht noch nie in seinem Leben. Er hatte das Versprechen eingehalten. Der Drache war tot.

Einige Wochen später begann es zu schneien.

Nachtrag: zwei Tage

20.November 1975

Franco stirbt. Der hässliche Caudillo haucht seinen letzten Atemzug aus. Verborgen hinter den verschlossenen Türen seines Palastes, umgeben von versteinerten Gefolgsleuten, die stumm „Ave Maria" auf ihren staubigen Lippen formen, verabschiedet er sich von Spanien. Von einem Land, als dessen Retter er sich fühlt, das er aber wie Mehltau mit Grauen überzog. Er war der Alptraum, der den Menschen nachts auf der Brust sitzt und sie ihnen zusammenpresst. Während Franco stirbt, hält die Welt den Atem an, aber nicht aus Furcht, sondern eher wie jemand, der sich auf einen gewaltigen Satz vorbereitet. Mit fiebrigen Augen starrt die Welt auf Spanien.

Franco ist tot, der große Gleichmacher stößt ihn in die Leere, aus der ihm durch die Schluchten der Pyrenäen, entlang den engen Gassen des Hafenviertels Barcelonas die Rufe der anarchistischen Guerilleros entgegenhallen und ihn verhöhnen. Weniger geworden waren sie nach und nach gegangen, eingekreist, gejagt und gehetzt bis zu dem Augenblick, in dem das kläffende Hunderudel auch den alten zähen Fuchs in der Vorstadt stellte und sich in ihn verbiss. Sabaté zerreißt dem Leittier der Meute noch die Kehle, dann verblutet er, seit Tagen schwer verwundet in der Nähe der Bahn, die ihn in seine Stadt zurückbringen sollte. Aber ihre Räder nehmen sein Blut auf, verteilen es am 5. Januar 1960 überall zwischen Hospitalet de Llobregat und den Bergen von Montseny. Auf seinem Grab, dem Vergessen übergeben wie seine Geschichte, wachsen dornige Büsche mit dunklen Beeren. Wind raschelt in ihren Blättern, trägt das Flüstern der Toten zu den Lebenden, Stimmen in der Luft, Wolken kehren nicht um, der Himmel endet nicht.

Und sie lassen den toten Franco, den blinden, tauben und stummen Franco stehen. Die Vergessenen ziehen am Denkmal vorbei; raunende, undeutliche Stimmen, eilen der Zukunft entgegen, die an diesem Tag, dem Todestag des Caudillos, zweimal geboren wird.

Bald danach tritt als Francos Erbe der junge spanische Thronfolger, Prinz Juan Carlos, vor die Mikrophone. Ernst, gefasst. Als er seine Rede beendet, zwinkern alle, als hätte ihnen jemand eine Ohrfeige verpasst. Die Sterne am Firmament flackern. „Ist das möglich?", fragen sich alle. Aber tatsächlich scheint Juan Carlos, was bei Königen doch eigentlich recht sonderbar ist, das Recht mehr zu lieben als die Gewalt. Zwar sprach er törichterweise die Menschen noch immer als *sein* Volk an, aber er konnte ihr lautes Rufen nach Freiheit hören, und das, wo sonst die Blaublütigen ihre Ohren nur am Arsch zu tragen pflegen, wo viele elegante Wichtigtuer im vergeblichen Bemühen hineinzukriechen unangenehm kitzeln. Wie auch immer. Während der König sich überraschender Weise weigert, seinen Platz im Reigen des herrschenden Schrecken einzunehmen, meldet sich im Norden eine neue Guerilla zu Wort. Sie will ein freies Baskenland, unabhängig davon, wer in Madrid das Zepter schwingt. Aber diese Unabhängigkeitsbewegung wird nicht von freiheitsliebenden Anarchisten geführt, sondern von Menschen, denen ihr Feuer aus den Mündern und Gewehrmündungen springt und davonläuft, in Schneisen das Land versengt. Schwarze, baskische Stiere, die sich plötzlich zu dem spanischen Torero umdrehen, auf ihn zurasen, ihn mit ihren Hörnern erwischen, hoch wirbeln und anschließend zertrampeln. Als sie den zweiten Mann der Diktatur, Blanco, in die Luft sprengt, zeigt die ETA immerhin, dass die Generäle nicht mehr sicher sind. Aufgescheucht laufen alle durcheinander, die in vierzig Jahren von oben ernannt worden waren, zittern, vom Schuldirektor bis zum Bürgermeister. Wie aus heiterem Himmel taumeln einige kirchliche Würdenträger mitten in ihrer Predigt und ziehen sich eilig, von Kopfschmerzen geplagt zurück. Beunruhigte Leibärzte schlagen im Lexikon nach und entdeckten eine neue, ansteckende Krankheit: Das Gewissen. Selbst die Nutznießer des alten Regimes fangen allmählich an, sich unbehaglich zu fühlen: Ihre Söhne und Töchter sprechen nicht mehr mit ihnen. Noch liegt wie ein übler Hautausschlag die Gewalt auf dem Land, aber immer mehr Verantwortliche denken über einen Tapetenwechsel nach, wollen weniger eiternde Pickel. Die Arbeiter aber, deren Leben im Faschismus fast erstickt war, beginnen nach Luft zu schnappen. Da geschieht es dann wohl. Einfach so. Die Straßenecke, das Café oder der Zeitungskiosk sind nicht bekannt. Aber irgendjemand, wir sollen den Namen eigentlich nicht erfahren, aber wahrscheinlich war es die uralte Josefa, beginnt wieder, ohne jede Scheu in der Öffentlichkeit über Politik zu reden. So, mit einigen wenigen Sätzen tritt sie eine vierzig Jahre aufgestaute, nicht enden wollende Lawine von Worten los. Laut bricht sich die endlich frei gesetzte Vernunft Bahn und jagt den faschistischen Spuk vor sich her. In diesem Moment ruft die CNT-FAI aus Untergrund und Exil dazu auf, die Straßen zu erobern. Bald besuchen die Barça Anhänger zu Tausenden ihre Kundgebungen. In Barcelona wehen erstmals seit fast vierzig Jahren wieder Schwarz-Rote Fahnen.

11. September 1977,

eigentlich ein Trauertag, der Diada der Katalanen, der Tag, als ihrem Land Anfang des achtzehnten Jahrhunderts vom Bourbonen Phillip die Selbstständigkeit genommen wurde. Aber an diesem 11. September, ein Datum, das sich Kabbalisten einmal genauer anschauen sollten, gehörten die Ramblas in Barcelona wieder dem Volk. Jubelnd strömten eineinhalb Millionen Menschen zusammen und forderten Freiheit. Seit dem Begräbnis des Anarchisten Buenaventura Durruti im Winter 36 waren nicht mehr so viele Menschen auf den Straßen. Damals warf mit dem Tod des Revolutionärs der faschistische Terror seine dunkler werdenden Schatten über die katalanische Hauptstadt, heute wurde die Diktatur von lachenden Menschen vertrieben. Nach mehr als vierzig Jahren schien sich der Kreis endlich zu schließen.

Inmitten des nicht enden wollenden Fahnenmeeres stand im Block der Gewerkschaften, aufrecht und schlank, ein älterer Mann, dessen Haut die Sonne Mexikos verbrannt hatte. Mit seinem weißen Anzug wirkte er fast etwas fehl am Platz. Langsam war er vom Hafen in das Zentrum der Stadt gelaufen. Zuvor hatten ihn Polizeibeamte an den Landungsbrücken aufgehalten und in einem sterilen Hafengebäude misstrauisch verhört: -- Was für Geschäfte wollte ein mexikanischer Unternehmer gerade jetzt hier machen? Wusste er denn nicht, was heute für ein Tag war? Reichte es nicht aus, wenn Sozialisten aus ganz Europa ihre Männer mit Geldköfferchen über die Grenze einschleusten, um die roten Parteien wieder aufzubauen, mussten sie jetzt sogar noch von Übersee kommen, aus Mexiko? Was er denn in dem Koffer habe? Nur Kleider und Waschzeug? Lieber noch einmal genauer nachsehen, Mexiko sei schließlich weit. Er sei wirklich rein geschäftlich hier? Als Vertreter? ---
„Ja", antwortete der Mann ruhig und schob jedem der Beamten einen Umschlag mit fünfzig US Dollars über den Tisch. „Ich habe Termine, wissen Sie", sagte der ausgedörrte Mexikaner und lächelte entschuldigend. „Selbstverständlich", nickte der Vorgesetzte, dessen Miene sich wie die seiner beiden Kollegen merklich aufhellte. „Sie wissen ja, nur die üblichen Vorsichtsmaßnahmen." Dann winkte er ihn durch.

Und so schlenderte Juliano zu seinem „Termin". Zu seinem Treffen mit lärmenden und entschlossenen Menschen, die laut riefen, die lachten und die schwarz-roten Fahnen schwenkten, auf die er einmal so stolz gewesen war. In einem anderen Leben, aus dem niemand ihn mehr erkennen würde. Nicht einmal die mittlerweile zahnlosen Gestalten der Halbwelt mit ihrem guten Gedächtnis. Inmitten der pulsierenden Masse blieb Juliano stehen, gleichzeitig zuhause und fremd im eigenen Land. Ein junges Mädchen gab ihm ein Flugblatt, unterschrieben vom neuen Regionalkomitee der CNT-FAI.

Bedächtig faltete er es zusammen und steckte es in die Vordertasche seines Jacketts. Dann bahnte er sich den Weg durch die Demonstration und wartete in einer Seitengasse auf die Straßenbahn, die ihn zum Stadtrand bringen würde. Von dort würde er den Bus in die Berge nehmen, bis zu dem abgelegenem Haus des Malers Pablo Gonzales.

Zeittafel und Erläuterungen

Oktober 1868: Der italienische Ingenieur Giuseppe **Fanelli** trifft als Vertrauter Bakunins in Madrid Arbeiter einer Druckerei und bringt so den **Anarchismus** nach Spanien - als Theorie: Seit Jahrhunderten existiert er bereits unter den Besitzlosen als gegenseitige Hilfe auf der einen, als abgrundtiefer Hass auf Gutsherren und Kirche auf der anderen Seite.

1870: Barcelona: Die Federación Regional Española **(FRE)** wird als spanische Sektion der I. Internationalen gegründet („in der Politik anarchistisch, in der Wirtschaft kollektivistisch in der Religion atheistisch").

1873: Bauernaufstände in ganz Andalusien.

1888: Gründung der Unión General de Trabajadores **(UGT)** (Sozialistischer Gewerkschaftsverband Spaniens) Unter Führung von Caballero wird die UGT mit dem Diktatur Primo de Rivera zusammenarbeiten, später radikalisiert sich ein großer Teil ihrer Anhänger und trägt die Soziale Revolution 1934 in Asturien und 1936 in großen Teilen Spaniens mit.

1910: Gründung der anarchosyndikalistischen Confederación Nacional del Trabajo **(CNT)**: 1936 ist sie mit eineinhalb bis zwei Millionen Mitgliedern stärkste Kraft im antifaschistischen Lager.

1919- 1926: Marokkokrieg: Spanische Kapitalisten rauben Gewinn versprechende Erzgruben im Süden des Landes. Scheich Abd el Krim von den Rifkabylen schlägt mit einer Reiterarmee die Spanier zurück und fügt ihnen sehr hohe Verluste zu. (Siebzehntausend spanische Soldaten sterben.) Erst einem gemeinsamen Expeditionsheer unter Führung der Franzosen, die ihre Interessen in Nordafrika gefährdet sehen, gelingt es, die Rifkabylen zu besiegen und Abd el Krim gefangen zu nehmen. Er wird auf die Insel Reunion verbannt. Das rückständige spanische Militär wird in diesen Jahren von einer Kaste von über 10.000 Berufsoffizieren geführt, die nach 1931 das Rückgrat mehrerer rechtsgerichteter Putschversuche bilden werden.

1919-1923: Jahre des Straßenterrors besonders in Barcelona: Die Todesschwadronen der Unternehmer, die Pistoleros, und die Verteidigungsgruppen der CNT liefern sich einen erbarmungslosen Schlagabtausch. Die meisten Opfer sind einfache Arbeiter.

1923 bis 1929: Diktatur Primo de Riveras in Spanien. Viele Mitglieder der CNT müssen ins Exil fliehen, Buenaventura Durruti und Fransisco Ascaso begehen unter anderen als „die Umherirrenden", in mehreren Ländern eine Vielzahl von Banküberfällen und andere Aktionen gegen Regierungen und Unternehmer.

November 1924: Tausend bewaffnete Anarchisten versuchen von Frankreich aus die Pyrenäen-Grenze zu überqueren, um Genossen aus dem Gefängnis von Figueras zu befreien. In Absprache mit Aufständischen in Barcelona soll eine allgemeine Revolte gegen das Regime losgetreten werden. Der Versuch scheitert.

25 Juli 1927: Valencia: Gründung der Federacion Anarquista Ibérica **(FAI)** – (anarchistische Förderation in Spanien und Portugal) aus den bestehenden anarchistischen Gruppen innerhalb der verbotenen CNT.

Frühjahr 1931: Die Republik wird ausgerufen. Durch Gemeindewahlen ausgelöst fällt die Diktatur und mit ihr die Monarchie: Alfons der XIII. verlässt das Land.

Oktober 1934: Bewaffneter **Aufstand der Arbeiter in Asturien**, Nordspanien. Ansätze einer Räterepublik entstehen. Bei der Niederschlagung durch die Armee werden über 3000 Aufständische massakriert, 7000 verwundet und 30 000 gefangen genommen, viele von ihnen gefoltert. Als Anführer der Fremdenlegion und der maurischen Truppen tut sich dabei besonders der bis dahin weitgehend unbekannte General Franco hervor.

September 1935: Aus dem Zusammenschluss zweier Linksparteien entsteht die Partido Obrero de Unificación Marxista – Partei der Marxistischen Vereinigung **(POUM)**. Sie wird wichtigste linksradikale Partei in Katalonien und erleidet im Bürgerkrieg blutige Verfolgung durch die Stalinisten.

Juli 36: Militärputsch gegen die Republik und soziale Revolution. Die Generäle wollen die von ihnen gehasste Demokratie beseitigen und einen Staat nach Vorbild des faschistischen Italien und

Deutschland schaffen. Beide Staaten liefern zunächst noch verdeckt dann offen gewaltige Militärhilfe in allen Bereichen. Deutsche Luftwaffe, Schiffe und ein italienisches Expeditionsheer von 50.000 Mann verhelfen Franco schließlich zum Sieg.
Praktisch in der gesamten Republikanischen Zone mit Ausnahme des Baskenlandes vollzieht sich im Sommer und Herbst 36 eine tief greifende, soziale Umwälzung: Fabriken werden von den Arbeiterinnen und Arbeitern übernommen und alleine weiter betrieben, das Land wird kollektiviert. Entschiedene Gegner sind die Kommunisten. Auf Geheiß Stalins versuchen sie alles, um die Regierung der Republik unter ihre Kontrolle zu bekommen und eine von Moskau unabhängige Revolution zu verhindern. Die unterschiedlichen Interessen derjenigen, die die (kapitalistische) Republik verteidigen und denjenigen, die eine sozialistische Gesellschaft erreichen wollen, eskalieren zum „Bürgerkrieg im Bürgerkrieg." Im Mai 37 und noch einmal kurz vor der Niederlage des antifaschistischen Spaniens kommt es zu erbitterten Kämpfen zwischen Kommunisten und Anarchisten mit vielen hundert Toten.

1939: Triumph Francos: Massenerschießungen halten noch monatelang an. Offiziell werden über 80000 Menschen zum Tode verurteilt. Die genaue Zahl der Opfer wird wohl nie festgestellt werden. Etwa eine halbe Million Spanier werden von Sondergerichten zu Gefängnis und Zwangsarbeit verurteilt. Tausende überleben die Haft in den überfüllten Zellen und in den Arbeitsbataillonen nicht.

1945: Spanien wird zu den Vereinten Nationen nicht zugelassen; fast alle Staaten ziehen ihre Botschafter ab.

1947: Nach 21 Jahren Gefangenschaft wird **Abd el Krim** von den französischen Behörden entlassen.

1950: Nach Ausbruch des Korea Krieges hebt die UN Vollversammlung den Boykottbeschluss gegen Spanien auf.

1953: Die französische Regierung lässt **Mohammed Ben Jussuf**, den Sultan Marokkos, absetzen und verbannt ihn zunächst nach Korsika, dann nach Madagaskar.
Franco schließt inzwischen einen Konkordatsvertrag mit dem Vatikan, der den Katholizismus als einzige Staatsreligion festschreibt und

ihm in vielen (vor allem im Schulwesen) Bereichen Privilegien der Gesellschaft garantiert.

1954: In Algerien und Marokko beginnt der Aufstand gegen die französische Kolonialherrschaft.
Abkommen General Francos mit den USA: Er überlässt ihnen zwei Flottenbasen und drei Luftwaffenstützpunkte. Spanien ist strategischer Pfeiler im amerikanischen Militärbündnis.

Oliver Steinke
bei Verlag Edition AV

Das Auge des Meerkönigs
Historischer Roman

In seinem neuen Roman verbindet der Autor die Erlebnisse des jungen Arved vor historischen Hintergrund mit der bekannten, traurig-schönen Sage von Melusine, der Fee, deren Liebe zu einem Ritter an einem gebrochenen Versprechen zerbricht. Im „Auge des Meerkönigs" wird die altfranzösische Sage von Verwünschungen und Irrwegen neu geschrieben.

ISBN 3-936049-29-7
Preis: 14,00 €
204 Seiten

Der Verrat von Mile End
Historischer Roman

England in der Mitte des vierzehnten Jahrhunderts: Die Pest greift auf das Land über und rafft fast ein Viertel der Bevölkerung dahin. Arbeitskräfte, ob es sich nun um unfreie Hörige oder um Handwerker in den Städten handelt werden knapp. Als Antwort erlassen die adligen Landbesitzer, Barone und Herzöge, so genannte „Arbeitersatzungen", die die Löhne einfrieren und die Bewegungsfreiheit der einfachen Menschen einschränken. Dem wachsenden Selbstbewusstsein insbesondere der Handwerker, die bessere Arbeitsbedingungen fordern, soll so einen Riegel vorgeschoben werden.

ISBN: 3-936049-18-1
194 Seiten
Preis: 14,00 EUR

Zeitgeschichte bei Verlag Edition AV

Alexander Berkman ♦ Der bolschewistische Mythos. Tagebuch aus der russischen Revolution 1920 – 1922. ♦ ISBN 3-936049-31-9. ♦ 17,00 €

Franz Barwich ♦ Das ist Syndikalismus ♦ Die Arbeiterbörsen des Syndikalismus ♦ ISBN 3-936049-38-6 ♦ 11,00 €

Ermenegildo Bidese ♦ Die Struktur der Freiheit ♦ Chomskys libertäre Theorie und ihre anthropologische Fundierung ♦ ISBN 3-9806407-3-6 ♦ 4,00 €

Ralf Burnicki ♦ Anarchismus & Konsens. Gegen Repräsentation und Mehrheitsprinzip: Strukturen einer nichthierarchischen Demokratie ♦ ISBN 3-936049-08-4 ♦ 16,00 €

Magnus Engenhorst ♦ Kriege nach Rezept ♦ Geheimdienste und die NATO ♦ ISBN 3-936049-06-8 ♦ 8,90 €

Fred Kautz ♦ Die Holocaust-Forschung im Sperrfeuer der Falkhelfer ♦ Vom befangenen Blick deutscher Historiker aus der Kriegsgeneration ♦ ISBN 3-936049-09-2 ♦ 14,00 €

Fred Kautz ♦ Im Glashaus der Zeitgeschichte ♦ Von der Suche der Deutschen nach einer passenden Vergangenheit ♦ ISBN 3-936049-34-3 ♦ 12,50 €

Jürgen Mümken; Freiheit, Individualität & Subjektivität. ♦ Staat und Subjekt in der Postmoderne aus anarchistischer Perspektive. ♦ ISBN 3-936049-12-2. ♦ 17,00 €

Jürgen Mümken ♦ Anarchosyndikalismus an der Fulda. ♦ ISBN 3-936049-36-X. ♦ 11,80 €

Jürgen Mümken (Hrsg.) ♦ Anarchismus in der Postmoderne ♦ Beiträge zur anarchistischen Theorie und Praxis ♦ ISBN 3-936049-37-8 ♦ 11,80 € ♦

Abel Paz und die Spanische Revolution. Interviews und Vorträge. ♦ ISBN 3-936049-33-5 ♦ 11,00 €

Subcomandante Marcos ♦ Der Kalender des Widerstandes. Zur Geschichte und Gegenwart Mexikos von unten ♦ ISBN 3-936049-24-6 ♦ 13,00 €

Stefan Paulus ♦ Zur Kritik von Kapital und Staat in der kapitalistischen Globalisierung ♦ ISBN 3-936049-16-5 ♦ 11,00 €

Dietrich Peters ♦ Der spanische Anarcho-Syndikalismus ♦ Abriss einer revolutionären Bewegung ♦ ISBN 3-936049-04-1 ♦ 8,80 €

Pierre J. Proudhon ♦ Die Bekenntnisse eines Revolutionärs. ♦ ISBN 3-9806407-4-4 ♦ 12,45 €

Mehr unter: www.edition-av.de

Literatur & Lyrik bei Verlag Edition AV

Ralf Burnicki ♦ **Die Straßenreiniger von Teheran** ♦ Lyrik aus dem Iran ♦ ISBN 3-936049-41-6 ♦ 9,80 €

Stefan Gurtner ♦ **Das grüne Weizenkorn** ♦ Eine Parabel aus Bolivien ♦ Jugendbuch ♦ ISBN 3-936049-40-8 ♦ 11,80 €

Michael Halfbrodt ♦ **entscheiden & tun. drinnen & draußen.** ♦ Lyrik ♦ ISBN 3-936049-10-6 ♦ 9,80 €

Markus Liske ♦ **Deutschland. Ein Hundetraum** ♦ Satire ♦ ISBN 3-936049-25-4 ♦ 16,00 €

Wolfgang Nacken ♦ **auf'm Flur** ♦ Roman ♦ ISBN 3-936049-28-9 ♦ 11,80 €

Massoud Shirbarghan ♦ **Die Nacht der Heuschrecken** ♦ Roman aus Afghanistan ♦ ISBN 3-936049-30-0 ♦ 11,80 €

Oliver Steinke ♦ **Das Auge des Meerkönigs** ♦ Historischer Roman ♦ ISBN 3-936049-29-7 ♦ 14,00 €

Oliver Steinke ♦ **Der Verrat von Mile End** ♦ Historischer Roman ♦ ISBN 3-936049-18-1 ♦ 14,00 €

Alfons Paquet ♦ **Kamerad Fleming** ♦ Ein Roman über die Ferrer-Unruhen ♦ ISBN 3-936049-32-7 ♦ 17,00 €

Benajmin Péret ♦ **Von diesem Brot esse ich nicht** ♦ Sehr böse Gedichte ♦ ISBN 3-936049-20-3 ♦ 9,00 €

Manja Präkels ♦ **Tresenlieder** ♦ Gedichte ♦ ISBN 3-936049-23-8 ♦ 10,80 €

Heinz Ratz ♦ **Der Mann der stehen blieb** ♦ 30 monströse Geschichten ♦ ISBN 3-936049-4445-9 ♦ 18,00 €

Heinz Ratz ♦ **Die Rabenstadt** ♦ Ein Poem ♦ ISBN 3-936049-27-0 ♦ 11,80 €

Heinz Ratz ♦ **Apokalyptische Lieder** ♦ Gedichte ♦ ISBN 3-936049-22-X ♦ 11,00 €

Heinz Ratz ♦ **Hitlers letzte Rede** ♦ Satire ♦ ISBN 3-936049-17-3 ♦ 9,00 €

Kurt Wafner ♦ **Ausgeschert aus Reih' und Glied** ♦ Mein Leben als Bücherfreund und Anarchist ♦ Autobiographie ♦ ISBN 3-9806407-8-7 ♦ 14,90 €

Kurt Wafner ♦ **Ich bin Klabund. Macht Gebrauch davon!** ♦ Biographie ♦ ISBN 3-936049-19-X ♦ 10,80 €

Mehr unter: www.edition-av.de